音魂よ、舞い上がれ！

スピリチュアルなストーリーで読む古事記神話

① 天宇受売ノ命の天戸開きフェス編

橋口 武史

もくじ

本書「音魂《おと》よ、舞い上がれ！」は、碧眼（青い目）の女子高生・瑠璃が、中国地方のパワースポットを巡礼しつつ、歴史のターニングポイントとなった事件に遭遇し、サックスを演奏して人々の対立を融和させながら、自らの失われた魂を取り戻す七日間の旅を描くスピリチュアルファンタジー小説です。一巻（天宇受売ノ命《あめのうずめのみこと》の岩戸開きフェス編）では、古事記神話の神々である天照大神《あまてらすおおみかみ》や素戔嗚ノ命《すさのおのみこと》が、実際に過去に生きた人物として登場します。

パワースポットガール瑠璃シリーズ全六巻（予定）

① 天宇受売ノ命の岩戸開きフェス
② 花は短し恋せよ乙女　出雲の国譲り
③ 聖徳太子の未来記　神と仏の神器なき戦い
④ 空と海とインナー・ユニバース 黄金律西遊記
⑤ イースト・ミーツ・ウエスト 文明開化も神楽でええじゃないか
⑥ アマテラス・コード 宇宙の岩戸開き

音魂よ、舞い上がれ！

スピリチュアルなストーリーで読む古事記神話

①天宇受売ノ命の天戸開きフェス編

第一番

黄泉比良坂《よもつひらさか》

プロローグ

深淵

六時半。八月の夕刻、まだ日は沈んでいない。

島根県松江市東出雲町、黄泉比良坂《よもつひらさか》。

夜見路谷《よみじがたに》の深淵……。

神社の裏手から歩いてすぐのところに、車道より盛り上がった起伏の激しい場所があり、えぐるように谷間が出来ている。そこにたまった水が沼をつくっている。

神楽瑠璃はサクソフォンのケースを持って、沼を見渡せる人気のない圃道の真ん中で、ぽつんと置かれた切り株の椅子に三時間以上も座り込んでいた。まだサックスケースを開けてもいない。盛大にカエルが鳴いている。茂みからは、蝉や虫の鳴き声が響いていた。スマホで候補曲を探し続けて、もうこんな時間になっている。

景色の移り変わりが激しい東京の都市と違って、このあたりは昔から全く変わっていない。さすが出雲だ。ここは小さい頃に遊んだ沼だが、練習に適したロケーションがこんなに簡単に見つかる。夕日で水面がキラキラと揺れている。

瑠璃の住む東京世田谷、三軒茶屋のマンションの周辺は、どこも車や人で溢れかえっている。蛙の声どころか、夏に蝉の声すら聞こえないほどのコンクリートジャングルだ。無論、マンション内で練習なんてできない。

吹奏楽部顧問の音無《おとなし》先生は、たしか楽器演奏OKのマンションに住んでいると以前に聞いた。東京では、学校以外で練習場所を探すのは大変で、いつも結局、自宅から三十分かけて駒沢公園まで歩かなければいけなかった。吹奏楽部のメンバー達と公民館やカラオケボックスに行くこともあるが、お金がかかる。都内の公園では、練習をしている間、ひっきりなしに人が通る。

サラサラの黒髪を青い花の髪留めで、てっぺんで噴水ヘアにした頭。あどけない横顔にりりしいまなざしが沼を凝視する。しかめっ面をしながらじぃっとみつめる神楽瑠璃の瞳が青いのは、別に外国人の血が入っているわけではない。日本人の中にごくたまに存在する碧眼。その中に、無数の星々が瞬《またた》いている。

瑠璃は切り株の椅子に座りながら、沼の向こう岸から暗い森へと通じる細い道を見やった。この先が、すぐ黄泉比良坂である。

「夕刻には、黄泉比良坂にはあまり、近づかないほうがよいぞ」

おじいちゃんは出がけに瑠璃にそう警告した。祖父の神楽比呂司は天宇受売《あめのうずめ》神社の神主だ。神社は、この沼から歩いて五分とかからない。でももう夕方だ。

そうはいったって。

あたりには人気がなく、ヒグラシの音《ね》とカエルの鳴き声だけがこだましている。

瑠璃は切り株から立ち上がると、黄泉比良坂のほうへ向かっていった。気持ちが一瞬曇る。そういえばおじいちゃんには昔から、「瑠璃一人だけでは決してここに近づかないように」とよく言われていたっけ。でも、看板も駐車場もある。観光客もよく来る場所だ。他の人はみんな行っているのに、何で瑠璃だけ？とずっと思っていた。まさか、黄泉の国に迷い込むから、とでもいうのだろうか。ばかばかしい。結局瑠璃は今、比呂司の言いつけを無視した。

しめ縄の手前には、にごった小さな池がある。そしてしめ縄の向こう側には、黄泉の国の入り口を塞いでいる千引《ちび》きの岩がある。

この岩は、黄泉の国の伝承を元にして、戦後に地元の建設会社によって外から運び込まれたものだと比呂司から聞いた。

言い伝えによると千引きの岩は、千人で引かないとビクともしない岩とされているが、そんなに大きくもなく、小さなクレーンで運んだものだろう。岩の横には、なぜか木製のポストも置かれている。黄泉の国へと行った人への手紙を入れるためのものらしい。こんなに観光化している場所なのに、なぜ比呂司は、瑠璃だけは、決して一人で行ってはいけないなどと言うのだ。

もう日が遅く、観光客は誰もいなかった。普通の人間はやはり伝説を恐れてか、こんな時間に、この場所をうろついたりはしないのだろう。

黄泉比良坂……夜と昼の境。この石、今も何かを封印しているのだろうか。昔は、実際に黄泉の国とつながっていたらしい。今は黄昏時。封印が破れて、死者の世界へと繋がるとでもいうのか。

瑠璃は、以前祖父から聞いた黄泉比良坂伝説を思い出した。

「そなた達二人で心を合わせて豊かな国土をつくり、諸々の神々を生んで、共に立派な国を築いてゆけ！」

天地開闢に現れた二柱の神。

男神の伊耶那岐ノ命《いざなぎのみこと》。

女神の伊耶那美ノ命《いざなみのみこと》。

その二柱の神に向かって、大元の神より天命が下った。オノコロ島に降り立った伊耶那岐ノ命と伊耶那美ノ命は、淡路、四国、隠岐、九州、壱岐、対馬、佐渡、本州と、次々と「国土」を生み出していった。その次に二柱は、その国に住む神々を生み出した。

だが最後に、火之迦具土神《ひのかぐつちのかみ》を産んだ伊耶那美ノ命は、産後の肥立ちが悪く、その結果亡くなった。

夫の伊耶那岐ノ命は、亡き妻に一目会いたいと思い、黄泉の国へと旅立った。

黄泉の国は死者の国だ。生者は決して足を踏み入れてはならない土地だ。そのため、生者の国と死者の国との境界である、黄泉比良坂まで来た伊耶那岐ノ命は叫んだ。

「伊耶那美よ、お前と私で作った国は、まだ完成していない。早く、私の元へ帰ってきてくれ！」

「その声は、もしや伊耶那岐？　もっと、早く来てくだされればよかったのに。私はもう、黄泉の国の食べ物を口にしてしまいました。でも、せっかくあなたが来てくださったことですし、黄泉の国の神々に相談してみましょう。何とかして、私が元の国に帰れるかどうか。それまで、黄泉比良坂で待っていてください」

「あぁ、分かった」

だが、待てど暮らせど、伊耶那美ノ命が現れる気配はなく、伊耶那岐ノ命は暗い黄泉の世界にとうとう足を踏み入れた。

ところが、伊耶那岐ノ命がそこで見たものは、地面に横たわり、腐乱した肉に蛆が湧いた、見るも無残な伊耶那美ノ命の遺体だった。驚いた伊耶那岐ノ命は、懸命に元来た道を辿って駆け戻ろうとした。

夫が黄泉の国に侵入した事に気づいた伊耶那美ノ命は、激怒して叫んだ。

「ここには来てはならぬ、とあれほど約束したのに、あなたはなぜ来て私を見たのですか。私に恥をかかせましたね。もう、生きて返すわけにはまいりません」

伊耶那美ノ命は、黄泉醜女《よもつしこめ》などの大勢の黄泉の手下を使って、生者の国の住人である自分の夫の後を追わせた。

伊耶那岐ノ命は、知恵を働かせて次々と迫る追っ手をかわし続けたが、最後に伊耶那美ノ命自身が追ってきたので、伊耶那岐ノ命は黄泉比良坂から逃れ出るとすぐに、そこにあった大岩を持ち上げ、黄泉の入口を塞いだ。

「もう私は、あなたの国へは戻れません」

中から、伊耶那美ノ命の声が響いてきた。

「愛する伊耶那美よ。それなら仕方ない。別れることにしよう」

伊耶那岐ノ命も返事をした。

「こんな事をしたあなたの、私への仕打ちは決して忘れません。これから、あなたの国の人間を毎日、千人ずつ殺す事に致します！」

「お前がそのつもりなら、私は毎日千五百人分の産屋を建ててみせよう」

こうして、死者の数を超えて生者の数が増え続け、国は栄えてゆくこととなったのだ。

黄泉比良坂の近くには揖夜《いや》神社があって、そこに伊耶那美ノ命は現在、黄泉津大神として祭られている。


本当の話？　んな訳ないよね。

黄昏……か。瑠璃は再び沼の前の切り株のところまで戻ってきた。

夜見路谷《よみじがたに》の深淵《しんえん》が、夕日で黄金色に輝いている。

メールが届く音がした。吹奏楽部顧問の音無《おとなし》先生からだ。三軒茶屋高校に入学してすぐ入部して、最初の大きな公演。八月六日、広島の平和記念式典のあとに行なわれる、「ピースメッセージとうろう流し」の「慰霊のための音楽奉献」への参加が予定されている。夏の夜、日が沈み、平和公園沿いの元安川に灯篭が流れる頃、演奏が始まる。音無顧問のメールには、アンコール曲を決めて早く送ってくれと書かれていた。神楽瑠璃は、アンコールの一曲を任され、さらにリード奏者として楽団をまとめなければならないのだ。

瑠璃は、スマホでアンコール曲の候補を探していた。最初のうちは演奏会の課題曲を聴いていたが、違う曲をかけたらもう一曲、もう一曲と止まらなくなったのだ。だが、まだ、どういうタイプの曲を演《や》るのかすら決められていない。

今は時間が惜しい。早く気持ちを集中して練習を始めなくては。場所はもうここに決めた。これだけ人気がない場所で、にぎやかな自然界の音に溢れていれば思いっきり練習できる。大きな音を出しても、あるいは失敗したって構わない。練習に最高の場所が、神社のすぐ裏手にあるなんて、さすが田舎だ。ちょっとさびしい場所ではあるが。


生と死の境。

あの世と現世をつなぐ場所。

黄泉比良坂前の深淵。

すなわち、死者と出会える場所。

ここなら広島慰霊祭への、何か演奏のヒントが得られるかもしれない。

今の自分にはベストな場所だ。まさにぴったりではないか、と瑠璃は思った。

広島の原爆犠牲者の魂を慰めなくては。

瑠璃はそこでもう一度切り株に腰を下ろし、ヘッドフォンをはずし、スマートフォンを切った。にぎやかな生き物の声に浸りながら、瑠璃色のケースから、夕日に輝く金色のアルトサクソフォーンを取り出した。父親から貰い受けた、ヤマハ製。おそらく十万円台のサックスだろう。

ストラップを首にかけ、リードを口に咥えながら、サックスを組み立て始める。マウスピースにリガチャーを先に嵌めて、湿らせたリードをマウスから髪の毛一本分、ちょっと下につける。絶対曲がらないようにしてリガチャーのネジをまわして、リードを固定。マウスピースにネックを差し込む。春頃まではネックのコルク部分がまだ膨らんでいたので、グリスを塗っていたが、今は減ってきたので、塗らなくてもはまるようになった。

首にかけたストラップを、管体の裏側のフックにかける。マウスピース及びネックと管体のネジを締める。

左手の親指をサムレストに添え、右手の親指をサムフックに添える。背筋を伸ばしてストラップの長さを調整する。

アルトサックスは、サックスの中でもっとも多く使用され、アンサンブルでは主役級の楽器である。日本では学生吹奏楽のレベルが高く、吹奏楽部はどこの学校にもある。映画『スウィングガールズ』

のヒット以来、サックス女子の人口が増えた。クラシック、ジャズ、最近ではポップスのバンドでもかつてのギターに代わって、バンドの花形として活躍する事も多くなっている。

サックスは人声に近い。ヴォーカルの延長で、まるで女性の肉声のようなつやがある。だから父親からこの楽器を託されたとき、これこそ自分の運命だと思った。本当は自分で歌いたいけど、歌えないからその代わりにサックスで歌うのだ。

結局、中学一年のとき交わした会話が、父との最後の会話になってしまった。瑠璃がサックス演奏に努力を重ねてきたのも、別居している父への思いからかもしれない。瑠璃はいまのところ母とはあまりうまくいっていない。そういう意味では、このサックスは、いわば父の形見でもある。

再びスマホを操作して、アプリでチューニングを開始する。

アルトサックスは、E♭調、ソプラノサックスはそれより音階の高いB♭調である。瑠璃はソプラノサックスの美しく、天へと突き抜けるような澄んだ音色にあこがれていた。ソプラノには魂を癒す力がある。なぜかは分からないけれど、その確信だけは瑠璃の中にあった。でも瑠璃が持っているのはアルトサックス。この音の低いアルトで、はたして死者を慰める音が出せるのだろうか？

黄泉比良坂なら死者に逢える。死者に逢える、か。絶好のロケーションだ。……よし、広島をイメージしよう。過去の時代に、意識を飛ばしながら、死者の魂を慰める音を。

基礎練習のロングトーンをしながら、瑠璃の思いは一点に集中していく。

死者……を、慰めなくては……。

何としても……私の「音」で。ソプラノは天へと届く。天へと突き抜けていく。広島で死んだ人たちに届き、彼らを癒やすその音を。このアルトで。そう、フラジオ演奏で高音を出し、ソプラノの音に近づけて、何としてもその音をつむぎ出す。

一体、今の私に……それが出来るのか……でも、時は否応なく流れる。運命の瞬間、八月六日のその時は、刻一刻と近づいてくる。焦る。こんな気持ちで公演に臨んでいるなんて、メンバーの誰にも言ってない。誰にもいえやしない。

でもやらなくちゃ。アルトでソプラノとの違いを超える……。この黄泉比良坂の不気味な気配を吹き飛ばすくらいの、高いソプラノの音を！

そんな気持ちから、瑠璃が選んだ曲は、ＡＩの『♪ＳＴＯＲＹ』だった。この曲は歌手のＡＩが、身近で亡くなった人たちをモチーフにして作り上げた曲だ。

『今という瞬間を大事にしないと、いつまた話ができるか分からない』。

そういう気持ちが込められた曲。きっと、鎮魂の思いを表現するにはふさわしい。

瑠璃は、広島をイメージしながら、演奏を開始する。すぐにリラックスして、意識がアルファ波へと切り替わる、いつもの感覚になった。

この音、かな……。

何度も何度も繰り返して音のイメージを模索しているうちに、時間の感覚がなくなり、すべての音が、はっきりと聞こえるようになった。とても楽しい。今日は何かが違う。アルファ波を越えて、シー夕波の領域に入ったのかもしれない。初めての体験だ。

サックスを演奏し始めてしばらくすると、黄泉比良坂の雰囲気が一変した。

瑠璃は自分の奏でる音に、カエルや蝉の声がハーモニーを重ねているような気がしてくるのだった。その声は雑音ではなく、瑠璃の音楽と調和して、彼らのパートを担ってくれているようだった。まるで自然界とオーケストラを組んでいるかのようなカエルやヒグラシ達の反応だ。彼らと気持ちが通じた気がして、なぜかうれしくなる。

瑠璃のサックスの音色は、祖父が聞いたら、きっとうまいと言うかもしれない。が、当の本人にとっては、まだ納得できる水準ではなかった。けれど自然界の反応は、瑠璃の気持ちとは裏腹に、どんどん強まっているようだった。

突然風が巻き起こり、木々が瑠璃の音に合わせて踊り出す。自然の色々な音だけでなく、周囲の景色までがリズムを取っていた。木々が、草花が、東京のマンションの玄関に置かれたフラワーロックのように踊っていた。あたかもそれらに意思があるように、瑠璃には感じられた。

沼に、一匹の白鷺がいることに気がついた。いつからそこに立っていたのか、大きな純白の鷺は微動だにせず、正面からサックス奏者の瑠璃をじっと見ている。瑠璃も演奏しながら、突然現れた白鷺を観察した。白鷺は瑠璃の曲に聞き入っているような顔で見つめてきた。演奏者と観客という、両者の間に生じる緊張感そのままに、瑠璃は演奏を続けた。日が沈む直前に、白鷺はくるっと首を曲げると、体の向きを変えて落陽に向かって飛んでいく。

日が沈んで辺りが暗くなった後も、瑠璃は演奏を続けた。今度は夕日に代わって、沼に黄色い光があちこち浮かびあがってくる。

蛍だっ！　島根の田舎だけあって、相当な数である。そう。これこそ、ここへ来た理由の一つだった。この光を、観るためなのだッ。蛍もまた、瑠璃の音につられて明滅しているように見えた。

蛍が舞って、サックスに合わせてスウィングしている。すごい、自然界が反応している。こんな演奏をしたのは生まれて初めてだ。

蛍の光は、音に合わせてコンサート会場のサイリウムのように乱舞する。そうだよ、ここは神楽瑠璃のコンサート会場。まるで宙を動き回るイルミネーションのように、蛍は瑠璃の音楽でダンスを踊っている。

やっぱり、自然界が自分の音楽に反応している！　勘違いじゃない。絶対に。こんなことって、本当に……あるのだろうか。

サックスに反応して乱舞する蛍を見ながら、ここへきて瑠璃の中に一つの確信が生まれた。すべてが、今までの演奏とは何かが違う。演奏者と観客の一体感という体験。自分では音に納得がいかなくても、確かにそれ以上の何かが伝わっている。

瑠璃はその事実に驚嘆し感動した。こんなことは今まで一度もなかった。

今、瑠璃は自分の音楽の性質が何か変わったように感じられている。しかも観客は自然界。自分の音楽が、森や石、自然界の生命、周囲の存在のヴァイブレーションを高めていっている。これを神秘体験と言うなら、まさにその通りだ。これが、自分の求めていた本物の音なのかどうか、確信はないのだけれど。

あぁなんて感動、素晴らしぃ！

沼の対岸の森の向こうがぼんやりとオレンジ色に輝き始めた。

瑠璃は、演奏しながらだんだんと意識がトランス状態に入り、蛍の光にさそわれるまま、ゆっくりと沼の中に入っていった。

広島　一九四五年八月六日午前八時十五分

——あれ……ここは？


影が動かない。この影の主は一体誰だ。影の主がいないのに、影だけが壁にある。瑠璃はその影を見てゾッとした。……私のだ。今しがた歩いてきた、自分の影が瓦礫に焼きついていた。

影を作ったのは、上空にある眩しい熱線。その閃光によってだった。

瑠璃はしばらく考え込んだ。ここはどこだ？

瑠璃が今立っている場所は、夜見路谷《よみじがたに》の深淵ではなかった。町中、それも昔の町並み。戦時中の、昔の記録映画などで見た事がある。だが町は徹底的に破壊され、凄惨な景色。

目の前にそびえ立っている建物も瓦礫と化しているが、辛うじてその形を保っていた。これは、原爆ドーム。そうかここは、広島の爆心地だ！

まさか、私は死んだのか？　原爆で？　一体今の時代はいつだ。いや、それは分かっている。

一九四五年八月六日の広島。

なぜだ、一体自分に何が起こった。

——水……水……

——お水、ちょうだい。お水。

真っ赤に皮膚が焼けただれ、誰が誰だか分からなかった。老若男女問わず、その肌は赤茶色になっている。爆風の熱で皮膚がはがれている人もいる。

——水を……水。

誰も彼もが、水を求めてさまよっていた。

町中にあるのは爆撃によるすけた瓦礫で、足の踏み場もない状況。あちこちに炎と煙が上がっている。

腕から皮がだらんとめくれた人々は市中を流れる川の中へと殺到していた。すでに、行列の先では溺死した遺体が下流へと流れていっている。上流からも遺体が次々と流れてきていた。もし川に入れば死ぬだけだ。

いたるところで惨劇が繰り広げられていた。

まだ燃えていない屋内に怪我人がずらりと並んで寝かされていたが、治療の道具は乏しいらしい。どうやって治療すればいいのかも分からない。

生き残った町の人々は、けが人を助けようと走り回っていた。だが、瑠璃には何も出来なかった。

あの上空の閃光は、なぜいつまでも光っているんだ？

……違う。そうではない。きっとこれは現実ではなく、「現実」から少しずれた世界に違いない。なぜなら瑠璃は爆発の影響を全く受けていなかったからだ。瑠璃は相変わらずサックスを手に持っていた。

理由はなぜなのかまるで分からないが、きっと瑠璃の「意識」が迷い込んだのである。おそらくここでは、時間が「あの瞬間」から凍りついているのだ。

あの瞬間、一九四五年八月六日午前八時十五分に。

だから瑠璃は、この場にいながらにして、爆発の影響を直接受けていないのだ。ここは、時空の異なった別の世界なのかもしれない。瑠璃は瓦礫の中に立ちながら、ちょうどこの世界を覗き込んでいるような感覚を覚えていた。

——助けて……おねえちゃん、助けて。

瓦礫の間から、そこに挟まれた少女の傷だらけの顔と、右手だけが見えている。少女は間近に立っている瑠璃を見上げている。少女は確かに、神楽瑠璃のことを認識していた。

瓦礫は巨大で、瑠璃が触ったくらいではビクともしなかった。おそらくは、重機でないと持ち上がらない。いくら両手で押してもどうにもならなかった。

「ごめんなさい、助けられなくてごめんなさい！」

何も出来ない。瑠璃はその幼い手を取り、涙を流した。胸が締め付けられる思いがしたが、その場を去るしかなかった。

惨状を目の当たりにしても、自分が何をしにきたのか、あるいは、何をしなければならないのかが分からずに、瓦礫と煙のたちのぼる町中を瑠璃は走り回った。

ごめんなさい、ごめんなさい。

私には助けられない。

「私、何でここにいるの……。一体どうすれば……いいの」

瑠璃が途方に暮れて町を眺めていると、

広島　一九四五年八月六日午前八時十五分
「落ち着いて、冷静に」

誰か女の子の声が聞こえてきた。しかし姿は見えない。

「肉体をじゃない、魂を救うんだ。思い出すんだよ、自分が何をしにここへ来たのか」

赤い光に包まれたその声の主が、瑠璃の元へ舞い降りてきた。天使？　いいやそうじゃない。女の子が天から降ってきた。光っていてその姿はよく見えないが、目を凝らすと次第に少女の形が見えてくる。

「もう時間がない。君は早く草薙ノ剣《くさなぎのつるぎ》を抜いて、三人の力で天の御柱を立てて」

「え……？」

真っ赤な髪をした少女の視線の先を追いかけると、自分の腰のベルトに剣がくくりつけられていた。

こんなもの、いつの間に。

剣を鞘から抜いてみると、オレンジ色に輝く古代の出雲刀《いずもとう》だった。少女はこれを今、「草薙ノ剣」だと言ったのか？　何故、自分がこんなものを持っているのか、さっぱり分からなかった。

瑠璃は少女に促されるまま、瓦礫に埋まった隙間の地面に剣を立てた。刀の柄を瓦礫で固定し、剣先を上に向ける。瑠璃はその時、なぜかこうしなくてはならない、と感じたからだった。剣身が煌々と輝き出す。

剣をそのままにして、さっきの少女と合流すると、瑠璃には次にする事が反射的に分かった。

瑠璃はサックスを構えて、音楽を奏でる。

赤いオーラに身をまとった少女は、それを待っていたような表情で、瑠璃のサックスに合わせて歌い出した。情熱的な瞳、髪の毛も真っ赤。その右腕には、キラキラと光る鏡をつけている。これはきっと八咫鏡《やたのかがみ》だ、と瑠璃は直感的に思った。

二人の傍らに、もう一人、別の少女がクルクルと舞っていた。その子の回転は、金色のオーラを放っている。フィギュアスケートのようだが、足にインライン・スケートを履いている。一体いつから彼女はそこにいたのだろうか。ダンスでスピンするたびに、身につけたネックレスも宙を舞っている。そのネックレスの先を見ると、純金の勾玉が付いていた。これは、八尺瓊勾玉《やさかにのまがたま》であると、また瑠璃には分かった。

瑠璃のサックスと、赤毛の少女の歌声が、金色に輝く少女の舞の回転によって、周囲の暗く重い磁場エネルギーを明るく、安らぎに満ちたエネルギーへと押し広げていく。

見ると瑠璃が立てた草薙ノ剣の剣先から、光が天に向かって伸び上がっていった。やがて音楽と共に、あちこちの無数の魂が白い光の玉となって、地上からパァーッと浮かび上がっていった。

赤毛の少女は歌いながら微笑み、その目で瑠璃に語りかけてきた。

「続けて！　その調子だよ……」

上空の爆発のまばゆい光が、ゆっくりと収斂していく。あたりの景色は暗くなった。よどんだ灰色の雲の隙間から、彩雲が見え隠れし、そこから光が差してくる。天空から、天使の階段の光が、荒廃した地上を柔らかく照らし出す。

その光の一線が地上へと降りてきて、瑠璃がさっき逆さまに地面につき立てた草薙ノ剣から立ち上ってゆく光の柱と合流し、一本の柱になった。爆心地に、ついに天の御柱が立ったのだ。

三人はそれぞれのパフォーマンスをやめて、静かに天の御柱を見守った。

光の柱の中を上がっていく、無数の光の玉。その周囲を、これまた無数の折鶴が飛んでいった。

「あれは？」

「祈っている人の思念よ」

インラインスケートで回転していた金色の少女が口を開いた。彼女の顔は、まるで、生ける弥勒菩薩像のようだ。折鶴の群れは、キラキラと輝き、光の柱へ向かって合流していく。

地上に視線を移すと、午前だというのに立ち上った煙で依然暗く、その中を怪我をした人々がまだ歩いている。まだだ。まだまだ、地上には沢山の被爆者の魂たちがあふれている。

「もう、天の御柱は立っているのに」

瑠璃は辺りを見回して言った。

「みんな、爆発の苦しみでこの時空に意識が凍りついて、気づかないんだ。だから、生きているあたし達が天の御柱へ導いてあげないといけない。天の使いたちより、地上のあたし達の方が、彼らに意識が近いから。そのために、あたし達は今日ここに三人集まった」

そう言うが早いか、赤毛の少女は右手の神鏡をカンテラのように掲げて、光を放ちながら走り去った。

「みんな、早く天の御柱へ！　光の柱へ！」

鏡はまばゆく光を放って、辺りを照らし、その輝きは瓦礫の山を超えていった。少女が鏡を掲げたまま走り去った後、ようやく被爆者たちは彼女の指し示す方角に立っている光の柱に視線を向けた。すでに金色の少女も、同じく輝く勾玉を掲げて別の方角へと走り去っている。それを追うようにして、無数のオーブ（光の玉）が乱舞している。

「私も、やらなくちゃ」

瑠璃が持っていた草薙ノ剣は、光の柱のために剣先を天に向けて、地面に突き立てたままだ。瑠璃は、声を枯らして瓦礫を走り回る。

「光の柱へ、光の柱へ行ってください！」

その時、瑠璃はふと空を見上げて立ち止まった。

「あっ」

天から白い何かが降りてくる。ゆっくりと蛇行しながら瑠璃に近づいてきた。白い龍だ。

「ファ、ファルコンだ」

さながら、映画『ネバー・エンディング・ストーリー』のファルコンのように見える龍が舞い降りてきて、瑠璃の目の前の地面に降り立った。

瑠璃が碧眼でじっと見ていると、その細長く白い身体はサンライズ出雲の車体へと変化した。そこへ、町を一周してきた二人の少女が戻ってきた。

「龍は次元を超越し、御霊送りをする役割を持つ神霊なんだよ。さぁ、みんなを集めて列車に乗せよう」赤毛の少女は言った。

瓦礫の中をさまよう被爆者たちに、三人は今度はサンライズ出雲へ乗るように叫んで指示をした。

突然、瑠璃は身動きを止めた。空に威圧感を覚えて、原爆ドームの真上を見上げる。まだ破壊される前の、「広島県物産陳列館」という建物。その原爆ドームの上空に、巨大な赤黒い塊がある。原爆の火球だ。

「あれは……？」

なぜか、火球はまだそこにあった。

「原爆投下の瞬間の時空が凍り付いた爆発だ。……早く乗って、引きずり込まれてしまう前に！」

赤毛の女の子は焦っていた。それでも瑠璃の碧眼は、火球から離れなかった。

「見てはいけない！　囚われるぞ。爆発のリアリティに呑み込まれそうになるな。君の心があれを実体化させてしまう。あれは君の世界の現実じゃない」

上空の火球が生き物のように、メラメラと動き始めた。そして、辺りを吹き飛ばす衝撃波と光が瑠璃を襲った。

「早く乗れ！」

突然、すらりと背の高い男が現れて叫んだ。瑠璃の手を引いて、強引に電車に引っ張り込み、背中を押した。

「……おじいちゃん？！」

　ポマードでなでつけた頭は黒々とし、トレンチコートを着たその人物は神楽比呂司だった。若い。四十代くらいに見える。か、かっこいい。だけどそれは確かに比呂司、瑠璃の祖父だ。おじいちゃんの年齢は、確か七十三歳だったはず。すると原爆の時は、おそらく十歳くらいだった計算になる。しかし、目の前の比呂司は、そのいずれでもなかった。

「あそこは黄泉比良坂だ。お前は今日、夜と昼の境の夕刻にあそこへ行った。あの世とこの世の境界の、黄泉の扉を開けてしまったのだ。私が今から黄泉比良坂を封印する！　だから、お前達は早く汽車に乗るんだ！」

　比呂司の言葉で瑠璃は思い出した。そうだ、そうだよ。サンライズ出雲は、瑠璃が東京から出雲へ来るときに乗った寝台列車じゃないか。瑠璃は黄泉比良坂でサックスの練習をしていたはずだった。一週間後に迫った、原爆慰霊祭の夜の演奏に間に合わせるために。それがなぜこうなった。

　突然、瑠璃は背後に何者かの鋭い視線を感じた。

　振り向くと、爆発の直下の原爆ドームに、背の高い男が立っていた。戦前の軍服姿、マントを羽織った男だ。目深くかぶった軍帽に顔が翳っているのに、なぜか左目だけが異様に光っている。それは原爆の犠牲者の霊魂ではない。確実に、その男だけがこの世界で異質だった。男は、白い手袋を瑠璃に向けてかざした。手袋に、紫色の五芒星がついている。

そうになった。

「臨・兵……」

男が九字を唱え始めた。その手から出る紫がかったエネルギーの渦の中に、瑠璃は引きずり込まれ
「比呂司さん……お願いします！」

赤毛の女の子が辛そうな顔で声をはり上げた。

「でも、おじいちゃんは？」

なぜか若い比呂司は列車に乗らず、原爆の火球を睨んで瓦礫の上に立っている。若い比呂司は、瑠璃を守るために、瑠璃を黄泉の世界に引きずり込もうとしている男と対決し、開いてしまった黄泉の扉をもう一度封印しようというのだ。

「かまわん……私の事は気にしなくてよい。こうなる運命だったんだから」

「バンビちゃん、ここは彼に任せるのよ。これは比呂司さんにしか出来ない」

赤毛の少女は瑠璃の事を「バンビちゃん」と呼び、その瞬間、列車のドアが閉まった。

「イヤだおじいちゃん、死んじゃいやだ。私のせいだ。私のせいで……こんな……」

「行け！」

ファルコンことサンライズ出雲号の後ろの車両まで、爆発が迫ってきた。しかし、ファルコンは光の柱の上へ上へと、勢いよく上昇した。

「おじいちゃああん！」

爆風で風に髪が揺れ、窓から顔を出した瑠璃は、最後に比呂司の姿が光に包まれたまま見えなくなるまで、地上を見下ろしていた。

その時だ。目もくらむほどのまばゆい光と共に、天上からソプラノの音が響いてきた。音は次第に近づいてきて、その甲高い音を発している光の玉が瑠璃のハートめがけて飛び込んできた。

意識が遠のいていく。

＊　＊　＊

——お父さん……お父さん……

これは、仁美さんの声だ。

一体、何が起こったのだろう？

「救急車、救急車を呼んで……」

社務所内がバタバタとしている。警察と、救急隊が駆けつける。町の人々も集まっている。社務所の中も外も、天宇受売神社には、大勢の人々の気配があった。

――今、救急車が来ますから、しっかり。

――私の事は心配するな。心配は要らない。前から覚悟は出来ていた。それより今は、瑠璃の事だ。

――でも……。

――こんな時こそ冷静になれ、仁美。お前は、これからの瑠璃の体験が、どんなに大事なものであるかが分かるはずだ。そのために東京から飛んできたんだろう？

――はい……。

――瑠璃はまだ右も左も分からない。出雲へ来て、いきなり混乱させてはだめだ。これから、教える事はたくさんあるんだぞ。

――はい……。

――心配か？

――でも、私だけでは到底。瑠璃は、私よりも重い使命を担っています。本当に私にできるでしょうか。

――お前ならできる。仁美。わしはいつも傍にいる。

――はい。

＊　＊　＊

かすんだ視界がかげっている。
あの少女達が、寝ている瑠璃の顔を覗き込んでいるらしかった。
赤毛の少女が言った。

――もう……大丈夫だよ、この子は。

瑠璃は二人の顔を見て、呟くように言った。

——私、一体何のために出雲《ここ》へ来たの……。

こんな事になるなんて。早すぎた。早すぎたんだ。

私にはまだ広島で亡くなった魂を慰めるなんて、力不足だったんだ。

だから、おじいちゃんが……。

巻き込んでしまったのは私のせい。

こんな事なら、私、出雲に来ない方がよかったかも。

——何バカな事を言っているんだ！　君は広島の魂を救ったんだぞ。

何万という魂を救ったんだぞ！

——そうよ、自分を責めないで。

——でも……でもおじいちゃんが。

——じゃあ、どうするつもりなんだ？　君は。

――私、七日前に、元の世界に戻りたい。こんな事になる前に……。

天宇受売神社　二〇〇八年七月三十一日夜　十時十五分

瑠璃は、自分が社務所の客間で寝かされている事に気がついた。夜の天宇受売神社の社務所の中。比呂司が横でうちわをあおぎ、リラックスした表情で枕元にあぐらをかいている。死んでいなかったのか。縁側の障子が開いていて、虫の音が響いている。

「あれ……?」

瑠璃が寝ているのは、昼間に食事をした大広間の隣の部屋だ。縁側から見える外はすっかり日が暮れて、静かに虫の音が響いている。今はいつだ。じっと考える。そうだ、東京からサンライズ出雲に乗って、出雲の天宇受売神社に来たのだった。それから黄泉比良坂の深淵へ行って、サックスの練習をして……。

じゃ今のは……全部夢?!　本当に?　信じられない……。

広島も、さっきの救急車騒ぎも。そしてあの女の子たちは?　いや……社務所の屋敷内は静けさが支配している。虫の音は聞こえてくるが、大勢の人の気配は全くない。救急車も警察も、近所の野次馬もどこかへ消え去ってしまった。おじいちゃんは目の前にいる。

「あたし……どうしたんだろ」

まどろみの中で、救急車の音を聞いたような気がした。屋敷内がドタバタと騒がしく、どこかの部屋から、女の子たちの笑い声が聞こえたような気もした。「うるさいなぁ人が寝てるのに」と思ったが、今は静まり返っている。

……恐ろしくリアルな夢だった。まだ夢の続きの中をさまよっている感覚がある。

「起きたか。沼の方から気持ちのいい音楽が聞こえてきたんで、わし達は見に行ったんだ。ところが私が行くと、お前はちょうど池の中に入って行くところだった」

比呂司は黒光りする時計をチラッと見た。

「えぇそんな……」

自分が、沼に入っていったのは本当だったらしい。ゾッとする。やっぱり危なかったんだ。しかし、その後の記憶がない。見ると瑠璃は浴衣を着せられている。身体は拭かれていて、濡れていなかった。

「黄泉比良坂って、本当なの？　死者の国に通じているって」

「瑠璃がサックスの練習をしていたあの沼のあたりは、今は地形がずいぶん変わったが、もともとは根ノ国と呼ばれている、妖怪たちの国に通ずる霊的な入り口があったところだ。黄泉比良坂という名前から、もっぱら黄泉の国への入り口のように思われているが、それだけではない。古事記では、素戔嗚ノ命《すさのおのみこと》は根ノ国の主になったと書かれているけれど、それがこの場所なんだよ」

比呂司によれば、夫婦神の争いの話は、古事記編纂時に、日本に伝わったギリシャ神話からの引用だという。

「深淵に入っていった瑠璃は、あのままじゃ死んでしまうところだったんだ」

沼から後の瑠璃の記憶は、戦時中の広島に飛んでいた。夢の中をさ迷っていたらしい。実際に自分に何が起こっていたのかはわからない。瑠璃は祖父との会話で聞き出すことにした。

仁美が無言で部屋に入ってきた。仁美は天宇受売神社の巫女で、瑠璃の叔母にあたる。年齢の割にはものすごく若く見える。すでに四十は過ぎたはずだが、小学五年に会った頃と全く変わっていない。神妙な顔で縁側近くに正座する仁美は、黒いワンピースを着て、重い表情でおし黙っている。

（なぜ、仁美さんは喪服を着ているの？）

仁美は終始沈黙を守り、精神統一しているような半眼で、ピクリとも動かない。仁美の姿を見ていると、瑠璃はまださっきの夢の続きを見ているような気がしてくる。

「あそこには、蛍しかいなかったみたいだけど」

瑠璃は慎重に話を進めた。

「源氏蛍が見られるのは五月から七月までだ。八月に入ると、源氏蛍は死んでしまうから。今いるとすれば平家蛍だが、蛍はそもそも、綺麗な清流にしか棲まない。だから、あの深淵の光は蛍の光ではない」

「じゃあ何よ？」

「ヨウカイだよ」

「えっ」

比呂司はケロリともう一度言った。

「妖怪」

「お前は、妖怪たちが乗り移った蛍の大群に気に入られて、深淵から連れて行かれそうになったんだよ。妖怪の世界にね」

「えぇーっ、じゃあ、妖怪の仕業っていうこと?」

またまた~驚かせようと思って。瑠璃は肘で上体を少し起こした。

「そうだ。まー、妖怪と言ってもな、精霊の一種でな、彼らの性質を理解してやれば、別に恐れるようなものじゃない。人間の目には見えていないだけで、もともとは自然とともに、普通に生活していた生き物だ。須佐《すさ》神社や八重垣《やえがき》神社に祀られている素戔嗚ノ命は、その昔、迫害された妖怪たちを救ってやった」

そういう比呂司の後ろに見えている庭に、チラチラと蛍が飛んでいる。これも妖怪の仕業か。この蛍も本物ではないかも……。

光っているのは蛍だけではなかった。比呂司に目を移すと、一瞬光って見えた。それに何か、昼のときと違う。凄く元気そうだ。

「でも、妖怪なんて見なかったけどね」

光って見えたのは気のせいかな。

「素戔嗚ノ命が解放した妖怪たちはもう地上の世界にはいない。明治維新による近代化と共に、彼らは姿を消したのだ。まるで、絶滅した日本狼みたいにな。今では、存在していないかのように思われている。妖怪とは一種の、自然界の精霊のようなものなんだよ」

「うーん、精霊なんて、ほんとうにいるのかな？」

東京で妖怪などの話を聞いたとしても、アニメか、都市伝説のネタにすぎないが、出雲の神社の中で聞くと、神主の祖父の言葉がそれなりの説得力で瑠璃に迫ってくるから不思議だ。

「日本では古くから八百万《やおよろず》の神様というが、八百万の中には、普通の神様だけでなく、妖怪たちもちゃんと含まれているんだよ」

「八百万の神様も、見たことないんだけど」

「そうだな、確かに、『古事記』の冒頭に登場する神は、すぐに隠れたと書かれている。それで、一度きりしか出てこないが重要な神様がたくさんいる。神というのは、『隠り身』という言葉から来ている。つまり神とは、隠されたもののことを言うんだよ」

「隠れているって、どこに？」

「目に見える物の向こう側にだよ。神っていうのは、この物質の世界、つまり目に見える世界の奥に隠れている『何か』なんだ」

比呂司によると、宇宙には実は二つあって、目に見える物質的な宇宙と、もう一つは、その奥に隠れている宇宙なのだという。その世界のことを、神道では幽世《かくりよ》というのだそうだ。それは目に見えず耳にも聞こえない波動だけ、エネルギーだけの宇宙、霊の世界らしい。それを昔から隠り身、神と呼んでいた、という話だ……。

「現代の一部の学者の中には、神のことを、サムシンググレートと呼んでいる者もいる」

「でも、それって、まだ科学的に証明されたわけではないんでしょう……」

そうはいいながら、瑠璃は黄泉比良坂で体験した事を、比呂司に言えないでいた。どう説明すればいいのか分からない。

「神とは、五感で感じている物質ではないから、第六感で識《し》るしかない」

「ふ〜ん」

つまりは、妖怪か何かわからないけど、目に見えない得体の知れないモノたちが瑠璃の演奏に反応したということか。それはともかく、とっても気持ちよく演奏できた事を思い出す。

「でも……どうして、あたしなんかに近づいてきたんだろう？」

「おそらく、瑠璃のサックスの音がよっぽど気に入ったんだろうな。きっと。そしてお前は、観客である妖怪たちに魅入られ、彼らと一体になったまま、根ノ国に連れていかれそうになった。ちょっと危険だったが、妖怪たちに悪意はない。彼らを怨んではいけない」

「……なんなの、それ気味悪いなぁ。あたしに話しかけてきたの？　まるでゲゲゲの鬼太郎の世界じゃん」

「うむ。水木しげるも、この地方の鳥取県の境港市出身の漫画家だから、あながち外れてはいない。

彼は、妖怪の世界を感じ取る力を持っている。マンガやアニメの世界では、もうこの世に存在しない妖怪や妖精たちが活躍しているが、それは瑠璃と同じく、漫画家の中に、見えない世界からのインスピレーションを受けている人たちがいるからだ。アニメという言葉だって、もともとアニミズムから来ているし。むろん、そこにも意味がある。日本では物にも命が宿るという付喪神《つくもがみ》信仰がある。アニメというのは、描いた絵に生命を吹き込むことだし」

瑠璃は起き上がって、仁美が冷蔵庫から出してきたラムネを飲んだ。カラカラ……とビー玉の音が鳴る。

瑠璃が比呂司と話している間、仁美は部屋を出たり入ったりしている。この社務所兼自宅の大屋敷はとても広くて、部屋がいくつもあった。一体どれくらいの部屋があって、どんな人が何人くらい働いているのか、瑠璃は知らない。夢うつつで聞いた女の子たちの声は聞こえなかった。ただ一人、目の前に比呂司だけがのんびりと座っていた。

「きっと今はいなくなったけど、彼らは自分たちも地球の仲間だと教えたかったのかもしれん。彼らはかつて迫害を受け、地上に姿を見せなくなったが、彼らも地球の一員であり、我々と同じ地球人なんだ」

比呂司は、仁美のせわしなさをまるで気にしていないようだったので、瑠璃も話に集中した。

「ふーん、そうなんだ」

「芸術家には霊感が必要不可欠だ。昔は、芸術家はそうやってインスピレーションで霊界の波動を受信して芸術を作っていたものさ。ま、サックス奏者の瑠璃にも、芸術家の才能があるってことを、妖怪が証明してくれたんだろうな」

比呂司は笑った。

「そう言われるとすごくうれしい。でも」

上体を起こすも、身体が重く感じて、ぱたっと再び横になる。

「あぁ……すっかり遅くなっちゃった。こんな事している場合……じゃ」

「まぁ落ち着きなさい。焦ってもいい考えが浮かぶというものでもない。身体ももう少し休めないとな。……ずっと気もそぞろなわけを聞こうじゃないか。でも、なんだ？」

肩に触れた比呂司の手は温かい。あぁ。実感がある。おじいちゃん、やっぱり生きているんだ。

「……ううん、別になんでも」

瑠璃は目をつぶり、黙った。

「フフフ、やっとヘッドフォンを外して話してくれたな？」

瑠璃は再び起き上がり、祖父の優しい目を見た。

「さっき昼食の時は、いくら話しかけても、お前は心ここにあらず、という感じだったからな」

「ホントにごめんなさい。プログラム曲を、繰り返し聴き直していたんだ」

「そうか。何をそんなに、焦っているんだ？」

「……」

比呂司は、孫の口数が少なくなったことに気付いていた。小学五年生のころに来た時はくったくのない少女だったが、今はどこかに壁が感じられる。

「家では、こんな話はできないのかな？　お母さんと」

瑠璃は小さく首を横に振った。

図星だった。

母親だけでなく、大人に対して心を閉ざしているような部分があることは、自分でも自覚していた。きっと母親や家庭のことが、瑠璃の性格形成に大きな影響を及ぼしている。

「お母さん、仕事が忙しいから、私にかまっていられないよ。広島の演奏にも、あんまり興味ないし」

数年前。瑠璃の父と母は、お互いのエゴをぶつけ合った揚げ句に別居した。まだ正式には離婚していないが、父は三軒茶屋のマンションから出ていった。その後、瑠璃は、ＩＴ技術者である母と二人で暮らしている。母親は一人で瑠璃を育ててきたが、とても忙しい毎日を送っていたので、瑠璃はいわゆるカギっ子になった。

実際、母親は料理もまともに作れないし、自身も外食で済ますことが多い。家庭の食卓は崩壊し、瑠璃は食べられないものが非常に多くなった。カップラーメンやスナック、飲みものは清涼飲料と、結果的に、極めて偏食になって今日に至る。学校のお弁当は、白米だけを弁当箱に詰めて、その日の気分でチョイスしたカップラーメンを買い、学食でお湯をもらって一緒に食べるのが、瑠璃の定番のメニューだった。ただし、ビタミン・ミネラル入りのゼリー飲料だけはちゃんと飲み続けているが。

つまり瑠璃は、程度の差こそあれ、現代ではありがちな問題を抱えた家庭に育っている。その割には、エリート街道を邁進する両親とは全く違う、自由奔放な性格に育った。両親ともに仕事が忙しかったため、過度の期待を持たれなかったことが幸いしたのかもしれない。

瑠璃は、自分の興味がない事には注意力散漫で、なにをやっても長続きしなかった。小さい頃からごっこ遊びが大好きで、友達と遊ぶ時も、独りで遊ぶ時も、必ず何かになりきり空想の世界で自由自在にイメージを作り出す。授業中に妄想に没入し、現実逃避する事も一度や二度ではなかった。他人の評価をほとんど気にせず、やりたい事しかしないので、両親も最初の頃はよく怒っていたが、いつしかあきらめたらしく干渉しなくなった。その結果、彼らの子供にしては、奇跡的にお受験やお稽古事とは無縁に過ごした。

その一方で、瑠璃は、男の子のように自然の中で遊ぶことが好きだった。神秘的な世界に憧れを抱き、時々不思議なことを口走る、占いやパワースポット巡りが大好きな少女に育った。そのため瑠璃は、天宇受売神社の祖父とは幼い頃から仲がよかった。アニメ『アルプスの少女ハイジ』のハイジとおじいさんの関係だ。宮崎駿のアニメ『風の谷のナウシカ』を見て、戦いを止めるために戦う少女、ナウシカに憧れを抱いた。両親は、自分たちのように育てようとはしなかったが、瑠璃がなんでこんな風に育ったのかと不思議に思っている。きっと、幼いころからアニメや映画に親しんできたために、浮世離れした性格になったのだと、半ばあきらめをもって見ていた。

そんな瑠璃がサックスに情熱を傾けたのは、中学生になって、父が別居すると決まったときに、父のサックスを譲り受けてからだ。瑠璃は、自分の興味がないことは、何ごとも飽きっぽくて続けられなかったが、サックスの練習だけは違った。

「ま、瑠璃も年頃だからな。けどお母さんもお前が何を考えているのか、分からないと思っているかもしれんぞ？　人の気持ちを知るには、自分の方からまず語ることだ。そうすれば、相手もおのずと心を開く。ま、鏡のようなものだな、人間の心というのは。もし、何か気がかりになっていることがあるなら、わしに聞かせてくれてもいいんだぞ。わしなら、めったに会うわけじゃないし」

瑠璃は比呂司の顔を見る。

すこし間をおいて、瑠璃は再びラムネを飲みながら話し始めた。

「ほんとうはあたし、まだ自分のサックスに自信がないの。妖怪とか精霊とかが、反応して喜んでくれたっていう話は、もちろんすごくうれしいんだけど。まだ全然、そんなにいい音が出てるとは思えなくて」

神楽瑠璃の通う三軒茶屋高校は、吹奏楽部の全国大会で何度も優勝してきた強豪高である。一年生の瑠璃は、その第一サックス奏者として広島へ向かう。他の部員たちが公演前に広島のホテルに泊まる一方で、瑠璃だけ特別に、父の田舎に泊まる事を許可してもらっている。一週間前から田舎に泊まって一人で練習し、広島公演のリハーサルに合流する予定だ。

「本当はね、ソプラノサックスが吹きたいんだ」

瑠璃は枕元のアルトサックスをじいっと見つめた。その音に、ずっとこれまでしっくりこなかったアルトサックス。もともとジャズに傾倒していた父とは違って、瑠璃はソプラノサックスの透明感のある、きれいな音色を求め続けていた。

天上の調べのようなソプラノサックスに対する憧れ。いいや、ソプラノサックスよりも、ソプラノのような高音そのものに対する憧れが瑠璃にはある。……あの時まで、あの瞬間まで、ずっと灰色の生活だった。小学校高学年から両親の関係がぎくしゃくし、家庭の中が冷え込んでいったあの当時。何をしても、どこへ行っても世界には色がない。サックスを手にするまでは。

あれは、テレビでよく流れていた車のCMの曲だった。その時、ソプラノ歌手が唄った「瑠璃色の地球」の歌声が耳に残った。自分の辛い気持ちに寄り添ってくれるような、優しく透明感のある歌声だった。その時、この世界が音で彩られていることに初めて気づいた。それから瑠璃は音の探求を始めた。父親の趣味のジャズのCDの中から、ケニー・Gのソプラノサックスのアルバムを見つけて聴いて感動した。自分には歌を歌うことはできないけれど、ソプラノの音色をサックスで奏でることならきっとできるはず。いつか、その天上の調べのような音を、自分でも自由に吹けるようになりたい。あの名も知らない歌手のように、サックスでソプラノの音をつむぎ出して、音楽で辛い人の心を明るくできるような、そんなサックス奏者になりたい。それ以来ずっと、ソプラノの音に憧れ続けている。

瑠璃は中学に入ると、父から譲り受けたアルトサックスを手に、吹奏楽部に入部した。顧問の先生やサックスパートの先輩からは、使いこなすのが難しいソプラノサックスよりも、まずアルトサックスを極めるべきだと強く勧められ、結局瑠璃はこれまでずっとアルトを吹いてきた。

しかし今年の夏に限っては、アルトサックスではいけない理由があった。

「広島公演までもう何日もないけど、どうしても広島ではソプラノサックスで吹きたいの。でも、今はアルトサックスしか持っていないから、アルトで何とか理想の音が出せないかなと思っていて……。そこをなんとかしようと思って、あたしだけ先生から許可をもらって、先に行っておじいちゃん家《ち》に泊めてもらう事にしたんだ。みんなは本番前に高速バスに乗って、広島市のホテルに泊まって、市内の高校の体育館で練習する予定だけどね。あたしは、広島で納得のいくいい音を出すために、とにかく一人で練習する時間がほしかった。だから、ここへ来たんだけどネ」

顧問の音無は、ソロのパートを瑠璃に任せていたが、技術的に不安な部分はすでになく、夏休み中ということもあり、広島に近い田舎でのびのびと練習できるなら、その方が効率も上がるだろうと考え、瑠璃の単独行動を許可した。

そうして一念発起して一人で始めた練習だったが、やっぱり心のどこかでアルトサックスの音には納得できず、ソプラノサックスじゃなきゃ、という気持ちが高まっている。

「えーとそれは、ソプラノサックスでないと、出せないのか？」

「うん。ソプラノの音って、広島で原爆の犠牲になった人を慰めるためにどうしても必要だから」

「ふぅん？　というと」

「うまくはいえない。けど、なんとなく、そういう音なんだと思う。たった最後の一曲だけだけど、あたし、自由な曲を任されてるの。あたしは、そこに全部のエネルギーをかける。本当はあたしが、自分の声でソプラノで歌えればいいんだけどさ、歌えないからせめてソプラノサックスで。でもそのためには、技術だけじゃだめなの。サックスの技術だけじゃ、人の心は動かせない。技術に加えて、それを超えた、何かを掴まないといけない。広島公演までに、何か奇跡が起こって、ソプラノサックスが吹けたらいいなぁと思ったけど。まあ、そんな夢みたいな話もなさそうだし。お母さんに言っても全然理解してくれないし。でもどんどん日が近づいてきちゃって。だから、あと一週間で、アルトでなんとかしなくちゃって。今、すごく焦っているんだよ」

「そうか。つまり瑠璃は広島に、何か特別な思い入れがあるわけだな？」

「うん」


小学三年生の頃、９１１テロの映像をテレビで見た瞬間、瑠璃の中で世界が変わった。その直後から始まったアフガン・イラク戦争の報道を追いかけながら、瑠璃は子供心にも憤りを感じた。生まれて初めての事だ。何か、大人ってなんて愚かなのか、こんな大人たちに世界の運命を任せてはおけない、という感覚だった。

そうして瑠璃は小学三年生の時に、「自分が戦争のない世界をつくる」と一人で決心した。普通の人間は、悲惨な事件や戦争の話を聞いても、そのうちに忘れてしまう。しかし、神楽瑠璃の場合は違った。それから瑠璃の目に見えてくる世界が変わっていった。

やがてその思いは、自分の田舎である島根のすぐそばで起きた、広島の原爆に対する思いにつながった。広島の事を考えると、どうしてか、とっても瑠璃は焦燥感にかられる。……原爆で犠牲になった人たちの魂を慰めたい。その思いと、以前聴いたテレビCMのソプラノ歌手のあの癒しの歌声がつながった。ソプラノサックスの音には、あらゆるものを癒す力があるのだから、自分にもできるはずだという思いが湧いてきた。

広島での演奏が学校で決まった時に、瑠璃はすべてがこの八月六日のためにあると確信した。自分に出来ること。それは、自分の理想とするソプラノサックスの音を奏で、戦争で亡くなった人たちの魂を癒すこと。鎮魂の演奏をすること。

それが、今回の旅における自分の役割だと瑠璃は自覚していた。だが、夢の中での体験を考えると、果たして自分が広島で鎮魂の演奏ができるのか、本当に音で魂を癒すことができるのか疑わしい。黄泉比良坂で見た幻想が、あの原爆の瞬間に本当に起きていたものだとしたら、今の瑠璃には広島に行っても犠牲者の魂を癒せる自信はなかった。

ましてや、何を演奏するか、どうやって演奏するかもまだなにも決まっていない状態だ。

比呂司は話を聞いてうなずいた。

「なるほど。お前はどこか他の子と違うところがあると、ずっとわしは思っていたよ。素晴らしい話じゃないか。なぁ、仁美？」

無表情な仁美も黙ってうなずく。

「でも、今はソプラノサックスを持ってないんだろう。たとえ、思いどおりのソプラノサックスの音じゃなくても、きっと瑠璃の演奏にはちゃんとそういう思いが入っているんだから、その音には死んだ人の魂を癒す力があるさ」

「そうなのかなぁ。いや、違うよ。きっとこの音じゃない」

瑠璃は枕もとに置かれた父譲りのアルトサックスを見やった。

「第一、ソプラノサックスが今すぐ手に入ったからと言って、すぐに吹けるようなものじゃないんだろう？」

「うん、まずソプラノサックスの音の出し方をマスターして、そこに心を込めなきゃいけない。それを、広島までに完成させなきゃいけない」

「学校には、ソプラノサックスはないのか」

「学校には確かあったと思うけど、先生は許可してくれないし、荷物になるから広島には持ってこないだろうね」

「じゃ、ソプラノサックスを吹こうにも、今は持っておらず、手に入るあてもなく、たとえ手に入ったとしても、広島公演までの短い期間で理想の音を出すのは容易ではないわけだ」

「そうだよ」

「なら、今自分が持っているアルトサックスと、今の技量で、最大限の努力をするしかない。お前はまだ若い。ソプラノサックスの理想の音など、将来いくらでも吹く機会があるはずだしな」

比呂司のもっともな意見に瑠璃は黙った。

「さっきだって、平家蛍の光が瑠璃を歓迎してくれていたじゃないか。精霊だったけど。自然の精霊たちを動かしたのは、瑠璃の音楽が本物で、かれらを感動させる力があったから。それは本物の芸術家の証だよ。きっと、広島で亡くなった人の魂を癒すだろうさ」

「……確かにあたし。さっきはホンット驚いたけどね。でも、やっぱりあの音じゃだめなんだよ！技術的にはね、もう東京でもさんざん練習してきたもの。中学生のころから、ずっと一日六時間欠かさず練習してきたし、超技巧曲だって吹けるよ？」

瑠璃はチャーリー・パーカー作曲の『♪Ｃｏｎｆｉｒｍａｔｉｏｎ』をよく練習している。上級者向けの曲だが、その技巧は、玄人の音無顧問からも高く評価されていた。

「でもね。これは、もうテクニックの問題じゃないの。他の人じゃ違いは分からないと思う。う〜ん。なんて言ったらいいのかなぁ」

瑠璃は、音楽の技量はあるが、聞く人の心を動かす自信がなかった。何かが欠けているけれど、しかし、それが一体何なのかは分からない。

自分の演奏には、何かが、決定的に欠けている。基礎的な技術は十分あっても、それだけじゃ満足できない。頭の中では、理想とするソプラノがずっと鳴り響いているのに、それを形にすることができない。技術を上回る表現ができない。いや、欠けているのは自分の心の中の何かだ。音にハートが足りない。それを埋めようと、瑠璃はこれまで必死で練習をしてきたのだ。だが、心にぽっかりと空いた虚ろな空間は、これまで埋まったためしがない。

両親が別居した頃から、その虚ろな状態をはっきり意識し始めたように思う。その心の隙間を埋めるべく、手にしたサックスを必死に練習してきた。父と一緒にいるような気がして。

「いや、おそらくそれよりもっと根源的なものだろうな。それはお前の魂の奥底からの、渇望なんだ」

瑠璃の話を聞いて、比呂司は言った。

「そうかな。そうだったのかもしれない。けどそれをソプラノの音が埋めてくれるような気がする」

そう。私のハートを。

「ソプラノの音の追求が、お前の心の空虚を埋める。それは単によりよい演奏をするためだけでなく、お前自身のためでもある、という事だな」

「うん……」

「技術だけではいけない。技術を超えた何か。それこそがサムシンググレート、つまり芸術に隠された『神様』の存在なんじゃないのかな？　お前は科学的証拠がない神様は信じられないっていうけど、まさに今、見えない何かを掴もうと必死になっているように見える。そして、それの実在を、心の中ではほぼ確信している。言葉を変えれば、技術だけでなく、そこに入る魂があって初めて、車の両輪が揃うということだな。お前は芸術の本質が、なかなかよく分かっているようだ」

「そう、そこなんだよ！　すごい、なんで分かるの？　あたしの言いたいことが。今でも言葉にできない感覚なんだけど。そしてその魂だって、ソプラノの音ならもっと、もーっと込められる。ソプラノだったら、あたし、もっとすごい力が出せるはずなんだよ」

瑠璃はまだ、自分の技量を超えたところでの、本当の自信を掴んではいない。

「何も完璧な演奏を求める必要なんかない。プロだって完璧な演奏なんて人生で一度あるかどうかじゃないかな……。それよりもまず、自分が楽しむことから始めなさい」

祖父はそう言って笑った。

――おじいちゃん、色々知ってるんだね。さっき私に何が起こったのかも……。きっとそうだ。そんなことを考えているうちに、瑠璃はだんだんまぶたが重くなってきた。そのまま横になると、瑠璃は深い眠りに落ちていった。

現実と夢の狭間に、ぼんやりと考えている。広島に出てきたあの子たち、一体誰だったんだろう？

＊＊＊

瑠璃は大きなテーブルに並べられた仁美が作ったごちそうを、三人でワイワイと食べていた。広島の爆心地の夢に出てきた二人の少女が今、瑠璃の目の前に座っていた。やっぱりあの少女達は実在していた。そしてテーブルの上には、昨日出てきた料理がそっくりそのまま置かれていた。

昨日、神社に到着したときに、瑠璃は、仁美が用意した料理を全く食べることができなかった。仁美が、出雲地方のご馳走を並べて待っていてくれたにも関わらず。瑠璃は、重度の食わず嫌いなのである。

仁美はやっぱりしゃべらない。あんまり何も言わないので、次第にアンドロイドに見えてくる。肌なんかリヤドロの陶器みたいだし。しかし相変わらず、昨日と同様、黙々と食べていた。アンドロイドはご飯なんか食べない。けど、彼女がアイアンストマックな事だけは確か。しかし、これだけ大食いでも太らないというのは、何か大量のエネルギーを消費する他の理由があるはずだ。たとえば、運動しているとか。

昨日瑠璃が残したごちそうは、結局、細身だが大食いの仁美が全部一人で食べていたわけではなかったのだ。今まさに、あの女の子たちと一緒に瑠璃も食べている。いいや仁美は最初から、三人で食べることを想定して料理を準備していたに違いなかった。どう考えても、それは瑠璃一人で食べる量じゃなかったからだ。

「あれ…〇スカちゃん、ミ△△ちゃん。私、食べてる。食べてるよ！　美味しい。……何でも食べられるよ?!」

瑠璃は驚きを隠せないまま、箸を動かし続けて口の中へと運んだ。瑠璃は二人を旧知の知り合いとして扱い、自然に名前を呼んでいる。

「そりゃそうさ。君は七日間で全てを学んで吸収し、もう七日前とは違うんだから。必然的にそうなるに決まってる」

栗毛の少女は笑った。広島では赤毛だったが、今は栗毛に変わっていた。どうやら広島での姿は過去へと意識をダイブさせた時の姿で、これが本来の姿らしい。

「ははは。そっか。そうだったねェ」

瑠璃も笑った。

「昨日は、せっかくのごちそうを食べられなくて、あたし、おじいちゃんと、作ってくれた仁美さんに申し訳なかったんだよね。あれ……う〜ん。でもさ、よ〜く考えたら、私まだ旅に出る前だけど？」

瑠璃は料理を見て考え込んでいる。

「意識が重なっているからね。七日経って、過去へと戻ってきたときに、七日前の君の意識とシンクロしてるんだ。これも、倍音って奴さ。それでちょっと今頭が混乱してるだけだよ」

「なるほど」

これから七日間の瑠璃の旅が始まる。この宴は、いわばその前祝なのだ。

祖父の比呂司も目の前に座っていた。おじいちゃんも、二人のことを知っているようだ。

「これで無事、三人の三種の神器が揃ったな。ア○○さんは鏡、△△クさんは勾玉。……さぁ瑠璃、ちょっと手を出してごらん」

おじいちゃん、生きていたのは良かったけど、爆心地の夢で見た若いおじいちゃんではなくて、いつものおじいちゃんだ。

「手の中を見てごらん」

瑠璃の右手の中にあったのは、広島で空から降ってきたソプラノの音だ。それが白く純粋な光を放つダイヤモンドに変わっている。耳を澄ますと、かすかにソプラノの音が鳴っている。ダイヤから出る音は、瑠璃のハートをなんともいえない安らぎの波動で揺らしていたが、でもまだ胸の空虚を全て埋めるほどじゃない。

「凄い……これ本当に、現実なのかな？」

瑠璃は手のひらで輝いているダイヤから、比呂司に視線を移した。

「意識の世界なんだよ」

「……意識の？」

「我々は今、肉体ではなく、それぞれみんな、奇魂《くしみたま》、つまりアストラル体の形で、この場所に集まっている。人間の身体には、肉体の他に、荒魂《あらみたま》、奇魂《くしみたま》、幸魂《さきみたま》、和魂《にぎみたま》があってな……。そしてその中核には、神からの分け御霊である直霊《なおひ》があるのだ。これは古神道で『一霊四魂説』と呼ばれている」

「……アストラル体って？」

「奇魂の、外国風の言い方だ。荒魂がエーテル体、奇魂がアストラル体、幸魂がメンタル体、和魂がコーザル体、そして直霊が真我にそれぞれ対応しているのだよ」

瑠璃が手の中のダイヤの輝きを見ているうちに、次第に部屋の景色がぼやけていった。

――これはやっぱり、夢だな。

＊　＊　＊

遠くから聞こえる、かもめの鳴き声。
波の音、……潮の香りがする。
海面にユラユラと、
まばゆく反射する日の光。
巨大な屏風岩がそびえ立っている。

夢の場面が切り変わった。

ここは稲佐の浜だ。

瑠璃は少女達と浜辺で一緒にはしゃいでいた。三人で、海岸で水着でバシャバシャと泳いでいた。まるで、普通の女の子みたいに。夢にしては恐ろしくリアルで、やっぱり現実感があった。結局のところ、少女達が何者なのかは考えてもよく分からなかった。考えているとますます頭が混乱するだけだ。でも、瑠璃は彼女達をずっと前から知っていた。ずっと昔から。幼馴染だったような？　いいや、前世の前世の、ずっとその前からだ。瑠璃は二人に言った。

「あたし……やれるかな……まだ自信ないよ」

――あたしには、おじいちゃんや、仁美さんみたいなことはできない。

――バンビちゃんはやれるよ。だって君は、広島の原爆犠牲者を救ったんだからさ。

どんな対立だって、どんな憎しみだって、君の音は救ってみせた。

――そうよ、あたし達がついている。

三本の矢って言ったの、瑠璃ちゃんじゃない？

あの時あたし、うれしかったよ。

そのお陰で、こうして飛鳥さんと和解することも出来た。

あたし達三人、いつだって一緒だよ。

その事を、決して忘れないで。

砕け散った瑠璃のハート

目が覚めた。

部屋の外はすっかり明るくなっている。日差しが瑠璃の眠る部屋に差し込み、鳥の鳴き声が響いていた。

比呂司の話を聞いているうちに眠りこけ、そのまま朝になったのだ。

「あの子達、また出てきたッ！」

なら、テーブルでの食事も夢か。その後、稲佐の浜に行って泳いだのも全部夢、実際の出来事ではない。現実には会ったこともない少女たちと、何度も夢の中で会って、彼女たちが現実に存在する人物のような気になっていただけだったのだ。

……夢の中みたいに、何でも食べられるようになるだろうか。夢の中の出来事に対して、何か非常に懐かしさにも似た感覚を覚えつつ、瑠璃は布団を抜け出した。彼女たちには、なんだかこれから会えるような気がする。

廊下に朝日が反射している。瑠璃はトイレに行った帰りに、部屋を通って自室に戻ろうとしたが、平屋の家はとても広く、相変わらず幾つ部屋があるのか分からなかった。結局右往左往しながら同じ廊下を通ることはできず、布団部屋のような部屋に迷い込むと、押し入れが開いていた。その上段に、布団の代わりに小さな人形がたくさん並んでいた。江戸時代の土人形である。朝日を浴びて、その表情はほがらかでみんなにこにこしていた。赤べこみたいに首がかくかく動く首振り人形だ。瑠璃が思わずぺこりとしたら、人形たちも笑顔で瑠璃にかくかくお辞儀をしているように見えた。いいや、違う。確かにぺこりとしていた。きっと瑠璃がこの家に来たことを歓迎しているのだ。それを見て、そっと戸を閉じた。瑠璃は、この事は祖父たちには言わない方がいいような気がした。

「なんか昨日、すごい夢見たよ！　おじいちゃんが、あたしにすっごい大きいダイヤをくれたんだ」

浴衣姿の瑠璃は廊下をドタバタ走り、ふすまを勢いよく開けると、朝っぱらから興奮してしゃべった。

そこに座っていたのは仁美だった。瑠璃が起きるのを一人で待っていたらしい。仁美は何となく喪服を連想させる黒いワンピースを着ている。なぜだ？　長机の上には、二人分の朝食が用意されていた。

「あれ……おじいちゃんは？　仁美……さん」

瑠璃は実は仁美がちょっと苦手だった。親類なのに瑠璃と違ってファッションモデルみたいにスタイルがいい。細くて、首が長く、ずば抜けて背が高いのでいつも見下ろされる。それでいて、顔は瑠璃よりも小さい。巫女は一般的に三十歳が定年らしいが、若いのはその格好だけではなかった。仁美は本当に二十代にしか見えない。それだけ、出雲の水は美容にいいのだろうか。そのうえ、派手派手な顔立ちで、まつ毛もすごく長い。長くて艶のある黒い髪は毛先をカールさせていて、いつも胸にルビーのネックレスをつけている。うりざね顔に切れ長の大きな瞳が瑠璃を見ると、何やら神妙な顔で無言でうなずいた。瑠璃に話があるようだった。

ゆうべのことを思い出す。瑠璃は仁美が用意したごちそうをほとんど残して、お茶漬けを食べただけだった。夢とは全く違う現実。……気まずい。寡黙な仁美と二人きりなんて。ところが、昨日寡黙だった仁美が口を開いた。

「今、病院よ。ずっと寝ている」

「えっ……」

瑠璃の血の気が引いていく。

「おじいちゃんは？」

「昨日の夕方からずっと、眠り続けている」

祖父の体調が悪いのは、昨日訪れた時からずっとだった。顔は明るかったが、何となく辛そうだった。仁美は、その事を言っているのだろうか。

「あの……」

一つ気になる事があった。

瑠璃は夢うつつの中で聞いた、比呂司が仁美に語った遺言めいた言葉を思い出した。その時、比呂司は仁美に必死に語りかけ、その後死んでしまったのだ。夢だと思っていたが、あれもまさか現実だったのか？

その事を話すと、仁美は一旦目を瞑った。

「そうか、あなたも見たのね」

そういうと、仁美は意を決したように瑠璃の碧眼をじっと見つめた。その深い黒曜石のような瞳に瑠璃は圧倒される。

「あなたが夢の中で見た光景は、きっと別の時空の父の最期よ」

別の時空……瑠璃はその意味が理解できなかった。

「今、意識不明の重態よ。つまり父の幸魂《さきみたま》は、黄泉の国へと旅立ってしまった」

「えっ、でも夕べおじいちゃんと話したんだよ！　その時、仁美さんも一緒にいたでしょ？　ラムネを冷蔵庫から出してくれたよね？　それじゃ昨日会ったのって？」

「父の奇魂《くしみたま》よ。黄泉比良坂から這い出てきた闇の存在から、あなたを守っているの」

昨夜、瑠璃と話した比呂司は、確かに実体を持っていたはずだ。必死で思い返してみると、祖父の体は少し光って見えたような気もした。それが、奇魂《くしみたま》であった証なのか。それなら、目の前に座っている仁美の肌が輝いて見えるのはなぜだろう。瑠璃はふと疑問に思った。

「だけど、父の幸魂は黄泉を封印しに行ったきり、まだ戻ってこない。病院で検査したけど、医学上、健康に何の問題もなかった。でもこのままずっと眠り続けるでしょう」

「黄泉比良坂は？」

「もう安全よ。父の封印が成功したのでね。ただし、黄泉比良坂は封印されたけれど、一度そこから出現した闇の存在はまだこの世を徘徊している。あなたが黄泉比良坂で呼んでしまった闇の存在は、今はどこかに姿をくらましている。けれど消えたわけではない。一度現れた存在は、そう簡単には消えない」

闇の存在、それは一体何者だろう。瑠璃は広島の爆心地で出会った軍服姿の男に襲われた、夢のシーンをふと思い出し、ぞっとした。……もしや、闇の存在ってあいつのことか！

「幸魂と奇魂って……？」

夢の中で、瑠璃はそのキーワードを聞いたような気がした。

「人間を構成する霊体の種類よ。私が一人でこれから、どうあなたにこの事を教えようかと悩んでいたときに、父の奇魂が戻ってきた」

一人でって、いったいどういう事だろう。寝ている比呂司は今どうなっているのだ。

「あなたが目撃した父の最後の現実は、別の時空で起きた一つの可能性。私たちが今いる現実世界では、父は沼に入って、黄泉を封印した際に、死は免れたけれど、病院で眠り続けている。あなたはその時、まだ元気だったので、一緒に救急車には乗らなかったんだけど、その後でぱったり倒れた。父の奇魂と話していたのは、その後よ」

仁美によると瑠璃は、自分は大丈夫だと主張していたらしい。なんてこった、ぜんぜん覚えていない。瑠璃はその間、誰かも分からない女の子たちと、楽しく会話した夢を見ていたことだけは覚えている。

「このままでは、近いうちにこの時空でも、肉体の父は平行宇宙であなたが見た光景と同じになってしまう」

つまり祖父の死が今後待ち受けている、ということなのか。

「そんな……そんな。私のせいで、おじいちゃんが？！」

「心配しないで。私が何とかする。あなたにこういう力があることは、私たちも予想していた。結果は予想以上だったけど」

「私に何が起こったの？」

「いくつかの条件が重なったの」

たしかに、比呂司に、黄昏時に黄泉比良坂に行くなと言われていたのだ。通常は近くにある揖夜神社が、黄泉比良坂を封印しているという。揖夜神社は、黄泉比良坂の不気味さと対照的な、静謐な空間を形作っている。だが、その封印は黄昏時に一瞬だけ溶けてしまう。

「あなたは禁忌を破ってしまった。その時、あなたは音楽を通じて変性意識になった。つまり第六感が開花したってこと。あの時、あなたの意識は、黄泉比良坂で闇の存在を呼び込み、それがあなたを黄泉の世界へと引きずり込もうとしていた」

比呂志のおかげで黄泉自体は封印されたものの、闇の存在はまだ瑠璃を狙っているらしかった。

「黄泉比良坂は、いわば四次元につながる入り口。時空が歪んでいて、普段は千引きの岩で封印されているけど、黄昏の時間だけ、封印が解ける。そしてあの世の扉が開くのよ。黄昏時に黄泉比良坂に行くことが、どれほど危険か」

瑠璃は仁美の向かいの席に座って、朝食の湯気を見つめている。ショックで何も言葉が出なかった。

おじいちゃんが意識不明に陥っていて、その原因が自分が禁忌を犯したからだなんて。

「でも、あなたが変性意識になったのは音楽の力よ。私たちは以前からあなたにそういう力があることを知っていたけど、あなたの覚醒は、私たちの予想をはるかに超えていた。瑠璃の霊能力は思った以上に強く、そこにサックスが増幅装置として働いて、黄泉の異空間を開いた」

仁美は「冷めないうちに食べなさい」と言って、自身も朝食に箸をつけた。目の前に並んでいるのはご飯と味噌汁、おしんこに鮭の切り身といった、瑠璃でも食べられる朝食だ。瑠璃はロボットのような動作で、黙々と食べ始めた。

「でもそれは瑠璃のトゥワイスボーンだった。ふつう、人間は、十五歳ころに、第二の生を受けるの。神道で奇魂と呼んでいるものが、体内に入り込んでくる。外国のスピリチュアリズム、神智学で、アストラル体と呼ばれているもの。私達は昨日がその日であることを知っていた。今、あなたは十五歳よね。観念的な思考が発達し、時に感情のアップダウンが激しくなる。世界に対して時に批判的に捉え、目的意識を持つようになる。それは、自分に対しても同じように。そうじゃない？」

「うん……」

そうだ。それと夢の中で、確かおじいちゃんに同じ話を聞いたような。

「あなたは美しい理想を抱いている。希望に向かって、夢に向かって猪突猛進。それは、奇魂が入ってくる頃の特徴なの。でもあなたの場合は、同時に、もともと持っていた霊的才能までが開花してしまった。あなたのそのあまりに強力な霊的な力のために、封印が解かれた瞬間に、黄泉の世界と一気につながってしまったの」

中学一年のときにサックスを手にした瑠璃は、吹奏楽部でメキメキとその腕を上達させたが、同時に霊的才能の開花まで準備されていたらしい。

「いわば、シャンパンの瓶の中で炭酸が爆発寸前になっていた。そこに外部からちょっとでも力を加えると、中のシャンパンが吹き出してしまう状態。それが昨日の黄泉比良坂」

「……」

「でも、あなたの場合は、どうやら特殊な事情があるようね。私には、黄泉比良坂で誕生したあなたの奇魂は、とっても小さな断片のようなもののように感じられる。霊的な力の巨大さと、小さな奇魂が、ものすごくアンバランスなの」

もしかすると、自分の個性って、広島の爆心地の夢で最後に自分の胸に飛び込んできたソプラノ音を発した光の玉か……？　あれが自分の奇魂なのか。瑠璃の胸の空白を少し埋めたようだったが、あれが何だったのか、まだ分からない。

「小さな奇魂……これから、だんだんと大きくなっていくのかなぁ？」

自分の中に個性が出来たということは、なんとなく嬉しい気がした。でも、非常に不安定な魂を持っているということが、すこし恐ろしくもある。

「そうかもしれない。今はとても不安定なので、広島の公演の日まで、私が守るわ」

「一体どうすれば……」

「今日はまず須佐神社へ行きましょう。須佐神社は出雲一の癒しのパワースポットだから。あそこには、傷ついた魂を癒す力があるの。素戔嗚ノ命にご加護をお願いしてみましょう」

「えぇー素戔嗚が？」

何というか、意外。素戔嗚ノ命といえば、神代一の乱暴者のはずだ。

そういえば、広島の爆心地の夢に出てきた、あの若い比呂司が、比呂志の幸魂なのだろうか。幸魂を取り戻せば、病院で寝ている比呂司は回復するのだろうか。須佐神社で、黄泉の国のどこかに失われた比呂司の幸魂を取り戻せるかどうかは分からない。だが、出雲一の癒しのパワースポットでなら……。

「その前に、まずはここで朝の参拝をしましょう。うちの御祭神の天宇受売ノ命は芸能の神よ。岩戸開きの御神楽で、ダンスを踊ったの。天宇受売ノ命は、神がかりの祖でもある。芸術にはインスピレーションが欠かせないからよ」

神がかりの事を「帰神法」というが、天宇受売ノ命はその神であるらしい。天宇受売ノ命を祭る神社は、賣太《めた》神社を初めとし、千代神社、芸能神社、椿大《つばきだい》神社と各地にあるが、その名を冠しているのは、長野県の鈿女《うずめ》神社とここ出雲の天宇受売神社だけという話だった。

「はぁ！　そうなんだ……」

今まさに瑠璃が悩んでいる芸術、音楽に関するヒントを持っていそうな神様だ。

「そう。魂を慰めるのも、御神楽の一種よね」

瑠璃は仁美の後に続いて社務所屋敷を出て、拝殿で、御神体の前に立った。仁美は瑠璃に前に進むようにと促した。

真ん中に鎮座する丸い鏡が、天宇受売神社の御神体である。きれいに磨き上げられた鏡を覗くと、当然のことながら自分の顔が映っていた。昨日沼に落ちながらも、いつもと変わらない顔である。瑠璃の身体は何ともなかったようだ。

「祈りには〝力〟がある。次元を超える架け橋、電話みたいなものね。願ったとき、それはもうすでに叶っているのよ。さっき言った平行宇宙ではね。叶った現実がすでにあるから、願いが出てくるの。あとは、それをこちらの現実の世界に引き寄せるだけよ。だから毎日三分間でも、すでに叶ったという感覚に浸ることが大切なのよ」

「じゃあ、おじいちゃんも助けられる？」

「まだ分からない。神様には、人間が思っていることよりもはるかに遠くが見える。だから、私たちが考えていることよりも、もっと適切な、最善の方法で答えてくれる。でもそれは、目下の自分の希望通りかどうかはわからない。でも、そこで与えられるものが、最善の答えに違いないのよ」

瑠璃が黙っていると、般若顔美人の仁美は微笑んだ。言っている意味がよく分からない。

「瑠璃、御神体を見てみて。そこに何がある？」

「鏡」

「鏡の中に、何が見える？」

「う〜ん。あたしかな」

「全国の神社の多くのご神体が、神鏡になっているけれど、それは分け御霊のことを教えている。自分の中に、神様がいるっていうことよ。人間は神様の分け御霊で、必要な力は全て自分の中にある。赤心《あかきこころ》、あるがままの自分の心に正直でいれば、自分の中の神様が、必ず願いを叶えてくれるわ」

つまり、自分で何とかしろってことか……。

八月一日早朝、雲ひとつない快晴。仁美の運転する車は、奇しくも瑠璃色のラクティス。運転中、仁美は濃いめの茶色のサングラスをかけ、またしばらく無口になった。

第二番　須《す》佐《さ》神社

三貴子アンサンブル〜天照と素戔嗚と月読〜

変性意識タイムワープ

「家の近所に松陰神社があるんだけど、吉田松陰は学問の神様でさ、高校受験の時によく行ったんだ。前、うちにいた時にも、東京中、いろいろな神社を回って祈っていたよ。どういう神様がいるのかよく知らないんだけど、神社っていいよね」

瑠璃は声を弾ませた。会話が途切れると不安だった。特に瑠璃のお気に入りのパワースポットは、明治神宮である。都会のど真ん中にあるのに、すがすがしい気分になる。

「何事のおはしますをば知らねども、かたじけなさに、涙こぼるる、ね。昔から日本人は、神であろうと仏であろうと、名前はともかく聖なるものに触れると、敬虔な気持ちになれた」

それは昨夜比呂司の奇魂から聞いた、サムシンググレートの事なのかもしれない。

車が走り出してしばらくすると、突然、黒雲が空を覆い突風が吹いてきた。雷が鳴り響き、稲妻が輝く。

「急に天気が変わったね」

と瑠璃はつぶやきながら車窓を見ている。口の中ではゼリービーンズがもごもごしていた。食わず嫌いのくせにお腹はすぐ空く。瑠璃は東京からお菓子を沢山持ってきていた。

「これから向かう須佐神社に祀られている、素戔嗚ノ命の司る八大龍王たちの仕業よ。龍は大気のエネルギーを操って、自然を支配するの。龍神は、自然霊の最高位に位置する神霊なの」

稲妻が走る度、瑠璃はキャッと言って首をすぼめた。

「神立《かんだち》よ。火龍が火を吹いている。彼ら流に、私たちを歓迎してくれているのよ」

風のいななきと共に、驟雨《スコール》が降ってくる。

「ずいぶん荒っぽい歓迎だね」

「これが龍神たちの力。大丈夫、すぐに晴れるわよ、きっと」

とてもすぐに止むとは思えないほど激しく降っている。あーあ、出た時はあんなに晴れてたのにナ。

妖怪たちが蛍に化けたように、これは龍の存在証明か。

「素戔嗚ノ命か。何かすごそうだ」

目的地が近づくにつれ、荒々しい気が迫ってくる感じがしてきた。本当に癒しの神社なのか信じられない。

「素戔嗚ノ命は、日本の神々の中でも、もっとも暴れん坊の神と言われているの。素戔嗚ノ命が泣き叫ぶと、青々とした山は枯れ木の山となり、海や川は干上がったという。ギリシャ神話のポセイドンにも似た役割の神かもしれないわね」

「何でまた泣き叫んだりしたの。いい大人だったんでしょう？」

「そうね、髭も伸びていたし、身体も大きかった。それなのに、母親の住む、根の堅州國、黄泉の国に行きたいと言ったの」

そう言って駄々をこねたらしい。よりによって黄泉の国なんて、そりゃだめだろう。自分も人のことは言えないけど。

「その他にも、高天原で散々に暴れたせいで、その行いを鎮めようと考えた姉の天照大神は、岩戸に隠れて祈った。天照大神は、太陽の女神といわれる神道の最高の神様。しかしその太陽が岩戸に隠れてしまったので、世界は暗闇に包まれた……」

車窓から見える空も曇っている。元は、日食か何かを表現した神話だろうか。

「そのせいで神々の心も、人びとの心も暗くなってしまった。だからみんな、大いにあわてた。そこで国中の神々が相談して、岩戸の前で御神楽を行った。つまり、お祭を行った。そこでうちの御祭神・天宇受売ノ命が関係してくる」

「でも、なんでそこでお祭？」

「祭は、『和』のひな型だからよ。そもそも神というのは、人里離れた山とか、あるいは隠れた世界におられ、普段から神社や聖地、ご神体などの中におられるわけではないの。それが、地上で祭をすることによって、隠れた世界から降りてこられる。日本人は、言葉や服装、所作などによって、日常と非日常をはっきりと分ける。それは『ハレとケ』といって、祭や儀礼などのハレのときは、自分たちを日常と異なる意識状態へと持っていくためよ。そして神のお出ましを待つのね。『マツリ』というのは、神の降臨を『待つ』という意味と同時に、『間を釣る』ことだと言われている。つまり、敵対する者同士を和解する力があるのよ」

「その御神楽の中心で踊っていたのが、天宇受売ノ命かぁ……」

「そうよ。仲介者である天宇受売ノ命は、どんどん服を脱いで、裸になって踊った。そうしたら、みんなドッと笑い出した。するとさっきまで暗く沈んでいた神々は心が明るくなって、一体何事かと思った天照大神が、陽気に誘われ、思わず岩戸から顔を出した。その結果、世界は再び明るくなった」

「へぇ〜、ヌードで？」

「神話ではそう言われているわ。でも、実は、裸というのは、本来のありのままの神の心を表わしている。たとえ話がそこに入っているのね。神道では、赤心とか丹心とかいうけれど、赤は明るい、丹心はまごころという意味ね。つまり、世界を暗闇から救ったのは、天宇受売ノ命の裸の、あるがままの心だったのよ」

祭は、神のお出ましを『待つ』事でもある。神が、天宇受売ノ命の渾身の芸能を通して顕れた、という理《ことわり》を、この神話は示している。

「芸能というものは本来、神事だったのよ。この神さまは天真爛漫な性格で、そうね、あなたがあるがままの明るい心で、広島で犠牲者の魂を慰めようと、演奏会を行うことにも通じているかもね。それもまた、一つの神楽でしょうから。音楽で魂を癒したいという純粋な願いなら、天宇受売ノ命も願いを聞いてくれるでしょう」

「そぉか……天宇受売ノ命の踊りが、天照大神を、つまり太陽を、闇で覆われた地上に取り戻したのか！　それってずいぶん壮大な話だね」

「そうよ。天宇受売ノ命の行う神楽、それは高天原の最終兵器なの！」

雨が小降りになり、空が晴れてきた。

須佐神社は出雲市駅からはかなり遠く、バスの終点である須佐からさらにタクシーを使わないと来れない場所にあるせいか、参拝客は少なかった。

須佐神社の駐車場に車を停めると、仁美は傘も持たずにさっさと先を歩いていく。仕方なく、瑠璃も下車し、後を追った。サックスのケースも一緒に。

それほど広くない境内だが、小ざっぱりとして明るい雰囲気だ。歩いていると、まるでその場のエネルギーが、体の外から温かく包み込んでくるような感覚を覚えた。この空間は……。

「何か感じる？　ここは、日常の荒々しい生活で傷ついている人たちが、癒し目的で足を運ぶことで有名よ」

仁美が木々を見上げて言った。

「へぇ……」

不思議な気分だ。やっぱり暴れん坊の神様・素戔嗚ノ命のイメージからは、遠くかけ離れている。

「須佐神社は、素戔嗚ノ命の終焉の地と言われているの。ここは、傷ついた人の魂を癒す力をくれる。会社でのストレス、家庭不和、それに介護関係の人たちもよく訪れるのよ」

仁美が言ったとおり、境内を歩いているうちに雲は瞬く間に移動し、陽が射してきた。

瑠璃は拝殿の前に立つとサックスを足元に置いて、柏手を打ち目をつぶった。

参拝を済ませると、拝殿の裏手のほうにある、こじんまりとした杜のほうに向かった。

「あっ！　あの木」

瑠璃の青い瞳がキラッと輝く。瑠璃は社殿の裏に聳えるご神木の大杉へ歩いていく。両手をつける。

セミの鳴き声が鳴り響く。

「ここのご神木、日本一のパワースポットって言われているんだよね」

目をつぶった瑠璃は微笑みながら言った。樹齢千三百年らしい。

「神社の社が作られる前の時代の、古代日本人は、石や大木、山、美しい景色に神は宿り、そして神事が終わると去ってゆくものと考えたのね。神奈備《かむなび》、神籬《ひもろぎ》、磐座《いわくら》、靈《ひ》。つまり山、森、岩、そして太陽の光がご神体だった。パワースポット、つまり聖地はかつて神社仏閣ではなかったの。天然のピラミッド、富士は神奈備の代表ね。……ここは、神籬ね」

「そうなんだ？　へぇ」

瑠璃は大杉に右手を置いて見上げた。

瑠璃は素戔嗚の気を「音」で感じていた。何か、荒々しい音がする。これが素戔嗚ノ命の音だ。

――素戔嗚ノ命、おじいちゃんの幸魂はどこ？　助けられる？

確信に至るような答えの感覚は、その時は訪れなかった。

そうだ、ついでに祈っておこう。拝殿に戻ると、再び手を合わせる。広島までにサックスで思い通りの演奏がマスターできるように、そしてここは縁結びの聖地・出雲だ。将来、素敵な恋人が現れるようにと、瑠璃は祈った。

目を開けた瞬間、拝殿の奥に、ひげ面の大男が立っている姿が碧眼に飛び込んできた。まるで、神話の神様のような格好だ。こんな姿の神主は見たことないので、一瞬、コスプレーヤーかとも思ったが、コスプレにしてはその豪快なあご髭はつけひげには見えなかったし、甲冑をつけ、まるで仁王像か閻魔大王みたいな迫力があった。その顔つきや目、放っているオーラは、限りなく本物の武者、という感じだ。大男が、こちらにくるっと顔を向けて、真っすぐ歩いてきたので瑠璃はぎょっとした。とても現代人に見えない。さらに言えば、神々しくもある。瑠璃はもはや、大男と目があったまま視線をそらすことができなくなっていた。

「あの人……」

「お願いはできたかしら？」

「なんだか人間じゃないみたい」

「じゃあ……そろそろ行きましょうか」

仁美は瑠璃のつぶやきが聞こえなかったのか、駐車場へ戻ろうとした。

「ちょっと待って、あたし、まだここでやることが！」

大男を見上げる瑠璃のハートの奥から、「素戔嗚ノ命」という言葉が浮かんでくる。瑠璃はその名前を自然に受け入れた。百九十センチ近い。でかい……こんな大きい人が昔の日本にいたんだろうか。彼が、素戔嗚ノ命。瑠璃を見下している素戔嗚ノ命の目は、思い詰めている。瑠璃は、その目を見ていると、どんどんいたたまれない気分になってくるのだった。

――今はまだ、そなたの望みを叶える時ではない。

――えっ……は、はい。で、でも、どうして……今、おじいちゃんを、助けられないんでしょうか？

……。

――なら何かヒントでも、くれませんか。

――今日、理由《わけ》があってそなたをここへ呼んだ。東京から出雲へ、そなたを呼んだのは私だ。

――ええっ。

――これより、我が生きた神代に起きた出来事を見てもらいたい。かつて、我が祖国、高千穂に大いなる危機が訪れた。その時、我が姉・天照大神との間に、大いなる苦しみが生じた。

――あぁ、岩戸隠れのときね？

――さよう。その真実の歴史を、そなたに知ってもらいたいのだ。その上で、そなたの奏でる調べで、我らを癒して欲しい。いささか、回り道になろうが、さすればそなたの祖父の幸魂を、如何にして救えるかの、示唆をやろう。

――ありがとうございます。でも……神様であるあなたを、……私が癒すんですか？……それにここ境内だし。他の人もいる。

――それは問題ない。

素戔嗚ノ命から熱意とも切望とも取れる想いがあふれ出して、瑠璃のハートに流れ込んできた。瑠璃の決意を待っているのだ。

仁美が振り返って瑠璃を見ている。

「このまま立ち去ることなんて、できない」

素戔嗚ノ命の思い詰めた茶色い目を見ながら、瑠璃は黄金色に輝くサックスをケースから取り出した。アルトサックスを組み上げる。

「あたし、ここで演奏する！」

あの人を癒してあげなくちゃいけない。何かわからないけど、素戔嗚ノ命の未解決な思いを、音楽で癒してあげなくちゃ！

「本当に、ここで？　でも……」

ここは境内だ。いくら時間がないとはいえ、練習する場所くらい他で探すのが当然だろう。だが……。

「どうしても今じゃなきゃ、ここじゃなくちゃだめなんだ」

瑠璃の碧眼には強い決心が宿っていた。

「そう……それならば、私が特別にお願いしてみる」

即答だった。瑠璃の言葉も、それに対する仁美の反応も、普通だったらありえない。いくら人がまばらとはいえ、他の参拝客もいる。だが瑠璃がサックスを構えると、すぐに境内がシンと静まり返る。

仁美と宮司が黙って見守り、参拝者の誰もが次に起こる何かを待っていた。この空間では、不思議とそれがまかり通っているのだ。

瑠璃がチューニングをし始めると、瑠璃の意識もチューニングを始めた。

目を閉じ、耳を澄ます。

感ずるままに。

やがて聴こえてくる音楽。

演奏曲が決まった。

選んだのは松田聖子の『♪瑠璃色の地球』。瑠璃はアルトサックスを奏でてゲリラライブを始めた。周囲でシワシワシワとせわしなく響いていた蝉の鳴き声が消えていく。参拝客や宮司たちが集まってきたが、不思議と誰も止めようとしない。今日、この場にこの人たちが集まったのは、きっと何もかも偶然じゃない。今日、ここに来たこと。そして集まった人も。ここに集まっている人たちの、前世の時代の何かが関係している。だからきっと、瑠璃はこの場での演奏を「許可」されている。それは仁美の計らいかもしれない。

いい音楽は、聴けば情景が広がる。想像力と創造力とを喚起する。意識がトリップする。ドラマが展開する。登場人物が現れ、ひきこもごも、身の上を語り出す。

瑠璃がサックスを吹いていると、昨日、沼の前で演奏した時と同じように変性意識になった。そのまま、瑠璃色の目で素戔嗚ノ命の目を見つめた。瑠璃はやがて、神霊の目の中へ飛び込んでいった。景色が瑠璃の青い目の中で、猛スピードでCGのように変化していく。バーチャルリアリティのように、集まっている人びとの服装が見る見る古代人になっていく。周りには、縄文時代のような古代の雰囲気をまとった、立派な宮殿風の建築物が建ち並ぶ。瑠璃はその前の広場の真ん中に立って、アルトサックスを演奏していた。セミの鳴き声は遠のき、サックスの音だけが鳴り響く。

人の思いや、その時代背景までが、意識の中に飛び込んでくる。瑠璃は、素戔嗚ノ命が、須佐神社を訪れた自分に、彼の生きた時代に起きた出来事を伝えるために現れたに違いないと感じた。彼自身の思いを伝えるために。命は何か、未解決の思いを抱えていて、それを瑠璃に切々と訴えかけようとしているのだ。

アルトサックスを奏でながら、瑠璃の意識は素戔嗚ノ命の目が映し出している、一人の女性の姿に向かって集中していった。命にとって、とても大切な人物。そして、物語のキーとなる女性。

その女性は、金の刺繍の入った紫の襟の白い服を身にまとい、真珠と翡翠の勾玉の、気品のあるネックレスをしている。きらびやかな姿とは裏腹に、その心は重く沈んでいる。彼女を見つめるうちに、瑠璃の意識は完全に、古代日本の世界に飛び込んでいった。

元始、女性は太陽であった

優雅だが威厳ある品格をたたえた若き女性が、昇る朝日に向かって祈っている。艶のある腰まで伸びたみどりの黒髪。少し釣り目だが、大きな瞳の縄文人系の顔立ち。まだ渡来人が少ないこの時代、弥生系の顔はあまりみられない。彼女の名は天照。

天照の住む国は、高千穂と呼ばれる、現在の九州の南に位置する国だった。

その姿をじっと見つめる瑠璃の目には、今からおよそ二千五百年くらい前のことのように感じられた。さらに瑠璃が意識を集中すると、天照の心の声まで聞こえてきた。

「女の私に高千穂の帝など、とても務まるとは思えません。なぜ、私を選ばれたのですか。このような、私なぞにはとても。なにとぞ、他のお方をお選びください！」

天照の頭上に、薄紫の光が洪水のように降り注いだ。——かと思うと、突風のような激しい光の中心に、小柄ながら威厳に満ちた男神の姿が見えてきた。やがて光が落ち着いてくると、その像がはっきりとしてきた。頭は禿げあがり、白い豊かなあごひげが胴まで達している。右手に、こぶのある杖を持ったその神霊の御名は、高千穂の皇祖・天之御中主《あめのみなかぬし》。

——まさに、そなたが女性ゆえにこそ、そなたは今、必要とされている。この国の政治を、優美なる女性の優しさで完成させる時が来た……。永らくこの国土では、男王たちによる戦の世が続けられてきた。それを鎮めるのが、女性が持つ母性の力なのである。

「なぜ、人は争うのでしょう……」

――多様な個性があれば、男同士で争いも起こってくる。その強烈な個性ゆえに、争うのだ。男たちは自分の才能によって、自信によって、ぶつかり合ってしまう。

「……八百万の多様なる者達は、いずれも光である大本から分かれてきた、分け御霊のはずでございます。もとをただせば、どなたも、すべては光のはずです。それなのに人は争います」

天照は、人はみな光であることを、父・伊耶那岐からも教えられていた。だが人は、光であるのに争う。

――まことその通り。すべては光、そこから八百万の神々が展開した。その私たちの生命が寄り集まると、大地、地球という星の生命、親神となる。この世に、八百万もの多種多様な個性が存在する理由。それが一体何ゆえかそなた分かるか？

「……分かりません。元は一つの光源から分かれてきたのなら、皆仲良くできるはずなのに。私は、皆が争うのを見るのが嫌なのです」

唐突に尋ねられ、天照はしどろもどろで答えた。

――神とは、『すべて』のことであるが、そこにはそれぞれ与えられた無数の役割があるのだ。ちょうど人間の体内に、それぞれの役割を担う五臓六腑があるように。国の政《まつりごと》においても同じ事だ。

「はい……」

――だからこそ、そこで、そなたにはそなたの役割がある。多様な個性をまとめ、抱きとめることができるのは、男ではなく、女性なのだ。女性が持つ母性という力によって、様々な個性を受け容れ、生かすことができるのだ。やがて、この国が持つ、大いなる母性の力によって、世界中の文化・文明が、最期にひとつにまとめられていくことが予定されている。そのことを見越して、建国の当初より、我々はそなたを選んできたのである。この国に平和をもたらす役割は、決して、男の英雄たちに担うことはできない。これが、そなたでなければならぬ理由だ。

「全てを抱きとめるなどと……私にはあまりに畏れ多いことにございます。私には、そんな大それたことは、到底できません。なにとぞ私以外のお方に」

――そなたなら出来る。そなたの使命を果たすために、自分自身の、女性としての力に目覚めよ。そなたの女神の力を思い出せ。されば、自分の中に答えはきっと見つかるはずだ。

天照はうなだれる。

「……本当に、地に平和をもたらす事などできるのでしょうか」

天照は頭を下げながら神に訊く。

――人間は、一旦地上に肉体を持って生まれ出れば、己が本来の分け御霊だった事を忘れてしまうのだ。悲しい事である。元いた世界では、全体とつながっていて、一つだったことを忘れてしまう。しかしそれでもなお、人間は大自然および根源の大いなる光と、へその緒でつながっている。よって人間は、この世においても全てのつながりの中で生かされていると自覚することが大切なのだ。それは人間同士だけではない。動植物、自然、宇宙……全てについて言える。決して人間は、自分たちだけで生きているわけではない。

この世に生きる、どれくらいの人が一体その事を自覚するだろう。

「すべてである八百万が、大調和し、神になりうるには如何にすればよいですか」

――それが大和の道である。五臓六腑が調和してこそ、身体は健康を保つ。それぞれの機能が勝手にバラバラになっていては、身体全体が健康にはならない。人間は、決して自分一人では生きられない。自然の恩恵を受けて生きている。我々は、自然の中に生きている事を自覚せねばならない。全てが神と自覚する道が、すなわちすべてが調和する道。『すべて』とは神のお身体であり、我々は、神の身体の臓器である。その全体を貫くものは秩序と礼節なり。大和とは、全体における調和、秩序、礼節。八百万の神々は、この秩序と礼節で調和が保たれ、それによって神となることができる。あなたは、この大和の道を人々に伝えよ。

「……はい」

天照はか細い声で答える。

「みんなが光そのものだと自覚すれば、自ずから統合していくことができる……。各々の光は、全体で調和する時、大きな光となることができる」

——それを人々に、自覚させるのがあなたの使命だ。大いなる和、大和をだ。そなたは、地に大和心を打ち立てよ。それを説いて、後々まで世を照らせ。大和心こそ、『惟神《かんながら》の道』である。それは、この国の礎となろう。

天照が沈黙していると、大瀑布のような圧倒的な紫色の後光で辺りを照らした天之御中主は去った。間もなく女王として起ち、このことを、この世の中に伝えていかなければならない。天照は胸がつぶれる思いだった。

毎朝の日課として、小川で身を清め、剣を振って武術修行をしていた素戔嗚は、宮殿から出てきた二人の男を見ると、聖域で祈っていた天照のところへ走っていった。天照の弟の素戔嗚は、優美な姉とは正反対の大男の豪傑で、これでも本当に姉弟かと誰もが言う。

「都の使いが父上に会いに来ていたぞ、俺には彼らが何を伝えに来たのか分かる。姉上、待ちに待ったこの日がとうとう来たな！」

素戔嗚は細身の天照と違って体が大きく、天照は弟を見上げた。

「困りましたね……。お前には隠せませぬね。後々父上からお話があるまでは、黙っていようと思っていたのです。私は、都へ行くことに決まりました。お前の言う通りになりました」

天照は、十五歳になった年、初めて天の声を聞いた。以来、いつかこの時が来ると分かっていた。もちろん、その話を最初に神より聞いた時は、驚き戸惑った。理由を聞いても、神はその時にならないと答えないという。しかしとうとう今朝、神はその理由を告げた。このことは今まで、両親にも素戔嗚にも決して話したことはなかった。心中を明かさなかったことで、今日まで計り知れないほどの苦悩があった。だが素戔嗚もまた霊能力を持っていたので、しきりに天照は帝になる、帝にふさわしいと言い続けて、そのこともまた天照を悩ませた。

天照は、帝の政府から派遣された役人の話を弟に聞かせた。

「帝に神託が降りたと、父上は言っていました。『女性が人々の上に起つ時、戦乱の気配は遠のき、地に大調和が訪れる』と、そのような内容だったそうです」

「うむ、次の帝が女性だと、確かにやつらはそう言ったのだな！」

「そのようです。帝が崩御された後、神託どおりに役人たちは各地を調べ、やがてここにたどり着いたそうです」

帝が病に倒れて以来、謀反する大臣や侵略する近隣諸国などの存在によって、高千穂の国には、不穏な空気が流れていた。それを打開するには、優しさに満ちた女性の力しかないというお告げが降りたのだ。

天皇の祖先たる高千穂の帝は、そもそもが血統ではなく、神託による霊統によって受け継がれてきた。その伝統は、皇祖・神倭伊波礼比古命《カムヤマトイワレビコノミコト》に始まっていた。

それ以前の大八州《おおやしま》では、各地に有力な豪族たちが覇を競う戦国時代がずっと続いてきた。どの国のどの豪族でも、当然のことながら血統によって王族の権力が維持されていた。

しかし、高千穂を統一した神倭伊波礼比古命がしたことは、それまでの王たちと全く異なっていた。彼は、神の言葉を伝える神官の力を備えた祭司王、つまり神主でもあり政治家でもあった。重要な国事は、神の言葉に従う祭政一致で行った。それは、かつての太平洋上に存在した、伝説の「常世の国」の帝王の伝統を、霊感によって復活・継承させたものと伝えられた。以来、祭りごとと政《まつりごと》は同じものとなった。このように、高千穂国の政治は、神の教えを伝えることと、具体的な国造りが表裏一体で組み合わされたものだった。

霊的能力を有する帝として、神倭伊波礼比古命は言霊の力を何より大切にしたという。言葉には力がある。よき言葉を発すればよき現実が現れる。帝は、よき言葉を発することで社会をより良く導いていった。よき言葉を発するためには最初にまずよき思いを持つことである。またその為には身も心も清めなければならない。そこで神道では赤き心（明るい心）を持つ事が大切になる。

神倭伊波礼比古命は、司祭王の後継者を決めるにあたって、徳を基準として、霊的な啓示による禅譲を行った。帝となる条件が、司祭王としての資質を有しているかどうかが求められ、そうでなければ、たとえ自分の子であっても例外とはしなかった。簡単にいえば、霊力を持ち、なおかつ清らかな心を保っていられるかどうかを問うたのである。その結果、後継者・高御産巣日《たかみむすび》は実子ではなく、臣下の一人だった。その次の神産巣日《かみむすび》帝もまた同様だった。

つまり神倭伊波礼比古命は、国造りにあたって、神の世の秩序をこの世に映し出そうとした。そこでは、血統より尊い霊的なつながりが尊重された。すなわち人間の魂が肉体を超えた存在であるなら、その価値観に従えば、霊的なつながりこそが正統性の根拠となるからである。こうして霊統は、高千穂の帝である正統性の証となった。そして、代々の帝たちの名は、そのままこの国で神の名になった。

「次の帝は女帝だ」ということを告げると、帝はすぐに崩御した。だが、帝亡き後も、なかなかその女性は見つからない。何人かの候補が発見されたが、実際に見聞してみると、彼女たちはことごとく違った。このままでは、再び国が乱れる兆候がある中、一刻も早く目的の女性を探そうと、高千穂国の役人たちは奔走した。そんな時、占術大臣はお告げ通りの、豪族に生まれた一人の女性に白羽の矢を立てたのだ。

豪族、伊耶那岐《いざなぎ》と伊耶那美《いざなみ》の間に生まれた娘が、役人たちの目的の女性、天照であった。

素戔嗚は言った。

「常々俺が考えてきたことが現実になった。今日まで認めてはくれなかったが、姉上だって心の中では、きっとご存じだったに違いない。顔にそう書いてある。目の中に決意が宿っている。御覚悟のため、軽々しく口にされなかっただけだ。しかし俺は、今日の日の来るのを、ずっと心待ちにしてきた。このところ俺には、都から聞こえてくる、大王を支えるべき大臣たちのやることや言葉の数々が、うつろにしか響いてこなかった。やつらは本当に、国のために一体何をしてきたというのか？　しかし姉上を探し当てたことだけは唯一評価できる。後継者が誰かで揺れる高千穂に、筑紫（九州全域）の国々で起こっている、不穏な情勢を収めることができるのは、むろん姉上しかいない」

「確かに私は神から聞かされていました。そのことを認めます。私は、神の意思に沿うことだけを考えて生きてきました。だけど、私にはずっと分からなかった。なぜ神は私に、帝になれなどとおっしゃるのかと。私にはこの国難を乗り切る、歴代の帝たちのような力はありません。一体私に、この国の国民の幸せをもたらすような、そんな力があるのかどうか……」

未だに信じられない気分だった。

「姉上は、姉上自身の力を、その素晴らしさをご存じないからそう言う。だが心配することは何もない。この俺は姉上以上に、姉上の力を知っている。姉上はそう言いつつも、結局最後はやるお方だと俺は思う。この高千穂に平和をもたらす、新しい時代が始まろうとしているのだ。姉上は神の言葉を伝え、その言葉は、世を照らす光になるだろう。そして末代までこの国の人々の心を照らす。あの太陽のようにな」

弟の言葉に、天照はうっすらと笑った。

「素戔嗚、お前はそう言ってくれるが、私はますます気が重く、畏れ多い気分になるだけです。自分に帝が務まるなどとは、到底思っていません。が、神の命ならば……。致し方ありません。受けないわけにはいきません。分かっています。分かってはいますが……。ただ……とうとうこの日が来てしまいました」

天照はうつむいた。

「気持ちは、わからぬでもないが、俺が右腕となって姉上を必ず助ける。だから、俺を都に連れて行ってくれ。万一の時、誰にも、姉上の邪魔はさせはせぬ。この日に備えて、俺は今日まで剣の修業をしてきたと言っていい。俺の力のすべては、姉上のためにあるのだ」

「いつもお前は優しいな。ならば都でも傍にいて、私を助けてくださいね」

天照はまたうっすらと笑い、素戔嗚の烈火の如き、しかし純粋なまなざしを脳裏に焼き付けた。やがて二人は宮殿の方へと歩いていった。

＊　＊　＊

伊耶那岐と伊耶那美に案内されて宮殿を出てきた役人たちは、向こうから自分たちの方へと、天照が歩いてくるのを見た。天照は、真っ赤な朝日を背にしている。彼女の傍らに大男の弟、素戔嗚が一緒に歩いている。役人は、そのまばゆく輝く日光に重なった天照の後光を見て、直ちにかしずいた。間違いなくこの女性こそ神の使い、神の御子だ。

「これで私たちは都に戻ることができる。間違いありません。あなた様の娘こそ、次の帝です」

彼らは、涙を流して伊耶那岐に言った。役人は、帝を見つけるまでは都には戻らないと誓い、都を出てきた。もし天照がその人でなければ、そしてその人が引き受けてくれなければ、再び候補を探して旅が続くはずだった。

その天照は、自分が女王になるのは、身に余る重責だとかねがね承知だったが、覚悟を決め上京した。誰より姉の心中を知る素戔嗚と一緒に。

＊＊＊

三月下旬だというのに、灰色の空からはらはらはらと雪が降り出した。

天照は、帝の大宮殿の一角にある桜の庭園で、高千穂の新女王になる就任式を受けた。家臣たちの中で、心眼を開いた者たちには、きっと自分の後ろに巨大な金の龍がいるのが見えているだろう。

そこは庭とはいっても広く、周囲を丘の斜面に囲まれ、その斜面には満開の桜が咲き乱れていた。桜の木の根元には紫色の芝桜、黄色い菜の花、小川を挟んで芝が敷き詰められている。

右隣には、女王に任命されて、将軍にとりたてられた弟、素戔嗚が立っている。

左隣には、月読《つきよみ》という細身の男が、文官の最高位として立っている。深い知識と見識を持ち、その霊力は素戔嗚に勝るとも劣らないながらも、素戔嗚のようには決して表だって目立つことはない。

月読は、先に都に行き、ずっと宮仕えしていた三人姉弟の真ん中にあたる長男である。伊耶那美と伊耶那岐は、三人の子を産んだ。三人は都で再会した時、前世からの因縁で高千穂の国に兄弟として生まれてきたのだと自覚した。月読はいつの時代にも天照が国の上に起つときには、必ず傍にいた。天照はこれからの日々、神託を受け、神の教えによって国家を統治する。天照が天から神託を授かる際に、月読はその傍に立って磁場を調整し、霊気によって、天からの気を流し込み、またその霊力によって審神者《さにわ》も行う役割であった。

素戔嗚も天照以外で唯一、兄である月読のいうことにだけは、素直に従うのだった。実の姉弟でありながら、天照と素戔嗚は正反対の性格であるため、その天照と素戔嗚の関係を円滑なものとするために、長男の月読が存在している。

月が顔を出した。

宮殿の庭の桜を松明が煌々と照らすその夜に、女王の就任を祝う祭が催された。昼間の雪は止んでいる。

「兄弟なのに、こんなに全然違う個性なんだなぁ。三人三様だけど、三人が集まったことでエンジン全開っていうか、超強力になった感じがする……」

そして春に降る雪。これがなごり雪というやつか。

彼らの様子をじっと見ながら、瑠璃は、イルカの『♪なごり雪』を演奏した。

すると三人のところに、瑠璃のサックスの音が夜の桜吹雪に乗って響いていった。闇夜に桜が浮かび、まるで漆器のようだ。

三人は天上から聞こえる不思議な音楽に耳を傾けている。神楽瑠璃の存在を察しているようだった。瑠璃の姿は、彼らには瑠璃色に光って見えているらしい。ひょっとすると瑠璃の事を、神だとでも思っているのかもしれなかった。

瑠璃が見下ろしていると、天照と月読と素戔嗚は、神酒を酌んだ杯を手に、三人がこれから力を合わせて国を治めていくことを、神に誓った。

＊　＊　＊

春。

冬の眠りから再び生命が目覚め、生きる喜びがあふれる季節。瑠璃の心の中に、メンデルスゾーンの『♪春の歌』が流れていた。穏やで柔らかい曲調だが、優しく丁重に演奏するのはかなり難しい。

＊＊＊

「いかにすれば、民を豊かにすることができるのか？」

即位した天照の心中は、こればかりだった。そのために天照が最も尽力したのが、稲を始めとする五穀豊穣。つまり、農政である。

人は自然界のもたらす恵みに生かされている。収穫の時に感謝をささげ、食事の時にも感謝をする。だから農業は神事である。地上を機縁とした、神と人と自然の共同計画である。

月読は、光にできた影のように天照に付き添い、その豊かな知識で彼女を助けている。月の満ち欠けや、天体の観測を通して、大陰暦を研究し、規則正しい農作を計画した。農政改革のために、月読は「カタカムナ」と呼ばれる古文書類を取り寄せ、ひも解いていった。

それは土地や大気に宿る力、及び天文と農業の関係について書かれた一種の科学書である。植物の成長に、山の稜線、巨石や神奈備が関係している。

このような気の科学が、この国では、はるか一万年前から続いてきたと伝えられていた。そこに記されたイヤシロチの研究によって、月読は農業をさらに発展させていった。

また、筑紫各地や諸外国から取り寄せた種子をもとに育種改良し、高千穂に合った五穀を定めて育てた。高千穂において、天照の進める神の国実現への道のりには、その陰で文官の月読の働きがあった。月読から研究農地を授かり、新しい種子の研究を行った一族が、受持里《うけもちさと》である。その中でも瑞穂姫の働きは必要不可欠で、月読は特に目をかけていた。

瑞穂姫は、天照と同じ巫女衆の一人で、受持里の中でも、とりわけ植物と超感覚で交流する能力に長けていた。腰まで達した黒髪を持った、すらっとした手足の長い彼女は、まだ若く、天真爛漫な性格で、垂れ目の愛らしい目をしている。

瑞穂姫は、稲と対話を繰り返し、優れた稲を見出すことに成功した。植物との対話に向いているのは、穏やかな女性の感性だと考えられていた。

五穀の中でも、女王がもっとも重視していたのは稲だった。稲は、この国の人びとを豊かにするために最重要な作物とされた。つまりこの国は、太陽と稲の国だといえた。

瑞穂姫は稲の声を聞き、品種改良をし、大地の気、風、雲を読み取って月読の農業指導の手助けをした。大八州の国土に合った稲の種子の選定を天照は喜んだ。農業改革によって国は豊かになり、次第に人々の暮らしは豊かになっていった。

天照自身も、山に囲まれた宮殿の敷地内に神田を作らせ、自ら進んで田植えをした。天照もまた、瑞穂姫同様、植物との交流を楽しんでいた。

一面黄金色の稲穂の中に一人たたずんでいると、人と天地との共同作業を、人がなすべき営みとして与えてくれた大いなる自然と、神への感謝の思いが湧いてくるのだった。そして国民と共に、収穫の喜びをわかちあった。そうして天照は自分で収穫した飯を炊かせて、三角に結ぶと家臣に配った。

女王は国政や外交の最前線で忙しいのに、趣味はといえば、こうして民と同様に田を耕している。そして一日も休むことがない。民とともに、神の道を歩む生活が、天照の理想の国づくりである。こうしている時にこそ、天照は一番喜びを感じるのだった。神から女王の任を受けて、職務を果たしているという実感があった。

人びとの喜びに満ちた声。そして大地の声。

風の声。

雲の声。

山の声。

川の声。

草木の声。

星々の声を聴いた。

宮殿の中にひきこもっていては決して分からない。大自然の中に自分が溶け込んで、植物の恩恵を体感する。大地と接していると、太陽の光、月の光に霊気を感じ、気力・体力が満ち満ちてくる。大自然への感謝の気持ちが湧いてきて、その恩返しとして、もっと人々の生活を豊かで喜びに満ちたものにしたいという情熱へと繋がっていく。

人々が自然とともに生きることが、国民の豊かさと喜びの原点。だからこそ、天照自身も、民と同じく田を耕し、収獲し、糧を得ることに何ものにも代えがたい価値を見出す。その思いが女王としての活動の原動力だった。

このような信仰的な日常生活を続けているからこそ、天照の「大和」の教えには、言霊、真実がこもっていた。

——皆様、大和とは、人も自然界も森羅万象すべては一つとして、大調和することです。人は大自然とともに生きています！

＊　＊　＊

その言霊は、神楽瑠璃の心に音楽として響いていた。

瑠璃は、天照女王の奏でる素晴らしい大和の音楽にただ耳を傾けるだけではなく、全身全霊で体感したいという気持ちが沸き起こった。その思いが止まらないまま、何か行動を起こしたくなった。

この「物語」を眺めているだけではなく、その中に、もっと自分自身の意識を入り込ませてみたい……。

＊　＊　＊

次の瞬間。

神楽瑠璃の碧眼が捉えた天照の姿が、不思議なことに、次第にオーケストラの演奏を仕切る指揮者へと変わっていた。古代の帝の着物のままの天照が指揮棒をふるうと、奏者の奏でるおのおのの楽器の音が合わさって、ハーモニーを奏でて世界に流れ出す。まるで天照が考える大調和の国政が、音として表現されていくようだ。

演奏されている曲は、『♪瑠璃色の地球』。瑠璃はその曲をよく知っている。今が、どんなに暗い状況だったとしても、夜明けの来ない夜はない。いつか、朝日が差していくのだから。これは、そのようなメッセージが込められた曲。なぜ、天照が瑠璃の時代の曲を奏でているのだろうか。

アレンジは、もはやポップスである原曲を超えている。ジャンルを超越したアレンジで、無限のバリエーションをつむぎだしていく。和とジャズとクラシックが融合した、厳粛な中にも崇高さに溢れた、まさに、天・地・人が一体となったオーケストレーションだ。

瑠璃が見ているものは、古代なのか現代なのか、それとも幻なのかは分からない。けれど、天照女王の奏でる音楽は、原曲のテーマを維持しながら、これまでに瑠璃が聴いたことがないほど素晴らしかった。いや、一度だけ瑠璃はそれを聞いたことがある。東京から乗り込んだサンライズ出雲の中で、夢うつつで聴いた曲アレンジにそっくりだ。その曲の中に、天照は、自然と人間が一体となった共同事業の中にこそ、神と人のあるべき姿があるという理念を込めていた。
やがて演奏会の音の中に、指揮者・天照自身の言霊が折り重なって瑠璃のハートに響いてきた。

大自然の中でも、あの太陽こそは神の象徴です。
太陽は光そのものの象徴です。
全ての人の中には、あの太陽と同じものがあります。
人びとは、光の分け御霊《みたま》なのです！
生きとし生けるものを神とし、光として見る。
そうしてすべての人がともに生き、ともに栄える。
それが、大和です。
大和には、人と人との間だけではなく、
自然界、大地、太陽、月、すべてが含まれております。
我々人間の生活とは、その全体の中に調和し、
大生命に生かされている事に感謝しながら、
皆で手を取り合って生きていくことなのです。

まさにそれは、この演奏会の主題だった。

瑠璃が観客席を見渡すと、数多くの神々が座っていた。これが、八百万の神々だ。

演奏会の中には、明らかに異形な、人間でない者も含まれていた。恐ろしい外見を持った者もいたが、誰もどことなく愛嬌があった。それは女王の考える大調和の中には、彼ら異形の者も含まれている事を意味していた。それにしても、彼らの自由で楽しげな様子はどうだろう。全く屈託なく、ありのままの姿を現している。

天照は、田畑を耕す日々の生活の中に、自然界の精霊の助力があることを知っていた。彼らの中には、妖怪と呼ばれる種族もいた。瑠璃のいる時代ではもはや絶滅し、存在していない異形の種族だが、天照のいた古代には、まだ存在していたらしい。彼らは、幽界と現世の中間的な存在であり、その姿を見ることができる者と、そうでない者とがいる。別の土地では、妖怪たちは忌み嫌われて、人家から遠ざけられたり、あるいはまた、悪知恵のある人間たちに利用されて、奴隷のように虐待されることもあったという。

だが高千穂では、そのようなことは決して起こらなかった。天照は、妖怪たちの素朴な美しい心を愛した。

妖怪達が、天照を見守る敬愛と尊崇のまなざし。彼らもまた天照を慕い、高千穂の女王というだけでなく、自分たちの、「幽世《かくりよ》の女王様」だとも言うのだった。妖怪たちには女王の優しさが分かっていたのだ。

自然界は豊かで優美であると同時に、荒々しい側面も持っている。だからこそ、人間は自然との調和と共に、その荒々しさも丸ごと受け入れなくては、生きることができない。

自然とともに生きる妖怪たちは、気の流れを把握することができた。彼らは自然界の豊かさ、荒々しさとの付き合い方を、天照に伝えた。彼らは、農作物が豊かに実るようにとの、天照女王の願いを実現させるため、自然エネルギーを操って協力し、実際、そのために農業の収量が増えるようになった。

天照は、そんな妖怪たちを、外見の異形さだけで遠ざけることなく、国民と等しく受け入れ、愛した。そして彼らの協力は、国の豊かさへとつながっていった。こうして天・地・人一体となった世界が、「大和」だ。

天と地と人が一体となり、そこに妖怪を含む精霊たちの力が加わって、大調和の世界が生み出される。


この大和のコンサートに自分のサックスも加えよう。瑠璃は天照女王のために、アルトサックスを響かせる。天照が瑠璃に微笑んで、そこに、篠笛の音、太鼓の音、天女のコーラスが加わっていく。

天照が白魚のような手で指揮する。すると、自然界、国民、外国の民をも包み込んだ、大オーケストラになっていく。すべてが美しく調和している。この大和の調べこそ、天照の目指した政《まつりごと》だった……。

――もっと、和のコンサートに、もっと多くの参加者を……。

この大調和の演奏会に、他の国々の人々も。高千穂から、大和の道を広げなければならない。天照は、高千穂の歴代の王たちのような、武力と権力と才覚で筑紫の一帯の国々を威圧し、渡り合っていく外交とは、違う道を選択した。そこに「大和心」がある限り。

宇比地邇《うひぢに》の国。
妹須比智邇《いもすひぢに》の国。
角杙《つのぐひ》の国。
妹活杙《いくぐひ》の国。
意富斗能地《おほとのぢ》の国。
妹大斗乃弁《おほとのべ》の国。
於母陀流《おもだる》の国。
妹阿夜訶志古泥《あやかしこね》の国。

筑紫諸国では、ジャズ・ポップス・クラシックや、様々な音楽が個別に演奏されていた。そうしてそれらの音が時折干渉し合い、不協和音を奏でている。

それらを包み込むように、高千穂の指揮者・天照が登場すると……、その右手に握られた指揮棒が、的確に指示を出す。

——ここから入ってください。小さく演奏。……ゆっくりと。激しく。

——メロディ、ハーモニーに注意して一体感を感じて。

——表現力、声量に注意して、よく耳で響きを聞いて。

これらの国々は、筑紫という土地の五臓六腑を示し、全体で一つなのだと天照は考えている。

さらに天照の美しい黒曜石の鈴目《アーモンドアイズ》が、指揮棒以上に的確な指示を与える。柔らかい曲調の時は、優しい目で。悲しい時は悲しい目で、そして音楽が激しくなると、天照の眼は厳しくなる。目は口ほどにものを言う。

風に乗りて
色取りどりの鳥たちが飛び立つ
上空を旋回して、
山々を越え、
青々とした海を渡り
国々を渡り
旋回して旋回して、また戻りゆく
其《そ》は勾玉《まがたま》の動き

風そよぐ音やわらかく
海よりの便りをとどけ
瑞穂の国を包み込む

磐座《いわくら》の囁き
神籬《ひもろぎ》の唸り
神奈備《かんなび》の地響き

命！
繋がれ繋がれ
我《わ》が命　汝《な》が命
山も岩も森も木も
ヒトも霊止《ひと》も
降り注ぐ明《あか》き光も

私の名は天照

どうぞよしなに
風よ、届けよ我が言魂を

何人もただ一人ではなく
誰一人として同じ者はなし
ゆえにこそ
皆《みな》が皆《みな》を認め合う道
大和の道がある

光の言葉　言葉は光
光の音　音は光
青き風
緑の風
赤き風
風よ届けよ、届けよ、我が音魂《おと》を！

筑紫各国の奏でる三つのジャンル（ジャズ・ポップス・クラシック）が、だんだんと美しいハーモニーとなってまとまってゆく。

天照の大和心のオーケストラは、平和と協調とを、戦乱の地に押し広げていった。よりいっそう、情熱的に指揮棒を振る天照の姿に、女王としての天照の姿が重なっていく。筑紫の国々に渦巻く戦乱の世に終止符を打つべく、大和の教えを使者に託して和平する姿が。それは、「女性が人々の上に起つ時、戦乱の気配は遠のき、大調和が訪れる」という神託の成就だった。

女王は大オーケストラ「大和」の指揮者、提唱者として、筑紫の地で徹底して平和主義を貫いた。大八州の、闇の戦乱の時代を終わらせ、夜明けを告げる非戦の御姿。共存共栄、大調和の朝日の光をこの地の隅々にまで広げるために。

戦乱は次第に鎮まり、どんないかつい男たちもおとなしく従っている。まるで女王は彼らの母親のようだ。確かにこれまで、諸国を統一するほどの器を持った者はいなかった。だがそれは、彼らに能力がないからではない。優秀だからこそ。優秀だから競い立ってしまう。そこで、天照は彼らのように争うのではなく、母性で包み込んでいったのだ。

やがて、音楽はクライマックスに差し掛かった。

女王の美しい音楽は呼びかける。

――人は、大自然の恵みを与えられて生きています。

昼は太陽の光、夜は月の光であり、

竜神たちは雨を運んでくれています。

大宇宙は、大和の状態を保つために、秩序正しく活動しています。

国家間においても、大和を保つことが大切です。

大和を保つためには、お互いの思いやりと礼節が必要です。

そしてそれが、神とともに生きる道につながるのでございます。


まさに光り輝くその姿は、太陽そのもの。

筑紫の国々に、天照女王こそ太陽の化身ではないかという噂が、燎原の火の如く駆け抜けていく。

それは彼らをして、戦乱の続いた時代に、光明を見た気にさせた証だ。

諸国の者たちの中には天照が、その言動や、教えだけでなく、本当に太陽のようにまばゆく光を放つように見えているらしかった。人々の心は澄んでおり、多くの者たちが霊的な力を持っていた。だから、その人が言っている事が本当かどうか、すぐ分かったのだ。天照に接した者たちは、神人としての彼女を視て、「女神である」と口々に語った。

瑠璃は、感動と興奮を隠し切れなかった。

この曲の展開は……まさに敵対する者たちさえも、天照と会ったことでその態度を一変させていく奇跡を暗示している。実際に接すると、彼女には「聖なる雰囲気」が取り巻いて、居ずまいを糺さざるを得ない尊厳が支配していた。若いが威厳ある風貌。あたかも、太陽のようにまぶしすぎて、人によっては正視できないくらいの、オーラが放たれている。それこそが、太陽神とされる天照女王の風格。

天照女王の大和心が実際に実現していく有様は、それを信じてきた素戔嗚さえも、傍らで見ていてただただ驚くばかりだった。最初のうちこそ素戔嗚は、姉の教えを信じつつも、多少の戦乱は覚悟して、それを見こして自分の力が必要になる時がきっと来ると思って武力を蓄えていたのだが。

ところが、高千穂に新しく誕生した女王を、筑紫の周辺国はことごとく歓迎していく。大和コンサートの成果は順調だ。天照が平和をもたらす使者として、高千穂の権力の座についたことで、過去、鋭く対立してきた国々でさえも、天照の大和コンサートへの相乗りを望むという、劇的な変化が起こったのである。筑紫の諸国の王たちは、彼女が高千穂の王になったことをきっかけに、自ら進んで和平を申し出た。それは予言通りの、古い時代の終わり、そしてまさに「大和」という新しい時代のはじまりだった。

天照はほっそりした手で胸の真珠を示し、月読や素戔嗚たちに常々語るのだった。

「わたくしは常々、この真珠のようにありたいと思っているんです」

天照女王は、いつも真珠を身に付けていた。筑紫各地の豊かな海では、真珠がよく採れる。

真珠を身につけると、ますます天照女王の輝きは増すのだった。真珠には天照の霊力を高める作用があった。真珠は天照の個性に合った霊石《パワーストーン》だった。女王の使者たちは外国への贈り物として、真珠を持参した。真珠の他には、サンゴや翡翠も輸出品、贈呈品だった。

真珠は、阿古屋貝の中で取り込んだ異物を、苦しみながら苦しみながら、石の成分を含む体液を出し、美しい真珠の輝きへと変えていく。

「苦しみを喜びへと、美しさへと、変容させていく。それは女性の姿そのものです！　母性により対立を統合することは、私の使命でもあると神から教えられています」

天照は、戦いで疲れた男たちや、傷ついた民たちを、その優しさと愛で母親のように抱き止め、癒し、新たな力を与えて再生させた。それが阿古屋貝の生みの苦しみから誕生する真珠のように、大和という結晶をもたらすのだ。

天照は諸国と和平を進め、各地で採れた産物の交易を盛んにし、お互いに栄えていくことを目指した。そのためには、互いの国が争い殺し合っていてはいけない。それぞれの個性が生かされてこそ、諸国が互いに活かし合い、支え合う関係を作れる。

古代の大コンサートは終盤を迎えた。この「大和の精神」に支えられた和平・外交によって、国家間の貿易は盛んになった。今まで交流のなかった遠い国とも、交易が始まった。かつてこのような平和は、太古の昔に栄えたこともあったが、しばらく筑紫の地に訪れていなかった。そうして長いこと、戦乱の時代が続いてきた。だが、今日、高千穂には各国から貢物が贈られ、それは止まることがない。まさに昇る朝日の如く、天照の光は世を照らしてゆく。

しかし、中には高千穂の繁栄を面白く見ていない国が少なからずある事もまた事実だった。

＊　＊　＊

神楽瑠璃の心の中に、今度はホルストの『♪火星』が響き出した。あぁ……胸騒ぎがする。交響曲『惑星』において、軍神の星・火星の曲は、戦のきな臭さを漂わせている。何かが起ころうとしている。不穏な空気が瑠璃を包み込んでいく。

＊　＊　＊

春の嵐

吹きすさぶ　嵐の音に　草木は芽を醒まし

夜明け前。

阿蘇の一帯を支配する軍の陣へと、数千人の高千穂軍が進軍してきた。すると一瞬にして、青空が黒雲に包まれていった。

青天の霹靂に、城の守りを固めた兵士たちは驚いた。阿蘇の武者たちは黒雲の方向から響いてくる、何者かががなり立てる音に怖れおののく。

「嵐の系団」が来る！

女王の夢に立ちはだかる奸物《かんぶつ》共よ
愚かしくも口汚く影で悪しき噂をする者共よ
存分に恐れるがいい
高千穂に素戔嗚ありといわれたこの俺が
お前たちを直々に成敗してくれる

俺の忍耐もこれまで、もはや限界というもの
いつまでも見て観ぬふりをしてくれると思ったら
それは思い違いというもの
もしも赦しを請うたところで、この十束剣《とつかのつるぎ》が許さぬ

隠れても無駄なこと、我が目は龍王の目
天地のすべての気をもって、どんな隠れ家も暴き出す
どのような防御も反撃も無駄なこと
太陽の光を前にして、いかなる闇もケチなもの
もしもあってもこの俺が木っ端微塵に打ち砕く

神の正義の名において

　素戔嗚将軍率いる高千穂軍が近づくにつれ、大地を揺るがす轟音がいや増した。その姿がはっきりと視界に入った途端、突風が吹き荒れた。凄まじい大音響とともに、稲妻が走り、何本も地面に振りおろされていく。自然の気を支配する素戔嗚軍が突進してきたのだ。その攻撃に、阿蘇の兵士たちは雪崩をうったようにどっと逃げ始めた。

「女王に弓引く愚か者共め、命惜しくば、我が高千穂の女王の軍門に降るべし！」

　たちまちあたりは豪雨となり、山津波が起こって彼らの山城は破壊された。

　素戔嗚は、姉を守護する軍神として、強力な法力を持って生まれた。八大龍王を守護神とする。いいやそうではなく、八大龍王さらには諸精霊たちを使いこなす竜神使いだ。だから素戔嗚は、天地を揺るがすエネルギーを持っている。単に精霊、自然霊と通じるだけでなく、自然界の最高位にある力ある竜神たちを自由自在に操っていく。そこに素戔嗚の、荒々しい圧倒的な霊力の源があった。素戔嗚は竜神たちに雨を降らせて農作業を助けたこともあるが、逆に、嵐で吹き飛ばしてしまったこともあった。高千穂に、この荒々しい嵐のような男がいるせいなのか、筑紫の地は、夏になると決まって嵐に見舞われる。

デュアリズム　和霊《にぎみたま》と荒魂《あらみたま》の誓約《うけい》

天照女王の即位から、およそ二年半が経過した初夏。

ヒグラシの声が鳴り響いている。

夜の帳が降りる頃、素戔嗚の軍が戦を終えて戻ってくると、兵が陣を敷いて待ち構えており、素戔嗚たちは門から都の中に入れない。一体誰がこんな事をするのか。素戔嗚は怒りを覚えつつ、もしや高千穂で謀反でも起こったのかと一瞬良からぬ事を想像したが、やがて目に入ったのは、素戔嗚にとって予想外の事態、意外な人物の姿だった。

天照女王が甲冑を身につけ、兵を率いて立ちはだかっていた。素戔嗚はその時、こんな姿の姉を生まれて初めて見た。

「オーイ姉上、俺だ！　素戔嗚だ。俺の兵を都に入れてくれ！」

素戔嗚は嫌な予感にとらわれながら理由が分からず、叫んだ。

「待っておりましたよ、素戔嗚。私は今日まで、自分の考え方に信念を持って、国を治めてきました。しかしお前とは国づくりの点において、私と違う考えがあったようです。私は……この二年半、ずっとお前の事を考えてきました」

華奢な身体に大きな甲冑を包んだ天照は重々しく弟に言った。

「なんだと、一体どういう事だ、説明してくれ！」

すると、天照は語り出した。

各地域に天照女王の「大和心」という神の理想が広がる一方で、一部に古い時代の抵抗勢力が存在し、強固に立ちはだかった。その頑固な抵抗者たちは、天照の懸命の努力にも関わらず、天照が説く大和心を鼻で笑い、絵空事よと馬鹿にした。数は少ないが、あたかも挑発するように侵略や謀反を企み、高千穂に剣を向けた多くの国や野心家は、天照女王の人徳と存在感が大きくなることに内心嫉妬していた者たちだった。変化のときには必ず現れる、最後の抵抗者ともいうべき勢力だった。

そのような穢れの心を持った者に対しても、天照女王は、決して武力によって厳しく対するのではなく、友好関係を築いている国に対するのと変わらず、誠実に対話し、その話し合いを通して敵対関係が変容することを望んだ。たとえこちらにどんなに理があったとしても、わずか一つの戦乱が起こることによって、今まで築いてきた他の国との信頼関係にまで亀裂が生じてしまうからだ。

天照はあくまで「大和心」の姿勢を崩さず、月読を各国に派遣して、神の言葉を伝え、反乱に対しても、やはり非戦の姿勢を貫いた。そこで月読を派遣したのは、もし素戔嗚将軍が出ていけば逆に戦いを拡大することが明らかだったからである。

天照はこれまで、月読と共に、素戔嗚に対して、批判に耐える精神を持つべきことや、どのような相手に対しても礼節を保つべきことを説いてきた。

しかし一方で素戔嗚は、女王が心をつくして大調和の道を説いて回っているのに、それが分からぬような奴らは、とうてい許しがたいと、常々思っていた。素戔嗚は、誰よりも姉・天照を敬愛し、その大和の教えこそが世界を救うと信じてきた。しかしその一方で、女王の教えを鼻で笑い、馬鹿にするこざかしい連中がいる。ならば、そやつらに対して、とにかく自重しろといわれても、もはや我慢の限界が来たとしてもやむを得ないのではないか。相手が何者であっても、尊敬する姉を馬鹿にする者たちの態度を、素戔嗚は心底許せなかった。

素戔嗚が軍を動かし始める直前の事、軍の武術修行場で、大声をあげている姿が目撃された。悔しい思いをしているのは誰の目にも明らかだった。近頃では、素戔嗚はこうして時々、反乱を鎮めに軍を動かすようになっていた。一旦そうなってしまえば、もはや素戔嗚の内面から噴き出る攻撃性を抑えることはできない。

しかし、天照の歩む道は、どこまでも光の道。ただただ光に向かって目指していくとき、平和が実現するという思想である。神代の非戦主義である。事実それで、かつて反目していたにも関わらず、女王の考えに賛同していく国々が続々と現れていた。

その光が、遠く筑紫諸国の人々に届いて、なぜ、実の弟には届かないのだろうか？　素戔嗚は穢れに対して、いつも厳しい態度で臨む。まず先に軍を率いて攻めていく。しかし、神楽というものは、一つ一つの楽器や踊りが調和してこそ、全体の調和を奏でることができるのだ。どの楽器にも役割があり、どれか一つでも不調和な音を出せば、不協和音となり神楽全体が壊れていく。この頃、天照は自分の指導力のなさを思い知るばかりだった。

武装した姿の天照に対して、悲しい気分となった素戔嗚は言い返した。

「いつも武力を使うなどとは言っていないぞ。時には正しさのために剣を抜くべき場合もある。そう言っているだけだ！　先代の頃には、帝たちはそうして道を切り開いてきたはず。姉上が帝として起ったことで、新しい大和の教えが全国津々浦々に広まりつつある。だが、国の立ち上げ時には、一部に不穏な動きがあるのはどうしても仕方ない事だ。偉大なる先帝たちがなしてきた行為が、間違っていたわけではあるまい！」

天照に直訴する素戔嗚には、現実主義者としての自負があった。天照の光の和平の道の一方で、裏で高千穂を攻め取ろうとする不審な動きがあるなら、それを無視すれば必ずや後々禍根の種を残すことになろう。反乱も、以前ほどではないにせよ、各地で起こっている。だから、姉の進める理想主義的な光の道を切り開くためにこそ、時には荒神の論理が必要になると、強く思うのだ。全ては姉の為、国の為だ。

「それでもわが国の国是として、和を貫くのです。相手がどうあろうとも、耐えるのです。神の御心は、忍耐です。……時間はかかるかもしれませんが、それが結局、本当に相手に真心を伝える方法であり、相手を変えていく事にもなりましょう」

「姉上は正しい。俺には決して、真似できぬ姉上ならではのやり方だ！　いつも尊敬している！　この俺の言葉に偽りはない。信じてくれ！　しかし時には、正しき者は毅然とした姿勢を示すことによって、相手に悟らしめる必要があるんじゃないか。俺はいつも、新しい世の中を創造するためには破壊が要ると考えきた人間だ。あぁいう口ばかりの卑怯で下衆な連中には、火種が大きくなる前に、懲らしめてやるのが一番だからな！」

結局、自分のような荒くれは、平和な時代には用はない。乱世でなければ到底生きることができない。だからこそ、もしひとたびこの世に生を受けたのならば、それは天が必ず自分をどこかで必要としているからに違いないのだ。それを自分で認めないというのは、自己否定につながる。姉上よ、分かってくれ！　天照をにらみつけるその燃えるような眼球が、一歩も引かぬ覚悟を物語っていた。

「素戔嗚、言挙げしてはなりませんぞ。相手も神の子です。自分自身の中に隠された神性を発揮する時、人は神と同じ創造の力を持つのです。人は神なのです。あなたも私も、神と同じ力を持っているのですから、言葉・思念の力が世界を駆け巡っていきます。人間は、よき言葉、よき思念を持って、光と闇とがあったとき、常に光の選択をしていかねばなりません……」

敵国を口汚く罵る素戔嗚を、天照はとがめた。

「悪しき言葉だと！　姉上は俺の事を、きっと蛭子《ひるこ》兄上と同じだと思っているんだ、そうに違いない！　父と母は蛭子兄上を産んだ後で、言霊を間違えたせいだと思ったのだ！　しかしその後で、天照姉上と、月読兄上を立て続けに産んだから、さぞかし喜んだ事だろう。だが、最後に生まれたこの俺も、蛭子兄上と同じ出来そこないで悪かったな！」

蛭子とは、流産した彼らの兄である。それを聞かされて以来、天照姉弟は、蛭子兄上と呼んでいた。

「それは言ってはならぬ約束です！」

天照は言葉を震わせた。家臣たちの面前で、身内のことをあげつらうなど言語道断。

「素戔嗚よ、父上の教えを守りなさい……。善き言葉を使い、良き夢を描くことが大事なのです。逆に、悪しき言葉、悪しき想念は穢れを世界にまき散らし、世界を破壊します。だから決して、軽口や悪しき言葉を口に出して『言挙げ』をしてはなりません。すべての思いには命が宿っていて、言葉には言霊《ことだま》があるのですから。言葉は、一瞬で世界を駆け巡り、物事を創造致しますぞ」

天照は幼少のころから弟の気性を承知していたので、無駄な争いをしたがる素戔嗚を常々不安に思っていた。素戔嗚の言葉には一理ある。だが同時に弟は平時に乱をおこす嫌いがある。それは弟が荒神だからなのだ。

素戔嗚には、竜神たちだけではなく、国常立ノ神《くにとこたちのかみ》という陰の世界の神が憑いていることを知っていた。その神は、神倭伊波礼比古命（天之御中主）よりもさらに数千年前に地上に生まれた、伝説の大王だった。荒神たちは、この国の建国以来、この国常立ノ神を筆頭にまとまってきたと、天照は神霊から聞かされた。

この国土は火山列島であり、地震が多く、時には津波に見舞われることもある。自然界は豊かさをもたらすと同時に荒々しくもある。荒神の系統の魂たちは、この列島が形作られて以来、世界でもとりわけ神気の高いこの国土の活動に尽力している。火龍は火山と共に活動し、水龍は雨を降らせる。列島には数多くの聖地が存在するが、実は丸ごと聖地と言ってよいらしく、荒神たちは、その分だけ大きな使命を神より与えられていた。

荒神は、龍を使う。龍の中には、神に仕える金龍たちや、老成した白龍がいる。彼らは神々しい龍神である。だが素戔嗚に憑いているのは荒々しい青龍たち。そしてもっとも力のみなぎった、壮年の黒龍たち。その龍は、実力、経験ともに充実した龍である。その彼らを操っているのが、火のような、嵐のような素戔嗚なのだ。龍はとても気が荒く、また自然霊特有の気まぐれな存在でもあり、素戔嗚のような比類なき大霊能力者でもなければ、容易に従わせることはできない。荒魂たちは秩序礼節を旨とする天照とはまるで違い、単なる力自慢に過ぎないと言えるところもあるが、国造りに関しては彼ら独自の考えを持っていると感じられた。

だから天照は普段から、強大な霊力を持った素戔嗚に対して、自然界との大調和の精神を力説して戒めてきた。

「万物が心を一つにして調和のうちに生きること。それが大和です。自然には神の御心が宿っている。ですから、自然と調和することが神の子である私たちには必要なのです。そのことをお前はもっと自覚せねばなりません」

「あぁ、分かっている……」

「ならば素戔嗚よ……わたくしに誓いなさい！　いいえ、わたくしにではない。あの太陽に誓いなさい！」

天照は太陽を指差して素戔嗚に迫ったのだった。

素戔嗚はそれをふんふんと聞いているが、次第にめんどくさそうな顔をして、分かったような返事をしたかと思うと、その翌日には大刀を持って兵を率いてどこかへと勝手に出兵していく。それで分かる通り、誓いを守っているわけでもなく、心の底から納得しているわけでもない。所詮、天照には、荒ぶる神・素戔嗚を止めることはできないのか。

「しかし私も考えました。神はなぜこうも、私とお前という正反対の人間を姉弟にしたのか。今日、私は覚悟を持ってお前が帰ってくるのを待っていたのですよ。そこまでお前が言うことなら、もしかして一理あるのかもしれない。果たしてお前の考えが正しいのか、私が正しいのか、ここではっきりさせておきたいと思います。そうでなければ、将来にわたるこの国の理想が全く変わってしまいます。私はそれを恐れているのです。ですから、私たちは今、神意を確かめねばなりません。今宵この場にて、天意を尋ねてみようと思います。それで決着がつくまで、あなたの軍を都には入れません。よろしいですか。素戔嗚。受けて立ちますね？」

今日まで天照は、その天意を計りかねていた。甲冑は天照の決意のしるしだった。今こそ天意を顕らかにする。天照の荒魂の側面が、その武装した姿に現れている。しかし間近で見ると、その細身にまとう鎧姿はあまりにも痛々しい。

「いいだろう。それで俺への疑いが晴れるのなら。俺の中に和魂《にぎみたま》があることを証明してみせよう。そうすれば、姉上にも俺に一点の曇りもないことが必ず分かるはずだ」

天照の覚悟に気圧されて、素戔嗚は誓約《うけい》を受けて立った。高千穂の兵たちが皆、立会人だった。

満月が顔を出した。

国家の命運をかけた重大な神託を降ろすにあたって、審神者《さにわ》として月読が立ち合った。審神者とは、神託の際、かかる神霊の正邪を判断し、その内容を吟味する役割の者である。もとより月読は天照から審神者として信頼されていたが、今日、国の運命を左右する重大な役割を自ら買って出た。

月読は、誓約で神意を諮ると二人に告げた。誓約とは、誓いであり、互いの発した言霊、すなわち言葉・思念が世界を生み出す作用で見る占いである。言霊は世界を創造する。言葉が産み出した像を審神者が判断する。霊的能力がある人は、誓いの言葉が姿を取って現れる様を見ることができた。よって、言葉だけで将来を占うことができる。ある意味心が丸裸にされるものであり、そこで隠し事をすることはできない。

「もし、俺の言葉によって、善きものが産まれれば、俺に、和魂があることが示されるだろう。俺の思いは正しく、神と共にあると言えるだろう。しかし、もし俺の言葉によって悪しきものが産まれるならば、それは言挙げだと認めよう。その場合、俺の思いの中に、過ちがあるものと判断すればいい」

素戔嗚は、誓約を宣言した。月読の立ち会いの下、はたして天照が正しいか素戔嗚が正しいのか、誓約が始まった。月読はまずお互いの持ち物を交換するように言った。天照は素戔嗚の十束剣《とつかのつるぎ》を受け取り、素戔嗚は天照が胸に付けている勾玉と真珠で出来た首飾りを受け取った。その勾玉は、陰の中に陽が、陽の中に陰がある逆説、太極図の形を取っている。

二人は相手の持ち物を手にして、言葉を発する。心が清らかで潔白であれば、想念の世界が彼らの前に映像として立ち現れるとき、清らかなものが産み出されるはずだった。もし素戔嗚が間違っていれば、姉の持ち物に言霊を吹きこんだ時、邪悪なものが産み出されるはずだ。

最初に天照が素戔嗚の十束剣を掲げて、「我が真意を顕して産まれいでなさい」と言った。剣から男たちの姿が吹きあがった。

＊＊＊

瑠璃の碧眼に映ったその英雄たちの姿は、草薙ノ剣を振る大和武尊、詔を発する聖徳太子、荒波にもまれて遣唐使船に乗る空海、辻説法する日蓮、熱弁をふるっている坂本龍馬……、そう、将来の日本の歴史に登場する人物、男たちの姿だった。

次に、素戔嗚が天照の首飾りを持って、「我が真意を顕して産まれいでよ」と叫んだ。

すると今度は、天照の首飾りから、弟橘媛《おとたちばなひめ》、大和の国の日向《ひむか》、浄瑠璃姫、出雲阿国《いずものおくに》という日本史を飾る女性たちの姿が出てくるのが瑠璃の碧眼に見えた。

天照と素戔嗚の両者の発した言葉から様々な神々が誕生し、共に霊能者である彼らには、自分たちの言葉がどういう「神」に発展するのかが見えていた。

瑠璃には、これらの「神々」が、その後の日本の歴史を彩る物語の主人公であるように思われた。

それは、神代の陰陽を代表するこの二人から、後々の日本の歴史が産み出されていく光景であった。

言霊をきっかけとして、歴史の節目の出来事が、走馬灯のように展開していく。しかも天照からだけではなく、素戔嗚からも神々、つまり後の歴史の立役者が誕生していっているのがはっきりと分かった。

＊　＊　＊

天照は唖然とした。誓約の結果は天照にとって、全く思いがけないものだった。誓約の結果は、天照だけでなく、素戔嗚をも是としていた。審神者たる月読も同様に、これが神の判定だと認めた。

「我が言霊から、よき未来が誕生する像が浮かんだぞ！　姉上も長兄も！　たった今、見たはずだな？　清らかな乙女たちが誕生するのを。まさしく俺に、和魂がある証拠！　俺の潔白は証明された。これでようやく、姉上も分かってくれただろう！　ハッハハッハァ！！」

素戔嗚は月読の結論を待たずに、勝手に一人で勝利宣言をすると、門番を押しのけ、ドカドカと都の中へと入っていった。誰も素戔嗚を止める者はいない。確かに、自分の分身として素戔嗚に渡した首飾りから優美な女神たちが誕生したことは、素戔嗚の正しさを証明している。心が清らかでなければありえないだろう。

だが、天照は同時に嫌な予感を持たざるをえなかった。一体これが天意なのだろうか？

素戔嗚はこれから、自分の行動は神の意に沿うものだと思うままに軍を動かすようになるだろう。

そうなれば、やがて内政や外交においても不協和音がさらに広がり始める。これまで自分は、高千穂を一段進んだ精神文明とし、なおかつ物質的にも豊かにするために、大陸などの外国と和平して交易を進め、国内では地道な農政改革を行ってきたというのに、それを素戔嗚の出兵が、何もかも覆していく。素戔嗚は一時の事だと言ったが、天照には、再び戦乱の時代へと戻っていくようにしか思えなかった。……神はそれで、本当にこの国に素晴らしい未来が生まれるというのだろうか？

誓約の時に感じた天照女王の不安は的中した。案の定、各地で反乱が起こるたびに、素戔嗚が勝手に軍を動かすことが増えていった。

素戔嗚は、誓約を根拠に、天照や、月読の言葉にさえも耳を貸さなくなった。誓約の日に、天照女王が自分に対して完全武装で待ち構えていたことが面白くなかったらしい。ずっと姉を支えようと力を磨いてきたのに、それを本人に否定された。それへの反発もあったのだろう。素戔嗚の配下の武人たちは、五十猛《いそたける》とか八十猛《やそたける》とか呼ばれる、素戔嗚党というべき勢力だ。彼らはますます勢いづき、自分たちのやり方を徹底的に推し進めようという空気が政府内で醸成されていった。

素戔嗚は戦においては、大地を動かす気を使い、敵軍を叩きのめす。天照は素戔嗚のそのやり方に対して、自然との調和を説いて警告してきたわけだが、実際、自然界を強引に操作することによる反作用は大きい。それがどのような結果となって自分に返ってくるのか、天照からすると、素戔嗚はまるで分かっていない。

ほどなく霧島が爆発した。桜島も、大爆発の気配がある。

月読は暦を調べ、星を観測して危機を察した。自然界が均衡を崩している。これから気候がもっと荒れ狂うだろう。

「戦によって、自然界の気が乱される……。人びとの怒りや苦しみや悲しみの想念が生まれると、地上に穢れ（気枯れ）が蓄積されます。その時に自然界は、不均衡な気の状態を回復させるために、穢れを払われなければならなくなるのです」

自然界の天変地異は、人の想念の生み出した穢れに対する禊祓いだ。素戔嗚の天地をも動かす気の力によって、自然界の持つ、荒々しい側面・荒魂が暴き出された。これが天照が最も恐れていたことだった。自然界の気は繊細かつ微妙な均衡で成り立っている。それが強引な想念の力学によって捻じ曲げられると、たちまち自然界は均衡を崩し、不調和な現象として、自分たちの住む環境に跳ね返ってくる。人の想念は、実際に世界を創造するのだ。

たとえこちらが戦に勝っても相手の怨みは残る。その想念が相手側と結託している自然霊と結びつき、自然の気の流れを乱す。やがて戦が戦を呼び、争いは争いを呼ぶ。それと同時に、自然界の大いなる反作用をも呼び込む結果となる。それが天の理である。

地震・噴火・暴風雨。筑紫を襲った天変地異の連鎖は、きっと最初に素戔嗚が暴れたせいだ。そう責められると、素戔嗚は理不尽な言いがかりをつけられたような気分になり「そんなバカな」と、押さえがたい腹立たしさを感じるらしく、耳を貸そうとしない。毎年夏の季節になるとやって来る暴風雨までが自分のせいだというのかと、屁理屈を並べる。だが天照には、素戔嗚が、人間心による一時の勝利への欲望のために、大いなる自然界の均衡を壊しつつある事がはっきり分かっていた。

次に阿蘇が大爆発を起こしたら、高千穂はむろん、筑紫の国々全土が焦土と化すだろう。そして一番恐れていたこと……火山灰によって田畑が埋もれるようなことでもあれば、飢饉が国に訪れる。高千穂も天照の代で滅びるかもしれない。かつて、天照の生きる時代よりも二千年以上前に、そんな時代が大八州《おおやしま》にはあったという。筑紫より少し行ったところの島にある硫黄島（※鬼界カルデラ。現在の鹿児島県硫黄島）の大噴火で、筑紫はむろん大八州の大部分が焦土と化した。巨大な大噴火によって、その頃まで連綿と続いていた王国はことごとく滅んだのだ。その世界の終末の伝説が、高千穂ノ国の古老たちによって語り継がれている。このたびの異常気象は、その時の再来だった。

たびたびの戦の混乱により、田畑は踏みつぶされた。その中には、天照の神田も含まれている。しかもそれを踏んでいったのが、自国の、素戔嗚の率いる八十猛たちだ。さすがに素戔嗚将軍自身ではなかったが、荒ぶる神の手下たちの一部には、素戔嗚と違って女王の教えを明らかに軽んずる者もいた。彼らは女王の方針は生ぬるいと侮った。むろんそれは、天照女王からすれば許されざる行為であり、将である素戔嗚の責任だった。

天照にとって農業は、大地と人間の結び、まこと神との契約以外の何物でもない。その当然の心を失った時に、国民は飢え、ひいては国が滅びる。自明の理だ。それほど神聖な田畑を、戦のために傍若無人に踏みにじることなど、この上なき冒とく行為であり、自分で自分の首を絞めるような愚行だと言わねばならない。それが女王の逆鱗に触れる行為であることを、彼らはまるで理解していなかった。

荒れた田に一人出て、天照は茫然とたたずんだ。あの妖怪たち、自然界の精霊たちの気配がどこにもなくなっている。自分の呼びかけにも、もはや答えてはくれない。彼ら精霊たちは、自然界の気が大いに乱れたことによって、真っ先に姿を隠してしまったのだ。これは天照に何より大きな喪失感をもたらす出来事だった。こうなったのも、もとをただせば、全て一国の長として、弟の素戔嗚をちゃんと指導できなかった自身の責任である。

それっきり天照は宮殿に戻らなかった。女王は人々の前から姿を消した。誰もその行方を知らない。女王御つきの巫女衆の一部だけはその行方を知っていたが、彼女たちは女王の言いつけを守って口を閉ざし、決してもらさなかった。

女王は山中の洞窟・岩戸の中に隠れた。岩戸の中で人を避けて断食し、身を清めた。天照は素戔嗚の乱行の振る舞いを鎮めるために、神への祈りを開始した。

祈っている最中も、天照は考えをめぐらした。大和の調和を乱すものは穢れであろう。すなわち国家を人体にたとえると、不健康の原因である。秩序・礼節を守らない者が、なぜ外国に大和心を説くことなどできようか。今の素戔嗚のやり方では、平和な時代はすぐに終わり、以前の戦国時代に逆戻りするしかないのだ。これまでの天照女王の努力も水泡に帰す。

それにしても気がかりなのは、なぜ、誓約が素戔嗚の直訴を是としたか、そのことだ。天照には神意が分からなかった。常々神は大和の道を天照に伝え、大和心の中で各々の個性は輝くと言ってきた。

しかし、自分と素戔嗚という正反対の個性の場合はどうだろうか。神はその問いについて、これまで明確な答えを天照に与えなかった。すべてを自分で考えなければならない、ということなのか。ならば少しの示唆でもいいから教えて欲しかった。しかしいくら天照が必死で問い続けても、天は沈黙をもって応えた。

嵐のような性格の素戔嗚に対して全く正反対なのが、鏡池のように穏やかな性格の自分・天照。そもそものような正反対の個性を持つ者同士が姉弟になったのは、一体なぜなのだろう……。素戔嗚のような荒ぶる魂が自分と血を分けた兄弟であることの意味は何なのか。天照にはその理由が、まったく理解できなかった。火と水。それは正反対の性質だ。その問いに答えを見出すため、天照はたった一人で岩戸に篭り祈り続ける。

＊　＊　＊

あぁこれは……なんという運命のイタズラだろう？！
神楽瑠璃は姉弟の争いの行く末が心配になった。
天照の即位のとき、春なのに曇天から雪が降っていた。
日中、太陽は姿を見せなかった。雪が止んだのは夜になってからだ。
それは、天がこの結果を暗示していたのだろうか。

もう一人の兄弟、月読はどう動くのだろうか？

月読ノ命……。

全ては、彼の動きにかかっているのかもしれない。

闇の中で水晶を抱く巫女

その頃、素戔嗚将軍は約千人の兵士を従えて、高千穂に対して恭順の姿勢を取らない大国・出雲へ出兵した。

不在の天照に代わって、月読が素戔嗚の考えをいさめたところで、将軍は「結果が出れば、姉上もきっと分かってくれる」と言って、相手にしない。素戔嗚のせいで、天照は姿を消したというのに。女王の不在に高千穂中が困惑したが、その原因は、素戔嗚将軍にあると誰もが思いいたっている。だが当の素戔嗚将軍は、戦に行ったきり、転戦に次ぐ転戦で国に戻ってこなくなった。

火山灰は天を覆い、日は陰った。まるで女王の心がこの世界に反映したようだった。天照女王が隠れると同時に太陽が姿を消し、世界は本当に暗くなってしまった。人びとの心も沈んだ。あの太陽のような女王が隠れてしまったことで、天の災いが起こったのだと、人びとは噂をし、恐れおののいた。それは国が滅びる兆候に違いないと。

月読もまた、自分の役目を果たせなかったことを悔いている。相反する二人の間に立って、両者を取りなすのが自分の役割とわかっていながら、それを果たせない。

月読は、亡国の気配をひしひしと感じた。このまま天照と素戔嗚の間に亀裂が入り、両者の関係が修復不可能となれば、それは国の風土にも反映し、遠からず国は滅びるだろう。月読は自らの責任を感じていた。素戔嗚を説得し、女王と和解させなければならなかった。それができるのは自分しかいないのだ、と心を引き締める。

女王の行方を必死で探す者たちの中で、行方を知っている一部の者は、巫女衆を通して都に戻るように説得しようとしていた。しかし、天照女王は誰が来ても門前払いをし、決して岩戸から出ようとはしなかった。

一人政府に残された月読は、代理として高千穂の統治を行った。あくまで不在の天照に代わる者としてであり、自分は女王の影にすぎないと周囲に断りつつ。

その月読の懸命の努力もむなしく、国の状況は悪くなる一方だった。国政の乱れに乗じて、国内で悪事を働く者も増える。反乱や山賊が横行し、邪神は災いを広げる。人心が乱れるとさらに自然界も乱れゆく。月読自身はいかに優れていても、女王不在ということが知れ渡ると、政府を侮る者たちが現れて悪い事件の連鎖が起こるのだ。所詮月読による代理の統治には限界があった。

今年の作物は、火山灰が空を覆ったことによる寒さで全滅した。全国的に冷夏となったのである。こうなれば、昨年の収穫物の貯蔵を国民に分け与える他に方法はない。

月読は、しばらく前から、穀物を貯蔵した受持里と連絡が取れなくなっていた。一体、瑞穂姫たちに何が起こっているのか。易占によると瑞穂姫に危機が訪れていると出て、月読の額に冷や汗が流れる。すべての判断は今、月読に任されていた。時間が惜しかったので、月読は間者任せにしなかった。月読は、自ら馬にまたがって受持里へ駆けていった。

久々に受持里を訪れると、実験農場のある山の周囲の木々が枯れている。ところが枯れ木の中をどんどん進んでいくと、谷間に思いがけない景色が広がっていた。南国と見まごうほどに、やけに巨大になった植物群だった。あたりは枯れているのに、そこだけが奇妙なほど生命力にあふれている。幹が木々のように太くなった植物の林を分け入った先に、受持里の瑞穂姫がたった一人で座っていた。姫は、身の丈の半分ほどもある巨大な水晶の前に座って瞑想している。水晶は六角柱の上に球が乗っている二重構造で、上部の球は緑色に輝いていたが、穢れの波動を感じ、月読はそれを一瞥しただけで瑞穂姫に訊いた。

「この植物たちは？　一体ここは何なのだ」

月読が声をかけると、ハッと眼を開けた瑞穂姫は、その顔を見てぎょっとした。

「新しい種子の研究です。これで国民の飢えも解消できるでしょう」

瑞穂姫の声はかすれていた。

「そなた一人か。他の者たちは」

「いなくなってしまいました。でも、私一人でもやらなければならない」

「しかしそなた、一体どこでその技を学んだのだ」

瑞穂姫は一瞬躊躇したが、いつもの姫らしくにっこり笑って答えた。

「私に教えてくださったのは……仙人様でございます」

その笑顔は、月読にはちょっとやつれて見えた。

「その仙人とやらは、何者だ。そなたは、なぜそのように顔色が青白いのだ？　まさか、無理なことをしているのではあるまいな」

「西の際果てにあった失われた国の技術だそうでございます。でもこれで、いついかなる時でも作物を作り出すことができます」

夢うつつのようなしゃべり方の瑞穂姫は、きっと仙人とやらに妖しげな技を吹きこまれたらしいと月読に推測させた。

「いかん。そなたはだいぶ消耗している。ここの植物は、周囲の木々の気を奪い取っている。よく見ろ、あたり一面、枯れていることに気づいていないのか？　そなたも死んでしまうぞ。ただちに中止しろ」

なるほどここの巨大化した植物は生気に溢れていたが、その代わり山は枯れている。瑞穂姫は、そんな事は信じられないという顔をした。ずいぶん長く、ここを一歩も動いていないのかもしれない。

「いやです。月読様。私はもう元の道には戻れません」

「なぜだ？」

「そういう身なのです。私がこれを完成させなくては、ここで手放すことはできません。この仕事をする運命だったんです」

「今のそなたは、植物と対話せず、無理やり力によって植物を支配しているのではないか。植物の魂と対話しながら種子を育てたそなたはどこへ行った」

月読は瑞穂姫の腕をぐっとつかむ。

「どうか邪魔をなさらないで。月読様、お祭しください」

瑞穂姫は必死で振り払おうとした。

「そんなことよりな、私は今日、話があって来た。今年の作物は不作だ。そなたの貯蔵している昨年の作物が必要なのだ。すべて国民に分配しようと思う」

「なりません」

「何故だ？　このままでは国民が飢え死にしてしまうぞ」

「今はこれをやらなくては。もうちょっとなんです。この新しい技が完成するまでは。新しい種子さえできればきっと、みんな救われます。仙人様のご指示でございますから」

「何者かは知らぬが、その仙人の指示にしたがってはならない。穢れた意図を感じる」

作物を盾に、国を支配しようとしているのかもしれない。

「穢れてなど！」

「今は苦しんでいる国民を救わねばならんのだ」

だが瑞穂姫は国家の穀物を、餓えた国民に決して分け与えないとはっきり言った。月読は見てとった。やはり……女王不在で各地で乱が起こっているが、ここにもその余波が来ている。高千穂の国難の時に、これまで目をかけてきた瑞穂姫の心は穢れた。女王や将軍の不在をいいことに、正体不明の仙人とやらに邪心を吹きこまれたのだ。実は、月読はその兆候を以前から感じ取っていた。受持里に、何者かの姿が見え隠れしていると間者から聞いていたのである。瑞穂姫はどこからか来たその仙人に弟子入りし、仙人は瑞穂姫の素晴らしい霊力を悪用したらしい。だが月読は政府の仕事に忙殺されて、瑞穂姫のことを後回しに……いや犠牲にした。

「あぁ……申し訳なかった。私がお前をこんなにも追いこんでしまっていたとは。お前は一人で国難に立ち向かおうとして、そこまで思いつめていたのか。どうか私を……許して欲しい」

するとと瑞穂姫はぽかんとした顔で月読を見ている。

枯れた山を見渡したが、ここまで穢れてしまっては、もはや手遅れだ。あの天真爛漫な性格だった瑞穂姫の笑顔はやつれ、彼女を救ってやる方法は何一つない。今や姫と水晶は一体化し、悪しき穢れを、周囲に無限に増幅している。月読自身が、女王と将軍のことで奔走して瑞穂姫の心の変化に気にかけてやれなかった。このまま、穢れた世界にたったひとり、瑞穂姫を置いておくことはできない。

自分がこれからやることは、きっと和を第一とする天照の方針に背くことになるだろう。しかもその行為は、女王代理としての自分の判断の範疇も超えている。

月読は剣を抜いた。瑞穂姫はうっすらと微笑んで眼をつぶった。月読は瑞穂姫を斬った。姫の亡骸の傍で、黄泉《よみ》の匂いが漂う水晶の輝きが消えていくのをじっと見つめる。月読は政治の理だけで、彼女を斬ったのではない。足元に倒れる瑞穂姫を眺めて、それを認めざるを得なかった。死んでいる瑞穂姫の胸に輝く、一つの勾玉。それは、種子の象徴であり、瑞穂姫の象徴。月読はその勾玉をそっと拾い上げた。救えなかったことを後悔しつつ、その罪を一身に背負いながら。

彼女は高千穂に五穀をもたらしてくれた、もっとも信頼していた部下。いや、それだけではない。屈託のない性格と天性の巫女の能力を持った瑞穂姫のことを、月読は愛していた。瑞穂姫が穢れ、それを救うには斬るしかなかった。愛するゆえの行動だった。これで、飢餓から人々を救えるだろう。だが、きっと女王は赦してくれまい。月読自身、素戔嗚と同じ激情が、自分の中にあると認めざるを得ない。


月読は川で禊をした後、その足で岩戸へと赴いた。月読は女王に隠しごとをするつもりはなかった。巫女衆は月読の顔を見て、祈る天照のところへ通した。

その後ろ姿を見た時、一瞬ためらったものの、月読はありのままの事実を女王に報告した。そして、天照の説く光の道に反した行為を懺悔した。

祈っていた天照は立ち上がって振り返った。しばらく姿を現さなかった天照の顔はやつれ、真っ赤に腫れた瞳で、悲しげに月読を見ている。

「あなたも……素戔嗚と、同じことをなさったというのですか。答えてください。そうなんですか。私の指導があなたにもいたっていなかった、のでしょうか?」

天照の声が震えている。

「申し訳ありません。しかし瑞穂姫の魂を……民を救うためには致し方がなかったのです」

「とても残念です。そんなに剣を取りたいのなら、直ちに私の前から姿を消しなさい。そしてもう二度と……ここへは来てはいけません。私はあなたの顔を……二度と見たくないのだから」

しぼり出すようにそれだけ言って、天照は二度と振り返ることはなかった。

天照がそう言えば、もう誰も反論はできない。それほどの厳しさがこもっている。

月読は足を止め、再び振り向く。

「分かりました。では私は、ここへはもう参りません。でも最後に一つだけ、お願いがございます。食べ物を持参いたしました。瑞穂姫の作った作物で作ったおむすびです。ここへ置いて帰ります。私は立ち去りますから、後でお召し上がりください」

月読は懐から自分で握ったおむすびや、日持ちのする食べ物をそっと置く。だが、天照は背中で首を横に振り、それからはっきりとした口調で言った。

「持って帰りなさい。そしてどんな理由でも、今後もはや、ここへは二度と、来てはなりません……」

月読が無言で立ち去る間、天照は歯を食いしばって振り向かなかった。

月読でさえ、いや誰も岩戸に近づけなくなった。たしかにそれは、女王の許可なくして月読が独断でやったこと。瑞穂姫を愛する月読の思いの結果。事前に女王に言ったところで、もちろん反対されたはず。その結果、民を救えなかったかもしれない。それが分かっていたから、月読は天照に黙って瑞穂姫を斬ったのだ。つまり、月読は女王に背いた。月読は、言い訳をするつもりはなかった。たとえ太陽と月が、昼と夜とに別れることになったとしても。月読は岩戸を後にした。

静寂を取り戻した岩戸の中で、天照の閉じた両眼から静かに涙があふれ出す。悔しかった。いくら、天照がここで真摯に天に祈ったとしても、素戔嗚や月読たちが乱を好むのでは、天地の気は乱れ、自然界の調和は崩れるばかり。この天変地異も、鎮まるはずがない。瑞穂姫を斬って、目先の飢饉を救ったところで、荒ぶる側面を見せた大自然の怒りが鎮まるわけがない。

しかも、誰より信頼を寄せていた月読までもが、自分の説く大和の教えを理解していなかったと分かった。考えれば考えるほど、天照は悲しくなる。自分の教えが、何も指導力を持たなかった事実を徹底的につきつけられた思いがする。

もう、一切誰とも会わず、水も食べ物も口にするつもりはない。月読が去った後も、ただただ神に祈った。ひらすら祈らなければ、神の怒りは鎮まらない。大地は鎮まらない。だが、問題は神の怒りではない。わが弟、素戔嗚のこと……。誓約が素戔嗚を「是」としたこと。自分の考えは一体何か間違っていたのか？　その答えを出さなければならない。祈り続けるうちに、やがて天照の意識は身体を抜け出し、高天原へとどんどん昇っていった。

＊　＊　＊

瑠璃の見ている神代の世界は、次第に霞がかっていった。

再び目の前に素戔嗚ノ命が現れて、瑠璃色に光る玉を贈った。玉は手のひらの上で、かすかに音がする。耳を澄ますと、強さの中に柔らかさのあるソプラノの音……。玉は、ダイレクトに瑠璃のハートの中にしみ込んでいった。すると空虚な瑠璃の心が安らぎで満たされるような気がした。瑠璃は涙を流した。出雲へ来るずっと前から、欠けていた自分の何かが少し収まったような気がした。黄泉比良坂のときよりももっとはっきりと。

音魂の秘密　大和撫子レボリューション

蝉の鳴き声があふれ出し、瑠璃の額を玉のような汗が流れていった。

割れんばかりの拍手に、神楽瑠璃は我に返った。

目の前には、いつの間にか百人くらいの参拝客が集まっていて、自分の演奏を褒め称えている。あたりを見渡せば、そこは蝉が鳴く、日差しを浴びた須佐神社の境内だった。瑠璃は八月一日の今日、仁美に連れられて、黄泉の国へと行ってしまった神楽比呂司、瑠璃の祖父の幸魂《さきみたま》を取り戻すべく、素戔嗚ノ命にお願いしに来たのだ。

それなのに……何、今の……コレ。流行のＶＲ？　それともＡＲ？　でもここ東京のテーマパークじゃなくて出雲なんだけど？　また黄泉比良坂での演奏のときと同じようなバーチャル・リアリティ体験が、瑠璃に降りかかっている。今度は、神代の国の何年もの歳月の出来事を垣間見てきた。周りの人たちの様子では、時間にして十分も経過してない様子だった。ともあれ、今度は倒れてないようでほっとした。

仁美を見ると、なぜか眉ひとつ動かさずに真面目な顔で瑠璃を見ていて、瑠璃はぴくっとした。

「あれ？　なんか皆、光っているんだけど」

自分を取り囲む参拝者たちの胸に白い輝きが見えた。ところがそれは、一人だけではない。

「あの人も、あの人もだ……」

白い光は、歩いている人全員から発光していた。瑠璃にはそれが目について仕方がなかった。一人の例外もない。彼らは演奏が終わると、何事もなかったように速やかに立ち去った。二人はそれを見送る。

「ここ、一体何なの？　あの人たちは一体何？」

「……須佐神社よ。みんな普通の参拝客よ」

「え？　全然普通じゃないじゃん。あの光ってるもの何？　仁美さん、もしかして見えてないのかな」

さっきの体験をしたことで、今度は意識の拡張現実が起こっているのではないかと瑠璃は想像した。

「見えてるわよ。あなたは昨日、覚醒したの。つまり奇魂の霊的な目が。私にも見えている。みんな、ハートにダイヤモンドを持っている」

「ハートにダイヤ。あっそうか。霊的なものか。そうそう！　えぇ？　……もしかしてこれって」

「みんな神の分け御霊、光を持っているの。人間の魂は、物質の中の隠り身、つまり神から別れた精神エネルギーって事ね。自分の中にも隠り身、隠された神がある。それは人も神ということ。もともとは全員が光。それがご神体の鏡に映った自分。もちろんあなたの中にも光ってる。誰もが最初からダイヤを持ってるという訳。そのダイヤを輝かせれば、何でも願いがかなう。みんな、八百万の神様だからね」

　あぁ、そういえば、そんな話を神代で天照大神がしていたっけ――。

　だが、それを仁美にいう事はできなかった。自分の妄想かもしれない。

　瑠璃の中にまだ、悲しい気分が漂い続けている。気の毒な高千穂の国の人たち。みんな、もとは光から別れてきた素晴らしい仲間たちだ。すべては大本の光源の分け御霊だ。みんな、光の分身、「神々」なんだ。すべてを合わせたら、大きな光、大本の神になるんだ。だから八百万の神っていうんだ。神はすべてなんだ……。けど、天照大神と素戔嗚ノ命、さらに月読ノ命までもが別れて、三人ともバラバラになってしまった。

　瑠璃の青い瞳からいつの間にかこぼれた涙の一滴が、真珠になっていた。不思議とおかしいことと思わずに、瑠璃は涙形をした真珠を掌にコロコロと転がしてじっと見た。涙の真珠は実体があって、いつまでも瑠璃の手のひらに乗っていた。真珠は瑠璃が見た幻影の中では、天照大神のシンボルのパワーストーンだった。この真珠は、瑠璃がまだ現実と幻の境界にいることを現わしていた。

神代の物語で最後に見た天照大神の、自分を見つめた切ない目、それは演奏前に見た素戔嗚ノ命の目と同じだった。いや、それ以上に思い詰めた目だったかもしれない。顔を上げると、目の前には参拝客の笑顔が広がっていたが、素戔嗚の姿は、境内のどこにも見当たらない。

何もかも、瑠璃の頭の中の出来事だったのか。優れた音楽にはドラマがあるとはいっても、しかし、幾らなんでも……。アルトサックスを吹いている最中、神代にタイムワープしてしまったと思ったが、そんな事ありえない。だけど瑠璃にはとっても生々しく、やっぱり真実の歴史であるとしか思えなかったのだ。手のひらには、まだ涙の形の真珠が乗っている。


ふっと見上げると須佐神社の屋根に、青色の光の柱が立っていた。素戔嗚ノ命から貰った玉と同じ色をしている。その光の柱を、無数のオーブがフワフワと浮かび上がって昇っていく。なんか、夢で同じものを見たような気がする。それが何なのか分からないまま、瑠璃は強烈なめまいに襲われた。

瑠璃は立てないくらい体力を消耗していた。

「素戔嗚ノ命って、本当にいたんだね」

瑠璃は空ろな目つきのままつぶやいた。

参拝客はいつの間にかいなくなり、境内は二人だけが取り残されている。

「何か感じられた？」

「うん。あたし、ここに来て、今素戔嗚ノ命の気持ちがちょっと分かったような気がするんだ」

仁美は、瑠璃の熱っぽい碧眼をじっと見た。

「どうやら、無事、変性意識に入れたらしいわね。今度は、私が見守っているから、安全よ」

「みんな、神様って古代に生きていた人間だったんだと思う」

「うちの社伝でもそう言われているわ。神道は、アニミズムと多神教の両方の側面を持っている。多神教とはつまり、先祖崇拝のこと。実際にいた人達ということよ。その中でも、特に尊敬され、崇拝された人たちが、時代を下って神になった。自分の中の神を見出し、人びとのために生きた昔の日本の偉人たちが、神として祀られるようになったのよ」

「じゃあ、天之御中主という神様も？」

「うん。天地開闢の時、最初に出現した、天之御中主として崇められている皇祖は、『天の中心の主』という意味の名を戴いている。天の中心にあって動かない北極星への信仰から、妙見神社に祀られているわ。その名の示す通り、この国の人々が仰ぎ見る神よ。記紀神話では、『神武天皇』という名で語られている人がそう。当時は神武ではなくて、神倭伊波礼比古命《カムヤマトイワレビコノミコト》と呼ばれていた。今日、神武天皇は架空の天皇とされて、その実在が疑われているけど。幾つかの人物の合成だと言われている。天之御中主にいたっては天皇どころか人間とも考えられていない。でも皇祖という意味では、天之御中主こそが、真の皇祖と言える人物なの」

「神武天皇か……」

「しいていえば、カトリック教会におけるローマ法王のような人だったかもしれない。神道の祭司王であるという点こそ、天皇の本質なの。神代においては、最高の徳を持って神道の教えを継承し、さらに、神託を下す事ができることが、天皇であることの条件だった。天皇の事を現人神というのは、そこから来ているわ。現代では血統こそが天皇たるゆえんだけど、当時は霊的禅譲が行われていた。神託によって次の帝が決まったってことよ」

「ふーん……」

「次の帝になるべき最高の徳を備えた人物……というのは、当時必ずしも帝の家に生まれるとは限らないと考えられていたから。人間の魂は、生まれ変わりを繰り返している。いろいろな人生の中で、さまざまな立場や職業を経験する。だから、霊的に最高の徳を備えた人というのは、その時どこに生まれているのかは分からない。それを当時は神託で見極めていた。天之御中主ノ命、高御産巣日ノ命、神産巣日ノ命などの帝たちは、後に神々として祭られ、彼らは独神《ひとりがみ》とされた。独神とは、『対』となる神がいない、つまり『独身の男神』よ。それは国産みで生まれなかった神で、その当時の帝たちが帝の子を後継者としなかったことを意味する。でも帝たちは結婚しなかったわけではなく、ただ自分の子供だからという理由だけで帝を継がせなかっただけなの。それは古代における革命的な出来事だった」

「そっか……」

「あなただって今はサックス奏者だけど、昔は別のことをしていたかもしれない。それは天上界で立てた自分の人生計画によるのよ。その人生計画は、前世から引き継いでいる様々な課題によって自分自身で決めるの」

魂の生まれ変わり……自分が違う人生を歩んでいたなんて、瑠璃は不思議な感じがした。

「やがて国家が大きくなり、大陸から官僚制がもたらされると、政治を一人の天皇の神託に頼る時代は終わりを迎えた。徳ある人物への禅譲に代わって、血統が皇室の伝統となったわけ。それでも『神器』という、皇祖以来のレガリア、『神の教えのシンボル』を継承する者こそが帝であるという、祭司王の伝統に変わりはないわね。『万世一系』って大雑把にはいうものの、帝の子孫がどんどん沢山増えていく中で、神器を継いだ者だけが帝の霊統を引き継ぐことになっていったのよ」

「天照大神って、実際にいた人だったの？」

「そう、実在の人物よ。天照大神は、太陽を擬人化した神様と言われているけれど、その別称を大日孁貴《おおひるめのむち》とも言うの。それは『大いなる日に仕える最高の巫女』を意味するのよ。つまり、天照は、巫女であり女王だった人ね」

やはりそうなのか。

「近代以前の日本では、巫女は神降ろしを行って神託を下していた。隠れた世界（幽世）と、テレビやラジオのようにチャンネルを合わせる事ができる女性が巫女なのよ。例えて言うと、霊界、霊魂、神仏というのは電波のようなもの。一人ひとりが異なる周波数を持っている。だから、幽世にも顕世《うつしよ》にも、無数の周波数が飛び交っている。人間はいわばラジオの放送局であり、巫女はラジオ受信機として霊に周波数を合わせ、直接言葉に変換する能力に長けているの」

神社の巫女にそんな特殊能力が備わっていたとは、瑠璃は今の今まで知らなかった。

「けれど明治維新後、神社の国家神道化とともに神託が禁止されると、巫女の仕事は巫女舞が主流になった。明治政府は国の近代化を進めるにあたって、神託などは遅れた文明でおこなわれる事だと、決め付けた……」

明治政府が西洋文明を取り入れるためにふるった文化的な大鉈によって、日本人の大切な習俗や伝統の多くが、古くさいものとして葬り去られようとした時代だったらしい。神社における神託もその一つだった。

「天照大神は古代の日本で、実際に太陽信仰を行い、神託を下ろした巫女だった。天照大神自身は太陽信仰を説いたけど、やがて時代が下ると天照自身が信仰の対象に変わっていったのね。いずれにしても、日本において太陽神は女性であったということが重要ね。お母さんは家庭を照らす太陽だ、というようにね。原始、女性は太陽であった、というのは、近代の女性運動家、平塚らいてうの言葉よ」

大日孁貴《おおひるめのむち》、いうなれば太陽の妻、か。しかし、瑠璃の母は家庭を照らすことができなかった。

「っていう事は、もしかして天宇受売ノ命もほんとうにいた人だったの？」

「そう。私たちの遠い祖先よ」

仁美は空を見上げた。

「見て。瑞兆《ずいちょう》ね」

龍にそっくりな雲が、須佐神社の上空に出ていた。

「もうちょっと、神社を散策していい？」

「先に車で待ってる」

仁美と別れ、瑠璃は境内を歩いた。もう参拝客はほとんどいない。

素戔嗚ノ命から貰った玉の意味は何だろう？　それに天照大神からもらった真珠は？　そして、昨晩のおじいちゃんは、一体どこへ行ったの？

「やぁ、瑠璃」

ご神木の横に、比呂司が笑顔で立っていた。

「おじいちゃん！　先に来てたの？！　いつの間に……」

瑠璃は驚いて駆け寄った。

「ちょ、ちょっと待って。これって」

瑠璃は比呂司の着物を触った。

「昨夜話したじゃないか」

「でも、おじいちゃん。あのさ……」

病院で寝ているはずだ。だとするとこれは？

「それより、どうだった？　さっきは素晴らしい演奏だったじゃないか？」

瑠璃は頬を染めた。聴いてくれたのか。

「うん……ありがと」

比呂司に褒められて何よりうれしかった。

「素戔嗚ノ命は天照大神と、分かりあえない気持ちを、ずっと抱えてきたんだ。ねぇおじいちゃん、なんで人って争うのかな。個性が違うっていうだけで」

めまいは治まったが、まだぼうっとしている。

「まぁ、わしらの住んでいるこの物質世界は、人の考えが両極端に行きやすい。それで分離していくんだよ。そうすると、お互いを認め合わなくなる」

「誰でも？　神様同士でも？　お互いの違いを認め合えないなんて。一体どうしてよ」

孫は、天照大神と素戔嗚ノ命の神話のことを言っているようだと、祖父は察してくれた。

「それはこの世界が、二元性の世界だからだな」

「二元性って？」

「両極端になってしまう思考のことだ。そういう思考を、仏教では偏った心として、辺見と呼んでいる。ものごとは、善と悪、光と闇、男と女、自分と他人、美醜、というふうに、様々な形で、二つに分けてとらえることができる。それがたとえば、善悪のばあいだと、自分は正しい、相手は間違っていると考える。戦争や争いの時には、たいていこの二元論の思考に陥っている。そうして相手に対して否定的になる。そうすると、正義を守るためには、相手は滅ぼさねばならないという考えに凝り固まる。こうして争いごとが起こる」

「あぁ……普通喧嘩したらそーなるよネ」

「言うならばオールオアナッシング思考といったところか。そういうふうに、とかく人の心は極端に走りやすい。相反する個性を持つ者同士が、お互いの違いゆえに争い合うままなら、協調することも和合することもできないだろう」

「天照大神と素戔嗚ノ命も？　姉弟なのに？」

「うん。神話の中では、二人は対立したとされている。いったん地上に生まれて物質の肉体を持つと、そうなるんだ。すべての人間は、もともと自分の中に二つの極性を持っている。荒魂や、和魂という極性だ。天照大神は和魂を体現する代表の神と言われ、素戔嗚ノ命は荒魂の代表と言われている」

　そこで瑠璃の記憶がパッと呼び覚まされた。その話、夢の中で比呂司に聞いたぞ。

「荒魂……和魂……それって確か、一霊四魂説だよね？」

「ほぅ、その通りだが？」

　比呂司の奇魂はなぜ瑠璃が「一霊四魂説」を知っているのかと驚いているようだった。

「う～ん、仁美さんに聞いたんだよ。でも内容は、あまりくわしくは分からないけど」

「古神道では、和魂は調和を、荒魂は活動を、奇魂は霊感を、幸魂は幸福を担っているとされている。その四つの魂を、直霊《なおひ》という一つの霊が統括している。これが一般的な説明だが、もうひとつ、和魂と荒魂の二魂説というものがある。本居宣長は、幸魂と奇魂は、和魂の別名だと考えた。どういう事かというと、古代中国の思想に『陰陽五行説』というものがあって、それと関連付けた。宇宙には陰と陽の原理があり、そこから五行、土、水、木、金、火という宇宙を構成する基本要素《エレメント》が生まれた。この考えを人間の魂の分析に当てはめたわけだな」

「へぇ〜」

「たしかに、人それぞれ、持っている五行の強さが違うのは不思議だ。そして、五行の性質はそれぞれ、相生、相剋といったように、互いに生かしあったり、ぶつかり合ったりする。つまりもともと相性があるのだ。それはいい悪いとは別の問題でな。この五行を一霊四魂に当てはめると、直霊《なおひ》は土、和魂は水、幸魂は木、奇魂は金、荒魂は火に対応する。つまり、最初に陰陽である大元の神の和魂と荒魂があって、そこから五行、つまり分け御霊である我々の一霊四魂が誕生していった、その時に、それぞれに様々な個性が現れた、というストーリーを考えたわけだ」

……深い。深すぎる。一霊四魂が宇宙創成の原理に関係しているなんてと、瑠璃は話の広がりに驚いた。

「二人は分かりあえないの」

「これがなかなか難しいのだ。慈遍という南北朝時代の天台宗の坊さんが書いた本があるのだが、それによると、天照大神も素戔嗚ノ命も、その本性は同じものであり、もともと分かれてはない。だから、現実の関係性の中で対立したに過ぎないという。これは天台本覚論というのだが。この考えでは、二人とも、宇宙の要素としては、どちらも必要だ。ただ、それぞれが持っているエネルギーの個性の違いがあるだけだ。ところが、この物質世界の中では、二人は、見ているものが違う。エネルギーが違うから、自分が見たいものしか見ていない、といってもいいかな。相手に見えているものが自分には見えないから、相手を理解できない。それが、多様性を受け容れるのではなく、どちらか一方という選択をしやすい理由だと思う。これが二元性のトリックなのだ。こうして様々な価値観の対立が生み出されてはぶつかり合っていくのがこの世なのだ」

「人間は二元性で争うんだね」

「あぁ、地上は二元性の世界だ。しかし、神々の住む、もともとのワンネスである神の世界は、光源がひとつの光一元だ。大乗仏教では、如来蔵思想と言って、全てが大日如来の変化した姿だと捉える。この世では、すべてが分かれて対立しているかのように見えるが、本来、我々は全てが大いなるものの一部なんだ。つまり、すべては『一つ』という事だね。二元的なもののとらえかたをして、自分や相手に対して、善い悪いといった判断を下すことは、迷いの元になる。だから、人間心で判断をせずに、全てをありのままに受け止めることが大事なんだ」

そう言われると、瑠璃がボーッと見ている景色、花や街路樹、蝶のような小さな生き物、それに空や太陽まで、大いなるものの一つで自分という存在もその中にいるのだと感じられてくるのだった。

「神々の世界では、誰しもが自分が全体の一部であることを理解している。地上の人間のように、自分だけが正しいというような極端な思考に走ることはない。ちょうどそれは、三次元から二次元を見ているような感覚かな。逆に高次元から見ると、三次元ではいろんな別の形をしたものが、実は同じものだったりする」

「う〜ん、訳分かんない」

「たとえば円錐に光を当てると、斜め上から光を当てれば三角形の影ができ、真上から光を当てれば円の影ができるだろう。しかしそれはあくまで影の形であって、元々の形は同じはずだ。それと同じように、高次の立体性の意識の中には、二元性の思考は存在しない」

「あっなるほど」

「しかしそのワンネスの世界から、いったん地上の舞台へと役者たちが生まれ変わると、悲しいことに二元性の劇を演じて生きることになってしまう。二元性は、つまり人間の視野が極端に狭いから起こるのだ。神々の世界では、どんなにワンネスを理解していた立派な魂であっても、肉体を持てばひとりとして例外はない」

「神様ってなんでそんなに意地悪なの。こんな……こんな、二元性の世界なんて作らなきゃよかったのに」

「いやいや、そういう世界だからこそ、逆にありがたいんだよ。神の計らいはなかなか玄妙でね。人生という舞台が終わって幕が下り、あの世に帰ればまた皆が同胞であり、自分たちは演劇の役者にすぎなかったことがわかる。善人や悪人や、いろいろな役割の違いを演じていただけなんだとな」

「死んだあとで気付いたってもう遅いじゃない！　それじゃ地上はずっと相変わらずのままでしょう。昔だけじゃなくて、今だってずっとずっとそうじゃないの……！　神様は、いつまでこんな状況に、地上を放っておくの」

　だから世界大戦が起こった。だから原爆が投下された。だから9・11テロが起こった、その後アフガン・イラク戦争が起こった……。

「瑠璃、それらは別に神様のせいじゃないんだよ。自分自身のせいなんだ。確かに、この世は際立った二元性の世界だ。だからこそ、人間は闇を捨て、光を増幅するように努力することが大切なのだ。泥沼のような二元性の世界の中で、人間はどんな時でも常に、自分の神の分け御霊としての自覚に正直であるように、自分自身を導かなければならない。実はそれが人間の魂にとって、いい修業になるんだ。だがそこでネガティブな観念《マインド》は、そこにトリックを仕掛けていろいろ邪魔をしてくる。だから、常に本当の自分に正直であれ、とね。この二元性の世界で神より求められていることは、それだけだよ。決してむずかしいことではないはずなんだ」

「なら神様ってやっぱり意地悪だよ。だってそんなこと皆、知らないじゃん。それじゃあ、永遠に分かち合えない人が出てくるのは当たり前だよ」

　瑠璃はうわーんと泣いた。

「おいおい、だいじょぶか」

「分からないよぉー」

　どうすれば天照大神と素戔嗚ノ命は仲直りができるんだ。瑠璃は二人の対立が悲しかった。

「やっぱりちょっと、難しかったかな」

そっちの分からないじゃなくって。

「あのさ……、おじいちゃん。おじいちゃんの幸魂は？」

祖父の姿は消えていた。

仕方なく瑠璃はご神木に寄りかかって、気持ちの整理をつけようとしたが、涙がとめどなく溢れてきた。


瑠璃は、神社の傍を流れる須佐川の土手に出る道を見つけて、川に沿って歩いていった。白や黄色の花がところどころ咲く原っぱまで来ると、少しずつ気持ちが落ち着いてくる。なぜか身体の周りに、花が集まっている。花の一つ一つが、瑠璃の気持ちを慰めてくれた。花を持った小さな妖精たちが、瑠璃のことを心配して元気づけようとしてくれているのだと気がついた。

『瑠璃ちゃん、何を泣いてるの？』

『おなかがすいたの？　また聴きたいな。瑠璃ちゃんの歌声』

その声は、テレパシーになって直接瑠璃の心に届いた。

きっと、天宇受売神社の近くの妖怪たちの評判が、ここまで届いているのだろうと瑠璃は想像した。

自然界は、全部つながっているのだ。

「ううん、歌声じゃないよ……これ、サックスっていうんだよ。でも……みんなありがとう」

瑠璃は、小さな子供のような姿の妖精たちの手を取って立ちあがり、いつしかくるくる舞って「あはは……」と笑っていた。瑠璃はサックスを構えると、アニメ『涼宮ハルヒの憂鬱』の『♪ハレ晴れユカイ』をジャズにアレンジした。これもまた、「ハレとケ」のうちの、「ハレ」を歌った曲なのだろう。

仁美にも瑠璃の演奏や笑い声が聞こえたかもしれない。十五分もすると、瑠璃はすっかり元気になって仁美の車に戻った。

「あ、あの仁美さん。あたし今、おじいちゃんと会話しちゃった」

「それは……おじいさんの奇魂よ」

「えっ？！」

あれが？　朝の話の。じゃあやっぱり蘇ったわけじゃないのか。

「あなたにアドバイスをしたかったのかもしれないわね。またどこかで現れるかもね」

「でも、本人にそっくりだったよ」

「きっと素戔嗚ノ命が会わせてくれたのかもしれない」

そうか、そういう事か。

「また現れても、おじいさんに奇魂の事は言わないで、秘密にしておきましょう。普通に接してみなさい。その方がきっと、おじいさんも瑠璃と話を合わせやすいでしょうし」

そういうものか。結局、比呂司の幸魂を救えるのかどうかは分からない。

「それとね、素戔嗚ノ命から青い光の玉をもらったんだ。耳を澄ますとバリトンの音がする」

神代の事は仁美にいえなかったが、瑠璃は告白した。

「それ……音魂《おとだま》ね」

　瑠璃はそれが何なのか一瞬考えたが、頭の中は「?」で埋め尽くされた。

「言霊って聞いたことない？　そこから説明したほうが早いわね」

「あぁ、知ってるかも」

　天照が素戔嗚の言動を諫めた時に、確かそんな言葉を使っていた。

「昔から日本人は、言葉には魂が宿るって言ってきた。万葉集に、『神代より言ひ伝て来らく、そらみつ大和の国は、皇神《すめかみ》の厳しき国。言霊の幸はふ国と語り継ぎ、言ひ継がひけり』と詠われている。言霊信仰は、後の天皇の祝詞へとつながった。こうして言霊信仰は、何千年にもわたってこの国の精神文化として受け継がれ、日本人の生活習慣にまで浸透していったの。たとえば正月のおせち料理。黒豆は『まめに働く』、昆布巻は『喜ぶ』、数の子は子宝、エビは腰が曲がるまでの長寿なんていう、縁起を担いだ食材が選ばれるでしょう。ここにも言霊信仰が入っているのよ。蛸は『多幸』とも書き、吸盤で幸せを吸い寄せてくれると信じられている」

　逆に、「忌み言葉」は言い換えるという。するめは、「する」という言葉が縁起が悪いので、「あたりめ」と言い換え、「鏡割」は「鏡開き」と言い換える。閉会の事を「お開き」、おからを「卯の花」、塩を「波の花」、梨を「ありの実」と言い換える。なるほど瑠璃も、聞いたことがある。どれも言葉には力があると信じられていたからこそ、生まれた言葉だ。

「誓約において素戔嗚ノ命という男神が子供を生んだという不思議な話も、言霊が世界を創造したという解釈で理解できる。それと同じように、そもそも『音』自体に、魂が宿っているのよ。例えば、神社では、柏手を打つけれど、それは周りに音の振動が伝わって、邪気を祓うという意味合いがあるの。巫女が鈴を鳴らすことや、参道にある玉砂利を踏むことも同じ。これらの音の鳴るものも、みんな邪気を祓っている。それらは音魂の作用によるものなのよ」

瑠璃は自分が持っている音魂の一つに耳を澄ましてみた。素戔嗚ノ命からもらった音魂が発するバリトンの音は、どこか力強さが感じられた。この音は一体何だろう？　音が、何かの曲になろうとしているようだった。

「それで、あなたがサックスを奏でて変性意識になったときに、あなたの音魂が、素戔嗚ノ命の音魂と共鳴した。それで、あなたは素戔嗚ノ命の世界と通じることができた。そういう事じゃないのかしら？」

もう一つ、天照大神からもらった真珠を取り出す。真珠からはゆったりとしたアルトの音が流れ、それを聞いているといつか赤い玉に変化している。

二つの音魂はそれぞれに、音楽を奏で始めていた。

（素戔嗚はロックで、天照はクラシックか……。二つの音魂は混ざり合わない。けど、荒魂は勇、和魂は優。勇と優だ。どちらも「ゆう」という音！　つまり、オクターブが違うだけ）

「これはもしかすると……」

二つの音魂は、別々に音楽を奏でながら、瑠璃の中でやがて一つのイメージを形成しつつあった。

それは次に向かう場所のイメージだった。

「仁美さん、あたし、今分かったことがあるの。言っていい？　素戔嗚ノ命が、次の場所でまた新しい何かを掴めるからって、それが音魂のメッセージだったみたい。ここで終わりじゃないみたい！　あたし、次のパワースポットに行かなくちゃいけないの。そのパズルのピースが待ってるのよ。……とにかく早く行かないと。あたし、急がなくちゃ。えーとこの音が相応しい場所はどこだろ」

そう考えていると、今度は天照大神の赤い音魂が手鏡に変化し、スマホの中へと吸い込まれていった。スマホの画面の上のほうに三つの玉が並び、その下に「風」という漢字に似た文様が一瞬だけ映し出された。瑠璃の頭に「辺津鏡《へつかがみ》」という名が浮かんできた。このアプリ、いやアイテムの名前らしい。その「辺津鏡」は今、スマホと一体化している。

瑠璃は今まさに曲になろうとしている音をひろって鼻歌で唄いながら、スマホで検索を始めた。その曲を聴いていると、場所のイメージが明瞭になっていく。そこへ行けば、きっと神代の出来事の続きが分かるはずなのだ。

「その前に一休みして、何か食べないと体力が回復しないわよ」

仁美は、瑠璃の身体の状態を把握しているようだった。一度天宇受売神社に帰宅して、瑠璃を休ませようと思っていたらしいが、カーナビで近くで休憩できる場所を探している。

「――でもとにかく、今はあの三人を助けないと。あたしに今、何ができるのかなんて分からない。何もできないかもしれないけど。でも時間が惜しい」

瑠璃のつぶやきを、仁美の横顔がじっと見ていたが、問いただそうとはしなかった。サングラスごしに仁美の表情を読み取ろうとしたが、読むことはできなかった。

そこでさきほど、奇魂の比呂司に聞いたことを考えてみる。

天照大神が即位して、自分の役割をおおせつかったように、役割の大きさはちがうけれど、瑠璃も広島の慰霊祭での自分の役割をおおせつかった。三人の神たちは、天照が役割を果たせるように、協力して国造りを目指すことにした。それは、大和心で世界を平和にしようという、高い理想の実現のためだった。もしかすると自分も、本来は仁美と比呂司の三人で、旅をすることになっていたのかもしれない。でもその途中で、天照大神は素戔嗚と確執を起こして別れを経験した。瑠璃も、比呂司の幸魂との別れを経験した。大神が岩戸に籠ったように、比呂司の幸魂も黄泉へと旅立ってしまった。そして、素戔嗚と天照は、二元性の問題の解決のために、自分たちの問題と対決しなければならない。瑠璃も、自分の問題を解決しないといけない。

そこまで考えがまとまったとき、素戔嗚ノ命からもらった青い音魂の中から、今度は奇妙な形状の剣がビュッと飛び出してきた。柄の根本の部分に、船の舵輪を思わせる放射状の突起が八つ付いている。その一つが刀身となって長く伸びていた。「八握剣《やっかのつるぎ》」という名前が浮かんでくる。十束剣より、一回り小ぶりな剣。瑠璃の霊的な目には、その剣が輝いているのが見えた。

「次の場所で、戦いが待っている」

スマホを操作する右手がぴたりと止まる。瑠璃の碧眼は、スマホの液晶に映し出された立派な神社を捉えていた。

第三番

須《す》我《が》神社

素戔嗚《すさのお》の八岐大蛇《やまたのおろち》討伐

優《ゆう》の音

後部座席から身を乗り出した瑠璃の、曇りなき碧眼がカーナビの一点を見つめた。

「ココ！」

「須我神社」

「そこだよ！　次のパワースポット。行こう」

辺津鏡を霊的アプリとして一体化し、アップデートしたスマホのおかげだ。

車は駐車場を出て天王池の横を通った。

「やはり、素戔嗚ノ命つながりね。そこに行けば、なぜ行かなくてはならなかったのか理由が分かるのね？」

「そうみたい。今はどうしてか分からない。とにかく今はそこに行かなくちゃ、って気分」

「フフフ、あなたのは、カーナビならぬ『神ナビ』ね」

だって、天照大神と素戔嗚ノ命がどうなったか続きが知りたい。特に素戔嗚。しょーがないヤツ！

仁美の運転で須我神社へと向かう間、須佐神社へ来た時の能天気な気分はすっかりなくなっていた。

左手のひらの真珠と右手の剣をじっと眺めながら、次の目的地に思いを馳せている。

「車の中でいいから食べて」

運転する仁美が、左手でカバンからお弁当箱を出し、後部座席の瑠璃に渡した。箱を開けるときれいな三角形のおむすびが入っている。お茶の入った水筒も一緒に渡された。

メガネをずらし、笑顔で黙って差し出す仁美の姿に、なぜか天照が被った。

「おいしい……まじでおいしい」

思わず知らず、瑠璃はにっこりした。手で握った三角形のおむすびはふっくらとして、とてもおいしい。普段コンビニおにぎりしか食べない瑠璃には衝撃だった。おむすびって、こんなにおいしかったただろうか？

瑠璃は次のパワースポットを幻視しながら、夢中で三つのおむすびを頬張った。身体が食料を求めていた。何気なく目をやった車窓から、田んぼで作業する天照大神が見えてハッとした。


須我神社に到着し、サックスを持って下車すると急勾配の階段を上って参拝する。境内は霧がかかっている。

瑠璃の碧眼に映っているのは、細身で、つややかな黒髪の美しい女性。りりしい印象で、女戦士という感じがした。彼女もやはり古代服を着ているが、九ノ一とでも言いたくなるような軽装だった。

……この人が奇稲田姫《くしなだひめ》だ。その目は力強く、まっすぐに瑠璃の碧眼を見ていた。

今度は瑠璃は、この姫の意識に語りかけるようにアルトサックスを奏でることにした。神話によれば、素戔嗚ノ命が出雲で運命的な出会いをする女性だという事を、瑠璃も知っていたからだ。

サックスを構えロングトーンを開始する。選んだ曲は、サイモン＆ガーファンクルの『♪明日に架ける橋』。須佐神社で瑠璃がもらった音魂から、この曲が聞こえてきたからである。出雲の出方によっては、素戔嗚の荒々しい側面を引き出してしまうだろう。そうなれば両者に戦が起こる。だが、奇稲田姫には素戔嗚の別の側面を引き出す力がある。それが誓約の示した素戔嗚の和魂なのだ。

そして戦いの予感がする。素戔嗚は、出雲のために戦うのだ。この戦いがきっと二人を結びつけるだろう。

瑠璃は、素戔嗚と意識が通じ合った自分だからこそ知っている、素戔嗚の真実の姿を姫に伝えなくちゃ、という使命感にかられていた。

素戔嗚の荒神としての気性の激しさだけじゃない、姉思いの優しさ、そして力自慢をする子供のように純粋な心。それらを、サックスの音色に込めて、奇稲田姫に向かって語りかけるように演奏を開始した。

黄泉から来た八岐大蛇

出雲へと向かう途中、素戔嗚の中である思いが湧きおこっていた。それは他ならぬ故郷、高千穂の危機の事である。女王不在の今、自分を追って月読が送ってきた間者は素戔嗚に国に戻ってきてほしいと伝えている。当然だろう。だが素戔嗚は結局高千穂へと戻らず、出雲へと向かっていた。その理由は、姉の怒りの原因が自分にあることが明らかであり、このままでは国へ帰れないと悟ったからだった。自分のした行為が、姉をそれほどまでに腹立たせていることに素戔嗚は少なからず自責の念を感じていた。

それだけに、戦いに成果を出して、天照に喜んでもらえるようなものを何か得てからでないと、帰るに帰れないという気持ちになっている。

素戔嗚は今回、出雲が敵対してきた場合は打ち破るつもりだが、もし交渉だけで説得できる可能性があるなら、戦をせずに、初めから同盟を組むつもりでいた。

出雲王国は鉄、銅など純度の高い金属の生産地として高千穂にも知られていた。半島および半島を経由しての大陸との交易が盛んで、出雲は王国としての独自の繁栄を築いていた。出雲は金属による覇権の中枢で、多々良という古代の製鉄所を擁していた。多々良とは精錬だけでなく、精神の作用を及ぼす一種の錬金術でもあると言われている。

渡来の技術者や労働者たちが大勢出雲に移住してきたことにより、精錬技術が独自の進化を遂げた。そのために出雲は栄え、今では筑紫の高千穂と並んで、強国として名をはせている。

高千穂が常に直面している半島・大陸からの脅威に、出雲の国が高千穂と和平する意思がはたしてあるや否や、それとも戦うつもりなのかを探るために、素戔嗚は出雲へ出兵したのだった。どのような態度で出雲が自分を迎えるか、それは行ってみなければ分からない。

素戔嗚が出雲に到着すると、意外なことに出雲王家は素戔嗚を丁重に迎え入れた。

出雲では、高千穂国の、天地を操る力を持った将軍が来たと知れわたるも、動揺は一つも起こらなかったらしい。それどころか、彼らは不思議なことに素戔嗚が来ることを前々から知っていたという。

出雲王・足名椎《あしなづち》は和平に際して、一つ条件があると言った。

「今、この国はある問題を抱えています。それを将軍に解決していただけるなら、和平に応じましょう」

「よかろう」

内容も聞かずに、あっさりと承諾した。

「で、その条件とは？」

「斐川の上流に怪物がおります。黄泉《よみ》から来た怪物です。その怪物のために、出雲では続々と被害が出ています。それを恐れた村人たちは、娘らを生贄として怪物へ差し出しているのです」

「なるほど。つまり、そいつを俺に倒せという事だな」

俺に倒せぬモノが、出雲などにいるはずがない。

「ご明察です」

「お前たちを悩ます、その怪物とは？」

「我々は、八岐大蛇《やまたのおろち》と呼んでいます。そのモノは、八つの頭を持った大蛇なのです。その大きさも、八つの谷、八つの峰にまたがるほど巨大でして」

「ははは、いくら俺が出雲に疎いからといって、そんな奴が世の中にいるものか！」

素戔嗚は一笑に付した。そのような怪物の姿はおよそ想像もつかず、からかわれているかと思ったのだ。

「それがいるのでございます」

「ではお主も見たのか？　その目で」

「いえ、私は見ておりません。我々はこれまで、この八岐大蛇討伐のために、斐川へ腕の立つ武者を何人も派遣しました。しかし、残念ながらこれまで戻ってきた者はいないので、村人たちの証言の他に頼りになるものはないのでございます。ともかく相手は恐ろしい力を持った魔性のモノです。これだけは確かです。その正体は測りかねますが、これ以上、出雲の中で被害を拡大させるわけにはいかないと我々は考えております」

足名椎《あしなづち》の話は、嘘をついているようには聞こえなかったが、だいぶ尾ひれがついているのではないかと素戔嗚は想像する。

「やらぬではない、が……、まさか俺を担いでいるわけではあるまいな？」

「無論、めっそうもない」

「ならば誰もその目で確かめてもおらんのに、やたら恐れだけが出雲に広がっている気がしてならんな」

「素戔嗚将軍、天地を操るあなた様の力は、この国にも聞こえています。もしあなたが八岐大蛇を退治することができたなら、その力を見込んで、高千穂と和平しましょう。我々が本気である証に、出雲の国はあなたの力を認め、和平の証拠として、娘の奇稲田姫を妃として差し上げたいと思います」

足名椎は使用人に命じて娘を呼ばせた。

父親に呼ばれた小柄な奇稲田姫は、勝気な眼差しを素戔嗚に送った。「霊妙な稲田」という名を持つ姫の胸には青瑪瑙の勾玉が輝いている。

素戔嗚は次々と提案される出雲側の対応に、面食らった。それを察してか、奇稲田姫は頭を下げるなり口を開いた。

「本当に教えられたとおりのお姿ですね、将軍。私はあなたの到着を待っていました。私は瑠璃色の女神からの啓示により、あなたの事は教えられていました。もともと我々は高千穂には一目置いています。太陽の如き女王である天照さまの事を高く評価し、そしてその弟君が猛将であることももちろん存じ上げています」

素戔嗚が出雲に来ることは間者の報せで知れ渡っていた。当初、出雲は戦争か和平かで、てんやわんやだった。出雲王国は、自分たちの国に誇りを持っていた。鉄器の農耕具は作物の生産を飛躍的に増大させ、鉄器を武器とした軍事力も絶大で、素戔嗚将軍が来ても和平などすべきでないという意見が大勢を占めていた。

「ですが、私に瑠璃色に輝く神が降りて、こうおっしゃいました。西方より、魔物を退治する貴人が現れて、国難を救ってくださる。その貴人は軍を率いてくるが、決して戦ってはならない。決して敵だと勘違いしてはならない。彼は出雲の味方になってくださる。だから、出雲は決して将軍と争わずに受け入れ、手厚く歓迎しなさい。将軍を、侵略者ではなく、国難を救う英雄として迎えよと……。私も接するのは初めての神でした。それで私は皆にそのことを伝えたのです」

素戔嗚が出雲へ来たのは、そのお告げがあった直後だった。だから出雲の人々は素戔嗚をすぐに受け入れたのだ。

出雲では、奇稲田姫は、優れた巫女で、未来を予知することができた。素戔嗚の顔をも事前に霊視して知っていた。

＊　＊　＊

このとき、瑠璃は辺津鏡と一体化したスマホに奇稲田姫の顔を映し出し、その映像の中に自身の意識を飛び込ませることに成功した。こうして瑠璃は、神代の奇稲田姫の意識の中に直接入り込むことができたのである。

＊　＊　＊

奇稲田姫は、素戔嗚と初めて会ったのではなく、なぜかずっと前から知っているような気がしていた。自分が和平のために会ったばかりの高千穂の男と結ばれる事も受け入れ、覚悟も備わっていた。

「承知した」

奇稲田姫を妃とすると言われた素戔嗚は、即答した自分自身にも驚く。

「獣退治なら、高千穂でも幾度か経験がある。さすがに八つの山をまたぐほどではないがな。世の中には巨大な熊や、人家を襲う猪の大群がいるものだ。だが、自然界を支配する、その土地の神々と話をつけられれば、何も恐れるようなものではない。私の場合、むしろやり過ぎて、その態度を何度も姉上にいさめられましたが」

列島には、まだ巨大な動物が徘徊している。それはまつろわぬ民の信仰する山の神の化身たちであった。だが天照なら、八岐大蛇さえも彼女の優しさできっと包みこんでしまうことだろう。

姫の美しさに惹かれたのも事実だったが、素戔嗚は八岐大蛇に対して強い関心を抱いた。

むろん、ここで引き下がるなどということは、素戔嗚には考えられない。怪物を退治して出雲と和平できるならば、初めて戦無用の仕事となる。ならば兵を出雲の都に駐屯させ、自分ひとりでやってやろうと決心した。自分は連戦連勝の将軍として、噂はこの国にも聞こえているらしいが、ここでいよいよ自分の力を示すことによって、さらに出雲の人々に高千穂国の威光を示すことができるはずだ。一体どのような怪物なのか、まだ分からないが、どんな相手であろうがこの自分に倒せないものがあるはずがない。

斐川へ向かう途中で、素戔嗚の心境は高千穂を出発した時とは真逆の方向に変化していた。高千穂と出雲が手を組めば、強力な連合体が出来上がるだろう。一方、出雲も高千穂との関係を築けば、外国の脅威を退けることができ、お互いに得である。

無血で出雲との同盟に成功したなら、自分は単なる荒くれ者ではないと、姉はきっと分かってくれるはずだ。これまで伝わらなかった素戔嗚の真意も伝わるだろう。素戔嗚はその期待を胸に、斐川へ歩を進めていた。隣には、奇稲田姫の姿があった。

素戔嗚は一人で行くと言って自分の軍を出雲の都に置いてきた。道案内を買って出たのは、和平の後に、縁組をするはずの当の奇稲田姫だった。口には出さなかったが、姫は八岐大蛇が恐ろしくないのだろうかと素戔嗚は不思議に思った。

間もなく日が暮れる頃、斐川上流にある目的の村に二人は到着した。老いて痩せた村長は、高千穂から来た大柄な武者に驚いた顔をしたが、奇稲田姫から事情を聞き、ほっとした顔つきになった。

「何人もの村人の命が失われているというのは、真か？」

素戔嗚は到着するなり村長に訊いた。

「はい。八岐大蛇は貪欲で、いくつもの頭を持っています。その図体を維持するために大量の食料を必要とし、これまで村は魔物の怒りを鎮めるためにいけにえを差し出すしかありませんでした。これまでも何度も、都から勇壮な武者たちが討伐をするために村を訪れました。しかし、結局誰一人として、八岐大蛇の棲む洞窟から戻ってきた者はおりません。村では失望が広がっています」

最初に都で聞いた時にはにわかに信じ難く思った素戔嗚だが、目の前の村長の口から生々しい証言が語られるのを聞くと、その獣の存在が次第に実感され、戦慄を覚えた。本当に八つの山をまたぐような化け物かどうかは分からないが、幾つもの頭を持った大蛇である事は確かなようだ。だが、実際にそれを見るまではどのような姿なのか、想像もつかない。

素戔嗚が到着する数日前にも、出雲一といわれた勇者がこの村を訪れたばかりだったらしい。しかも、彼はただの凡庸な武者ではなかったという。聖なる剣を腰にさし、国の期待を一身に引き受けていた。だが結局、彼もまた戻ってくることはなかった。その時素戔嗚は初めて知ったのだが、聞けばその武者は、奇稲田姫との誓いの勾玉を身に着けた許嫁だったのだという。奇稲田姫は、婚約者を失うという悲劇に見舞われながらも、高千穂との和平の条件として自らの身を差し出しつつ、その宿敵のいる地へ自ら赴いたのだ。出雲のためとはいえ、全く、度胸の据わった姫だ。素戔嗚はただ感心するばかりだった。

村人は、怪物は魔物であり、その出現は、国が滅びる大いなる禍の兆しだと過度に恐れていた。だから生贄を数ヶ月に一回、すみかの洞窟まで運んでいた。しかしこのままではどんどん犠牲者が膨れ上がるばかりだった。素戔嗚は一刻も早く、大蛇を斬ってその愚行をやめさせなければならなかった。

八岐大蛇出現以来、村人たちの恐れが出雲全体に伝播し、出雲には暗い雰囲気が漂っていた。外から来た素戔嗚からすれば、出雲の人びとは怪物を過大に評価しているようにも見える。恐怖心が人々を支配し、このような愚かな行為に村人を駆り立てているのだろう。彼らの恐怖の元凶となるモノを打ち破って迷妄から解放しなければならない。でなければ出雲に日は差さない。

　奇稲田姫は、自分の婚約者が帰ってこず、八岐大蛇に討たれたとの卦《け》が出た直後に、自分に瑠璃色に輝く神が掛かって、素戔嗚のことを啓示したのだと言った。通信手段が限られた古代、人々は占いによって出来事の吉凶を判断した。

　素戔嗚はきっと宿敵・八岐大蛇を倒してくれる。だからこの国の中で、奇稲田姫だけが八岐大蛇を全く恐れていなかった。

「今夜より、いけにえ無用だ。安心しろと村人に伝えろ」

　そう言ってやったが、村長の顔は半信半疑だ。

「私にひとつ案があります。私がいけにえのフリをします。大蛇が私に関心を寄せているうちに、あなたが斬ってください」

　素戔嗚は姫の勇気に感心するしかなかった。姫を危険な目に遭わせる気はなかったが、姫はそうすると言って聞かなかった。


　斐川の上流の天ヶ淵に、八岐大蛇が潜むという、目指す洞窟が存在するはずだ。素戔嗚たちと道案内の村人は、生贄役になった奇稲田姫を乗せた籠を担いで洞窟の前までたどり着いた。この洞窟の大きさからいって、八つの山をまたぐほど巨大な身体とは思えない。

　洞窟の入り口まで来ると、案内の村人はもと来た道を走り戻り、あっという間に姿が見えなくなった。

素戔嗚は洞窟の中に足を踏み入れる。中は冷気が漂い、じとっとした空気で、外とはまるで違っている。足元で乾いた音がした。松明をかざすと、幾つも白骨の死体が転がっていた。犠牲者たちだった。闇の向こうから、生臭い獣の匂いが漂ってくる。生き物の霊気、そして邪気が支配している。洞窟の奥に、確かに何物かが蠢いている気配がある。舌を鳴らす音が、洞窟に反響した。

素戔嗚は松明を洞窟の奥に投げ込んだ。それははっきりと見えた。幾つもの大蛇の身体がくっついた巨大な蛇。籠からひょいと顔を出した奇稲田姫も、初めて宿敵の姿を目にした。松明に浮かび上がった、金属光沢の巨大な胴体。

素戔嗚は、自分の目で見るまでは、果たして八岐大蛇などいるのかという疑問が頭の片隅にあったが、冷静に数えると八つではなく、三つの頭がある大蛇だった。しかしそれは三匹の蛇ではなく、胴体のところで一つにつながっている。それぞれがゆうに十五メートルはある。山をまたぐほどではないにせよ、大蛇としては見たことがない大きさだ。たしかにこの世のものではない巨大な怪物といっても、言いすぎではない。そのあまりに恐ろしい姿を目にした者が、八つの頭を持った怪物だと言い伝えたに違いない。三つの頭を見ただけでも、恐怖でそれが四つなのか六つなのか、正確な像を描けなくなってしまったとしても無理はないだろう。むろん、素戔嗚の冷静な目から見ても、三つの頭を持った大蛇は十分に異界から出現した魔物と言えた。

この怪物と対峙した者は皆、金縛りにあったように足が竦んで、やすやすとその巨体の旺盛な食欲を満たすための餌食になってしまったのだろう。ここまで巨大化するまでには、相当な数の村娘や武人を喰い殺してきたに違いない。もちろん八岐大蛇は人間の味をしめ、人を襲うことに慣れているはずだ。

奇稲田姫は汗をにじませ、剣を握って、籠の中から魔物の様子をうかがっている。

素戔嗚は、一歩二歩と踏み込んで、首を一つ斬り落すべく巨大な十束剣《とつかのつるぎ》を抜いた。素戔嗚はここへ来るとき、この剣に「天羽々斬剣《あめのはばきりのつるぎ》」と名をつけた。「大蛇を斬る剣」の意の言霊を込めている。突然、奇稲田姫が籠から飛び出して、剣を持って加勢しようとした。素戔嗚は驚いて振り向いた。その動きから察するに、どうやら姫には武術の心得があるようだったが、これで素戔嗚は圧倒的に不利になってしまった。素戔嗚といえども、奇稲田姫を守りながら三つの首を持つ怪物と戦うのは困難だ。

「危険です。姫は下がっていてください！」

「我が宿敵です。あなたと共に、こやつらの首を左右から斬ってやりましょう！」

言うが早いか、奇稲田姫はもう大蛇の首の一つに果敢に向かっていった。なんという勇敢さ、あるいは無謀さなのか。やむをえず、素戔嗚は目の前にうごめく首にすばやく斬りかかった。

大蛇はまるで二人の剣の動きを読んでいるかのように敏捷で、かつ用心深く狡猾だった。いつの間にか、移動した八岐大蛇は二人が来た洞窟の入り口をふさいでいる。二人と大蛇は位置が入れ替わっており、洞窟の奥に追い詰められた。姫を気にしながら戦う素戔嗚は、自分ひとりなら斬り破れるが、と考えあぐねつつ、全神経を右手に持った天羽々斬剣に集中させる。

奇稲田姫が、緊張した声でささやく。

「素戔嗚殿。お気づきですか……。この邪気。村人の言う通り、ただの獣のものとは思えません。魔性のものです。村人たちが魔物と恐れるのも無理はないですね。でなければ知恵ある人間が、まして出雲一の武人が獣などに負けるはずがない」

右端の大蛇が動いて、奇稲田姫に向かっていった。姫の「ぎゃっ」という声とともに、蛇の大口は松明を喰い、吐き出した。姫はバタバタと岩の間を走り抜け、素戔嗚の後ろに隠れた。

「火を恐れぬ！　この大蛇は、我々の動きの隙をうかがっている。やつを幾つかの穢れた邪神が操っているのだ。ただ単に三つ子が同時にくっついて産まれた訳ではないらしい。その何者かが剣の動きを読み、武者を喰い殺してきた。だからこやつは、火も恐れなければ剣も恐れぬのだ」

動物的勘だけではなく、明らかに魔性の意志・知恵が働いている。三つの頭のうち一つと格闘する瞬間、別の二つの頭が襲いかかり、攻撃した者は防ぎきれずに三方向から食いちぎられ、体はバラバラに八つ裂きにされたはずだ。

素戔嗚は近づいてくる頭を次々、暗闇にギラギラと輝く天羽々斬剣で振り払いつつ、じりじりと後退する。時には右手で剣を振り、左拳で振り払う。それでも相手は頭が三つ、とても手が足りない。こちらは二人、向こうは三体。要するにそういうことだ。

たとえば、そのうちの一体を二人で同時に攻撃するとする。そうしてひとつずつ各個撃破する作戦を立てる。その場合、それが有利なのは、相手がバラバラでいる状態のときに限る。しかし八岐大蛇は尾の部分でつながっているので、三体が常に有機的に連動し、一体だけを孤立させることが極めて困難だ。おまけに、どんな反撃にも大蛇は恐怖することなく向かってくる。人間を恐れず、食い殺してきた獣の証だ。

素戔嗚は、自分一人なら大蛇の懐に入り込んで次々斬り倒し、たとえ巻きつかれて締め上げられても、相撲を取ってでも相手と格闘してこの窮地を脱する自信があった。だがもしその時点で、どれか一つでも頭が姫に向かえばおしまいだ。姫には隠れているようにといい、一対一で対峙する。

「まずヤツの動きを封じる」

素戔嗚は八岐大蛇をにらんで威嚇しながら、姫に再び松明を持たせると、足元に転がっている石を払い、そこで鎮魂帰神の剣舞を始めた。

素戔嗚は闘気を天羽々斬剣に込めて半眼となって、剣舞と共に八大龍王に祈りを捧げた。自らの中に八大龍王を降ろした素戔嗚の剣舞によって、八岐大蛇は金縛りにかかった。こちらがどんなに歩き回っても、ぴたりと動かない。

こうして邪霊さえ封じてしまえば、怪物とはいえ所詮は獣。八大竜王の霊気を前にした魔性など何ということもない。奇稲田姫は動かない大蛇に一体何が起こったのかと不思議に思ったが、それが素戔嗚の霊力だと気付き、驚いて岩陰から様子をじっとうかがった。

素戔嗚は相手が金縛りで動かない事を確認すると、すばやく天羽々斬剣を閃かせ、その首すべてを斬り落とした。洞窟にたちまち生臭い血の匂いが充満する。

大蛇の首を斬るうちに、素戔嗚はその黄泉から来た怪物の無残な有様を見て、目に涙がにじんできた。奇稲田姫に驚きの色が浮かんでいる。姫は素戔嗚の内面の微妙な変化に気づいたらしかった。

最後に分厚い胴体を斬ると、洞窟内に甲高い金属音が鳴り響いた。素戔嗚が天羽々斬剣を見ると、剣先が欠けている。八岐大蛇の腹を開くと、胃の中から赤く輝く剣が現れた。剣は、それ自体が茜色の光を放って、暗い洞窟の中を煌々と照らす。その光は温かみを持っていた。わずかに剣の周辺が湯気のように空気がユラユラと揺らいですら見える。

「その剣です」

奇稲田姫は、素戔嗚が持つ剣を食い入るように見つめた。

「私の婚約者だった者が持っていた、出雲の天叢雲ノ剣《あめのむらくものつるぎ》です……」

薄暗い洞窟の中の美しい奇稲田姫の横顔がつぶやく。

「あなたの婚約者が、この腹の中に?」

洞窟の中で生きている者は、素戔嗚と姫しかいなかった。

「はい。でもあなたが仇を取ってくれました」

「姫がここへ来た理由は、剣を取り戻すためだったのでは?」

「はい」

「この剣の輝きは一体?」

明らかにそれ自体が発光している。

「この剣こそ、出雲の護り刀であり、代々の勇者が使ってきた伝説の剣です」

名の由来は、剣先から気がユラユラと立ち上る様《さま》にあると姫は言った。

「こんな不思議な剣は、初めて見た。高千穂の剣が刃こぼれしてしまった。一体、これは何の金属なのだ？」

「この金属は、ヒヒイロカネと申します。天の金属です。出雲に古代から伝わる、多々良の秘伝で精錬した金属です」

「出雲の精錬技術の高さは聞いているが……。出雲には、このような素晴らしい剣がたくさんある、ということか？」

素戔嗚は驚嘆した顔で奇稲田姫を見た。

「いいえ。現代の多々良をもってしても、純粋に精錬されたヒヒイロカネ製の剣を造ることは不可能に近い。とても難しいのです。この剣のいわれは古く、先祖代々受け継がれてきた、今となっては唯一の剣です」

「一体いつの時代のものだ？」

素戔嗚は、まるでたった今作られたばかりのように、傷一つなく茜色に輝いている剣をしげしげと眺めて姫に聞いた。

「かつて南に存在した、失われた大国にあったと伝えられています。海の向こうの常世の国です。今では、ヒヒイロカネの純粋な精錬法は失われてしまいましたが、この剣は、出雲に継承され、何千年という時を経ても全く錆びることなく、当初の輝きを保ちつづけているのです」

それを生み出したものは、常世の国の時代に存在した一種の錬金術であり、ミトロカエシと言われている。

「何千年経過しても、錆びぬとは信じられんな……」

「そうです。我が国の国宝、神器です」

「さすがに私にも神聖なものだと分かる。剣より、並々ならぬ神気が伝わってくる。まさか邪神の化生のような八岐大蛇の腹から、こんなものが出てくるとはな」剣の出現は、八岐大蛇という闇の中の、光の一点を意味するかのようだった。この赤みを帯びた黄金の剣は、太陽のような輝きを放っていた。

これは、姉の元にあるべき剣に違いないと素戔嗚は悟った。

「この剣は、英雄の気が宿っているのみならず、神気も宿っています。つまり、この剣を持つ者こそ、神の命を受けた英雄なのです。だからこれを持てば、八岐大蛇を倒せるだろうと国中の誰もが思っていました。私の婚約者は、この剣で大蛇を打ち破り、私と結婚するはずでした」

「英雄の持つ剣でも倒せなかったのだから、そなたもさぞ無念だっただろう」

「この剣は、人を選ぶのです。この剣は持つ者の力を増幅する。善き力はなお善く、悪しき力はなお悪く。その力は自分に返ってくる。そのように我が国では伝えられています。残念ですが、死んだ私の婚約者は剣を使うことができませんでした。心が穢れていたわけではなかったのですが。剣を使いこなせる者でなければ、逆に身を滅ぼす結果となる。いいえきっと、この剣はあなたの手に渡るためにあったのかもしれません」

「いや、しかし……」

「そう考えないと、彼も私も浮かばれません。こうして剣を出雲に取り戻すことができたのは、あなたのおかげです。私はあなたが出雲へ来ることを予言しましたが、あなたはこの剣を持つ運命だったのです。あなたこそ、神が予言した英雄です」

自分の婚約者が殺されて幾日も経たないというのに、つくづく奇稲田姫には驚かされる。高千穂における姉の天照同様に、出雲では奇稲田姫は巫女として第一人者だったが、能力の高さだけでなく、大蛇を相手に一歩も引かない、終始毅然としたその態度に、素戔嗚は心ひかれるのだった。

洞窟を出ると空が白々と明けていた。帰り道、素戔嗚は立ち止まって休憩した。

「すがすがしい……。この土地は落ち着く。なぜなのか。出雲へ来てから、まるで故郷へ帰ってきたようだ」

大仕事を終えた素戔嗚は、朝日に照らされた景色を見渡して、しみじみとつぶやいた。

奇稲田姫に乗り移った瑠璃は、自分でも気づかぬまま、素戔嗚に剣を授けるために、ここまで誘導する役割を果たしていたことになる。

「これで私たちの出雲と高千穂は、同盟国ですね」

奇稲田姫はほほ笑んだ。「私とあなたとは御縁があったのでしょう」と言う。

＊＊＊

瑠璃は二人の為に、ヴィヴァルディの『♪四季』の春を演奏した。鳥のさえずりが、音に合わせているみたいに調和する。

瑠璃にも、二人を温かい気が包んでいることが伝わってくる。奇稲田姫を包む気のエネルギーが凝縮して、音魂となって瑠璃のほうにやってきた。

瑠璃が奇稲田姫からもらった音魂は赤かった。

根ノ国は音の国じゃん！

そこで神楽瑠璃は再び現実空間へと引き戻された。瑠璃はアルトサックスで二曲を完奏した。またしても自分を取り囲んだ参拝客が拍手を送り、サッといなくなる。今朝、須佐神社から始めて、ここが二つ目のパワースポットだった。

今回は、天照大神から授かった辺津鏡《へつかがみ》で、その時代に直接介入することができた。瑠璃が辺津鏡と一体化したスマホに向かって、ターゲットになる時代と場所を念じたら、それが叶ったのである。天照大神の大和のオーケストラのとき、図らずもその末席に瑠璃のサックスを加えることができたが、今回は意識して介入することができた。初めての体験だ。

須我神社の屋根から空に向けて、赤色の光の柱が立っているのが見えた。やっぱり、広島の爆心地の夢で見たのと同じように、沢山のオーブたちが柱に吸い込まれて、天に向かって昇って行く。瑠璃にはそれが一体何なのか分からないし、仁美に聞いても仕方ない気がして、黙っていると仁美が言った。

「軽快な曲だったわね。その後に、爽やかに変わっていった」

瑠璃のアルトサックスが奏でる曲は、『♪明日に架ける橋』から『ペール・ギュント』へと繋がっていた。『♪明日に架ける橋』の原曲はしみじみと聴かせる曲だが、瑠璃はそこに力強いアレンジを加えている。

「ありがとう」

瑠璃にとって、過去の出来事がどんなに長い情景でも、それは一曲か、あるいは数曲の演奏中に見た出来事だ。意識の中で時間は伸縮自在という事だろう。

気がつけば、集まっていた参拝客たちは、誰も彼もカップルだったらしく、若い男女の笑い声があちこちから聞こえる。瑠璃は彼らをぼーっと横目で眺めながら素直にうらやましいと思う。

「なんでここで演奏できたんだろ？　まるでフラッシュモブみたいだったし」

瑠璃は仁美を碧眼でじっと見た。絶対に仁美が何かを手配してくれたに違いない。

「フラッシュモブなのよ」

「えっ」

「だからフラッシュモブ」

仁美はそれ以上説明しなかったが、何らかの出雲の神社のネットワークが動き出しているのかもしれなかった。

「素戔嗚ノ命が八岐大蛇を倒した後、この地へ来て、ここはすがすがしい土地だ、と言ったそうよ。素戔嗚ノ命は大蛇を退治した後、やがて奇稲田姫と結ばれ宮作りをした。で、ここ須我神社は日本初之宮と言われている」

そういう仁美もすがすがしそうだ。

白い猫がニャアニャアとかわいい声を出しながら、瑠璃の足元に身体をすりよせて来てた。瑠璃が頭をなでようとして右手を近づけると、自分から頭を手に寄せてなでてもらおうとする。こんなに猫に懐かれたのは生まれて初めてかもしれない。この神社の神の使いの白猫なのだろうか。まるで、瑠璃に感謝しているみたいに感じられる。

さっき車中でおむすびをほおばったばかりなのに、もう空腹絶頂でくらくらしてきたが、今度こそ食事にしようという仁美の意見を退けて、瑠璃は、次の場所に行かなければならないと言い張った。

「その前に、すぐ近くに甘い物の店があるから立ち寄りましょ」

仁美が車を停めたのは、出雲ぜんざいの店だった。店内に入ると、いつの間にか奥の席に比呂司が座っている。

「あっ！」

驚いた瑠璃は二の句が告げない。

おじいちゃんが……。やっぱりこれも奇魂なのだろうか。

仁美は瑠璃に目配せをして、何事もなかったように席に着いた。瑠璃も従う。

そうだ。確かに比呂司の奇魂は瑠璃を守っている。

「わしはアイスコーシー」

おじいちゃんアイスコーシーだって。うっ、クスクス。

「ぜんざいの発祥は、出雲なんだ。出雲地方では旧暦十月に、出雲に全国から八百万の神々が集まってくる。出雲では神在祭が行われ、祭で出たのが神在餅だ。じんざいが、ぜんざいになったわけだ」

出雲大納言小豆を使用したぜんざいには、紅白の白玉団子が浮かんでいる。

「あぁーっ、美味しい！　こんなのホント初めて。あっつ」

疲れている時に甘いものは染みる。

「ゆっくり食べなさい」

奇稲田姫からもらった赤い音魂に耳をそばだてると、女声のソプラノが聞こえ、今度は険しい山々が見えてきた。あの大蛇退治の物語の意味は何だったのだろう？　つい、比呂司が奇魂であることを忘れて、瑠璃は聞いた。

「素戔嗚ノ命ってさ、出雲に行ったんだよね」

「そうだとも。当時は出雲の国はとても栄えていた。最近、荒神谷で大量の銅剣が出土して、それまで神話上の存在でしかなかった出雲王朝が、俄然真実味を帯びてきた。トロイを発掘したシュリーマン級の発見だとされている」

「八岐大蛇ってほんとうにいたの？」

もちろん、瑠璃はこの眼で見てきたわけだが。

「そうだな、一般に、神話学では、大蛇退治はよく洪水や治水工事のメタファーだと考えられている。八岐大蛇の伝説も、斐伊川の氾濫を治めた話だと解釈されることが多いが、斐伊川の大規模な工事が行われたのは江戸時代以後だ。第一、素戔嗚ノ命が洪水を治めたというのは実に変な話で、高千穂では洪水を起こす側だった。それに八岐大蛇は水というより、真っ赤に燃える様な描写が多いから、たとえるなら溶岩だろう。三輪山のオロチ信仰や黒姫の大蛇伝説、福井県の九頭竜信仰など、出雲のみならず、日本全国に大蛇伝承が残されているが、それを、全部洪水で説明するのは無理がある」

「まさか、八岐大蛇みたいな奴が他にも？」

信じがたい気持ちで、瑠璃は祖父の話に耳を傾けている。

「オロチというべき大きな蛇は、今でいうと、赤道近くにいるアナコンダのような生き物だろうが、気候など条件がそろえば日本にも棲む事ができるという事だ。もっとさかのぼれば、日本でも大型のワニの化石も発見されているしな。神話だから尾ひれがついているが、伝説のモデルとなった大蛇《おろち》はかつて日本列島に存在していたんじゃないかと思う。それが、ここ出雲では八岐大蛇伝説になった。

実は今でもたまに、全国で目撃情報がある」

「えぇ〜今でもいるの？　ヤだなぁ」

「そう。たとえば、一九七三年の四国の剣山。そこで、十メートルの大蛇が目撃されている。北の方、東北でも目撃されているんだ」

千葉、三重、長崎、熊本と、日本全国で大蛇の目撃が相次いでいるらしい。

「それでここからが本題だが、うちの社伝によると、素戔嗚ノ命は、実際に八岐大蛇と闘った。ま、それは単に大きなニシキヘビみたいなものではなくて、一種の奇形だったらしい。それでも十分に『水曜スペシャル』みたいな話だが、八つというのは、八百万の神々とか、江戸八百八町、八百屋などというように、数が多いという意味なので、実際にはもっと少なく、三つか四つくらいだったんじゃないかと、うちの社伝では伝えている。昔の怪獣映画で、キングギドラという奴がいたが、そんな感じかもしれないな」

実はキングギドラは、それ以前に製作された特撮映画『日本誕生』に登場する八岐大蛇の技術から発想された怪獣だと、比呂司は付け加えた。

瑠璃も父親から聞いて、俳優の川口浩が『水曜スペシャル』という番組で、世界の秘境やＵＭＡ探しの探検をしたことを知っていた。その話の流れでいくと、素戔嗚ノ命は神代の川口浩探検隊か？

「意外に小さかったし、大した事なかったな」

八つの山をまたがるほどのイメージとは確かに違っていた。

「そんなのでも現実に出てきたら、『ウルトラQ』みたいな話だぞ」

「ウルトラQ？」

かつて一九六〇年代頃に製作された、円谷プロダクションの特撮ドラマらしい。巨大生物がよく登場するという。

「さすがに知らんか。しかしそんな言挙げしていると、後で出てくるぞ」

「ハハ……まさか！」

瑠璃にはまだ疑問があった。神代一の暴れん坊の素戔嗚は、出雲でもやっぱり大蛇相手に大暴れしていたが、須佐神社で感じたあの癒しのエネルギーは、一体どこから出てきたのだろう？

「古事記では、高天原で乱暴狼藉を働いた前半と、出雲で八岐大蛇を退治した後半の素戔嗚ノ命では、まるで別人のようだと言われている。それで、素戔嗚ノ命はトリックスターだとか、別の人物の合成神話ではないかと、喧々囂々やっておる学者もおる。この矛盾を、一体どう説明したらいいのか？しかしそれは別に矛盾ではないのだ。人間には成長というものがある。英雄も成長する」

とすると、そこに奇稲田姫の力が大きく作用しているのは間違いない。

「素戔嗚ノ命は高千穂……神話でいうと高天原で暴れ、自然を破壊した。だが出雲へ来て、同じように神通力を使い自然を破壊する、八岐大蛇という自分の鏡に出会ってしまったのだ。しかしそれを退治した時、素戔嗚ノ命は生まれ変わった。八岐大蛇とは、素戔嗚ノ命自身でもあったからだ。鏡に映った自分の姿を見せられたわけだ。自分を映す鏡と出会ったら、覚悟を決めて対決するしかない。その結果彼は別人になった。成長したのだ」

「あっ、分かった！　『西遊記』で、天界で暴れ者だった孫悟空が地上に落とされて、玄奘三蔵に仕えて天竺への旅のお供をする、っていう感じ？」

「そう。その通り。そしてその命の成長を引き出したのが、奇稲田姫だった。これを『妹《いも》の力《ちから》』という。古代日本で、男は政《まつりごと》、女は神がかりを司る巫女であり、女性は配偶者となった男にその霊力を分かち与え、加護を与えるとされている」

「へぇ〜！」

奇稲田姫に語りかけた甲斐があった。自分が神代の出雲でやろうとしたことがうまくいった証ではないか、と瑠璃は確信を持った。

「素戔嗚ノ命は、『古事記』では壺酒を飲ませて酔わせた事になっとるが、うちでは金縛りの術をかけて倒したと伝えられている。酒壺というのは、ヒッタイト文明の神話に、嵐の神プルリヤシャが、色々な酒を瓶に入れて小屋に隠した所、酒の匂いに誘われた竜神イルルヤンカシュが飲んで、酔い潰れたところを斬り殺したという逸話がある。古事記が編纂されたときに、シュメールや聖書、ギリシャ神話などのモチーフが取り入れられたんだよ」

「中から、天叢雲ノ剣が出てきたんだよね？」

「よく知っているな。いつ勉強した？　あれは、唯一無二の金属でできた剣でな。こと金属に関しては、出雲は全国有数の場所だ。いや、世界有数と言うべきか。世界遺産に登録されている石見銀山とか、知ってるかな？　日本の鉱脈は、量は少ないが金属の種類が豊富だ。鉄に関しては鉄鉱石はなく、砂鉄だが。それを求めて渡来人も海を越えてやって来た。菅谷多々良では、かつて多々良製鉄がおこなわれていた。後で連れてってやろう。高度な日本刀の技術も、多々良製鉄から発展したんだよ」

「素戔嗚の剣は、もともとは出雲の神剣だったわけね」

「そう。後に大和武尊の手に渡り、草薙ノ剣となる。しかるべき人の処へと受け継がれていく運命の剣なんだな。つまり神剣は、人から人へ渡り歩く……」

「神剣が渡り歩くって、一体どういう事？」

「剣の持ち主に役割が与えられるという事さ。剣は力を意味する。でもその力には責任が伴う。力は意味があって与えられる。宇宙との調和に基づいた意味があるのだ。それを得たからといって好き勝手に使えば力の乱用となり、ひいては身を滅ぼす結果になる。なぜ今、自分は力を与えられたのか？その事をしっかり考えて、力を使って世に貢献しなければならないんだよ。……不思議なもので、サックスもそうだ。楽器との出合いも別れも必然、次に吹くべき人の手に渡っていく」

いつか憧れのソプラノサックスも、不思議な因縁で瑠璃の手に入るのだろうか。だとしたらいいなぁ。

「素戔嗚ノ命はそうして無事に怪物を倒したわけだが、実はそこには、ある者の意図が隠されていたのだ。中世の頃までは、出雲大社のご祭神は、素戔嗚ノ命だったのだが、その出雲大社の社伝によると、素戔嗚ノ命は八岐大蛇の腹を割き、凶徒を撃ち、国域の太平を築いたとされている。大社の社伝では、呉まで行ったという話になっているが、黄泉比良坂は、その者がいた黄泉の国につながる入り口だった。神話では、伊耶那美尊を伊耶那岐尊が追いかけて黄泉の国へ行った場所とされているが、実はそうではない。実際には、そこは黄泉の国とつながった賊がいた場所だったのだ。第一その逸話は、ギリシャ神話のオルフェウスとエウリュディケの話に良く似ておる」

オルフェウスの妻エウリュディケは、新婚早々、コブラに足をかまれて死んでしまう。妻を失ったオルフェウスは、冥府の王が住む国へと降りて行く。生者たるオルフェウスは、冥府にとって異端者だったが、彼の琴の音を聞くと冥府の門を守るケルベロスや亡霊たちは静かに通らせた。

冥府の王ハーディスに接見したオルフェウスは「妻に会わせてほしい」と懇願し、彼の願いは聞き届けられた。

王は、「地上に出るまでの間、決して妻の方を向いてはならぬ」と言い渡した。オルフェウスは言いつけを守り、険しい道のりを戻っていった。

だが地上の光が出口から差し込むと、オルフェウスは嬉しさのあまり、つい妻の顔を見た。その瞬間、エウリュディケは元の道へと吸い込まれるようにして、煙のように掻き消えてしまう。

「なんだ……そっくりじゃん」

「そういわれてみると、ギリシャと日本の神々は陽気で気まぐれで、あっけらかんとしているなど、数々の共通点があるだろう。そのことは、ギリシャから来た小泉八雲も気づいていたようだな」

たしかに、両方の国の神話は、共におおらかだ。絵画では、ギリシャの神は裸だったりするが、日本でも、混浴文化などからもわかるとおり、裸は別に変なものではなかったという。

素戔嗚ノ命と奇稲田姫の話にはまだまだ続きがある。そう瑠璃は予感する。八岐大蛇に秘められた「ある者の意図」とは何か？　大蛇との戦いは、素戔嗚にとっては自分自身との戦いだった。瑠璃にとっての大蛇、つまりまだ気が付いていない自分自身とは何だろうか。もしかすると、あの黄泉比良坂で体験した、広島の時空で繋がった黄泉の国と関係があるのか。そうかもしれない。

店を出ようと席を立つと、比呂司が見えない。

「またいなくなっちゃった……」

「分かったでしょ。あなたにアドバイスするために現れる。神楽比呂司の奇魂は、アセンデッド・マスターなのよ。それで神出鬼没なの」

その意味は分からなかったが、一種の超人みたいなもの？

「おじいちゃんの奇魂は、自分の幸魂の行方を知ってるのかな」

「それは分からない。封印の瞬間、大変なエネルギーの衝撃を受けて砕かれてしまった。無事に両者が邂逅できるかどうか。私も初めての経験だわ」

仁美は考え込んでいる。

「これから私達を待ち受ける未来はいくつもある。時空は一つではないの。自分の意識と、物理世界に映し出される体験の世界は、常に引っ張り合っている。どの世界を体験するか、それを決定するのは瑠璃、あなたの意思よ。瑠璃、もう一度、平行宇宙を越えるのよ」

「そうしたら……おじいちゃんの幸魂は、戻ってくる？」

「私はそう信じてる。それまで、天宇受売神社で話したことは二人だけの秘密にして、父の奇魂が現れても、さっきみたいにそ知らぬ顔で接しましょう」

「う、うん。分かった……」

奇稲田姫から授かった赤い音魂は、「生玉《いくたま》」というものに変化していた。光る玉から炎が伸びて、まるで「聖なる人魂」のようだ。その生玉から、ハイトーンボイスの女声ソプラノが聴こえてくるような気がした。目の前をアゲハ蝶がひらひらと通過していく。

「……どうやらこの旅、ここで終わりじゃないみたいなんだ」

車に乗り込むと、カーナビですぐに八重垣神社を指定した。次の場所のイメージが浮かんできたところで、この旅は長い「パワースポットを巡る音楽巡礼の旅」である気がしてきた。

「一個一個の音魂のパズルのピースが合わさると、私の中で音魂が育っていく。……きっと、それぞれの場所で音魂を集めていくことになるのかもしれない。でも、そうすると練習する時間なくなるかなぁ」

すでに天照大神からもらった音魂、辺津鏡《へつかがみ》と素戔嗚ノ命から貰った八握剣《やつかのつるぎ》は瑠璃のハートと一体化し、いつでも取り出せる状態にあった。

「瑠璃、技術・表現力の向上のきっかけは何だった？　誰かのいい演奏を聴いたとき、お手本になるようにと思ったでしょう」

「うん。吹奏楽部の先輩がかっこよくて。あこがれて。音無先生ならこうやって吹くかなって」

「でも音楽は、全く違うジャンルのものからもインスピレーションを得られるものよ。絵画、展覧会。映画。それに大自然なんかも」

　確かにそうだ。瑠璃の場合はアニメだ。

「私の話で参考になるか分からないけど、昔、スロバキアのスピシュ城を訪ねたことがあるの。その頃、東京で仕事が忙しくて、自分を見つめたかった。凄く辺鄙なところだったけど、導かれるようにしてね。丘の上に建つ廃墟の城は、『天空の城ラピュタ』の城のモデルになったといわれている。着いた途端、ラピュタのメインテーマが頭に流れたわ。その体験にインスパイアされて、東京に帰ってから仕事の役に立った」

「へぇぇ」

　東京で、仁美が何の仕事をしていたのかは分からない。聞けない雰囲気だ。その時瑠璃は、ある人物の事を思い浮かべていた。仁美さんひょっとして……いいや、まさかね。

「古代には、芸術が神事であることは理解されていた。宗教と芸術は近しい関係にあるのよ。しかしそのことを忘れた現代は、混迷の時代よね。物質文明のおかげで芸術が袋小路に入ってしまった。そうして芸術の持つ本当の役割が、何だったのか分かっている人がどこにもいなくなった。もっとも、神なき現代にあっても、芸術家が霊的な感性が鋭いことに変わりはない。だからこそ、心を研ぎ澄まし、美の感性を見失ってはいけないの。もし分からなくなったとしたら、神……つまり最大の芸術家が作った自然の中に一旦立ちかえるのがいいわね。アニミズムの原点、自然との一体感の中で人間は本来の姿を取り戻す」

都会的な混乱から離れ、心を研ぎ澄まし、自然の中で自分の中にある美のセンスと対話する。その時自分が何を美しいと思うか、その感性を取り戻す事が大切なのだと仁美は言う。表現のバラエティ、深さ、美しさにおいて神以上の芸術家は未だかつて存在しないからだ。こんな話をする仁美は、やっぱり芸術関係の仕事をしていたのだろうか。

「……芸術家は人としてどれだけ神の作った世界に近づけるかが勝負ね。かつては、そこに一歩でも近づいた人間が、優れた芸術家とされていた。もっとも、それでも神の芸術のほんのごく一部を切り取ったに過ぎないんだけど。いくら素晴らしい美人を描いても、彫刻を造ったとしても、現実に神が作った人間には遠く及ばない。音楽家は、神が作られた世界の音を心の耳で観察して、その音に近づこうとするのよ。芸術を通して神を発見するために……。あなたのアルトサックスだって、十分素晴らしかったわ。たとえソプラノサックスじゃなくても、そういう気持ちで音を出していったら、十分に人の魂を癒すことができるんじゃないかしら」

「そっかぁ。……確かに今、音を心で聞こうとしていたかもしれない。そうしたら、ちゃんと演奏できた。自分でも……今、結構うまく吹けた気がするんだ」

「出雲は根ノ国ともいわれるけど、根ノ国の言霊は、音の国よ」

「音の国か！」

　きっと天宇受売神社の巫女・仁美は知っていたのかもしれない。いや、これから起こる事も、もしかすると……。

「ちょっとは音に魂を込められたかなって。まだまだだけど。私が持って来た、このアルトサックスのおかげだね。次の場所でも、サックスを持っていって練習する！　一か所一か所回って演奏しているうちに、どんどん自分自身の音が掴めるようになる気がするんだ」

「パワースポットを回りながら練習ね。まぁ東京と違って、こっちは練習する場所はいくらでも見つかるし。二本の道を一本に。瑠璃ならではの冴えたやり方ね」

「サンキュー仁美さん。ヨーシ、分かった。パワースポット巡って練習もしてと。うわーゾクゾクする。楽しくなってきたゾッ！」

　瑠璃は汗まみれでガッツポーズした。

第四番

八重垣《やえがき》神社

根ノ国へ　黄泉仙人との死闘

亜麻色の髪の乙女

瑠璃は神社が近づくうちに、ドビュッシーの『♪亜麻色の髪の乙女』を口ずさんでいる。須我神社で奇稲田姫からもらった赤い音魂からは、女声ソプラノの音が響いていたが、それとは別に、音魂の中にこの曲も入っているように思われた。

八重垣神社は、地面から二つの木が地面から生えて、途中で一本になっている夫婦椿があり、縁結びの大神として全国的に有名なパワースポットだ。瑠璃たちの到着を歓迎するように、鳥が甲高い声で鳴いた。

本殿から二百メートルほど歩いた奥の院の境内に、鏡の池と呼ばれる池があり、そこで縁占いができるという。真剣に祈っている少女やＯＬたちが池のまわりに集まっている。色々な地方の方言が聞こえてくる。全国的に有名なので、きっと全国各地から集まってきたのだろう。瑠璃は水面に映った彼女たちの顔を眺めていた。やがて水に映った一人の少女の顔が変化していく。奇稲田姫が映し出された。はっとして見上げると、しゃがんで祈っている少女がすくっと立ち上がって微笑んだ。茶髪でカウボーイハットをかぶって現代の恰好をしているが、どことなく奇稲田姫を髣髴とさせる。雰囲気がよく似た少女だ。胸に銀色の小さな十字架が下がっている。

少女のまぶしい笑顔にドキドキしていると、

「すごいねぇ、君、眼青いけど、日本人なの？」

と声をかけられた。

瑠璃は自分の目が青いので、東北を中心に青や緑の目を持つ日本人がまれに存在することをスマホ検索で知っていた。ただ瑠璃のように虹彩が真っ青な目は非常に珍しい。ちなみに日本人は眼が黒いと言われるが、世界的な基準では茶色い目であるらしい。

「うん、よく聞かれるけど。純粋な日本人だよ。さっき何を祈ったの？」

瑠璃はついそんなことを聞いていた。

「内緒だよ」

むろん、そう簡単に人に言えるわけがないだろう。

亜麻色の髪の乙女……。よく見ると、その顔は奇稲田姫とは全く似ていない。奇稲田姫は黒髪なのになぜ、さっき姫に似ていると思ったのだろう。

口を開けた笑顔に左上の八重歯が光っている。少女は長崎からついさっき来たばかりだという。加賀美飛鳥と言った。瑠璃よりも一つ年上らしい。「ちょっと吹いてみてよ。あたし、歌うからさ」

「えっ」

瑠璃はやっぱり、少女が奇稲田姫の姿にだぶって見えて仕方がなかった。

「ねぇ、あたしとここで神楽《かぐら》ない？　神楽ろうよぅ」

突然飛鳥は提案する。気さくな態度の飛鳥に、瑠璃のドキドキはますます高まっていた。

飛鳥はロックがいいと提案した。瑠璃はスマホのライブラリーに一万曲保存していて、絶対音階で耳コピした曲は、一回聞けばもう忘れないし、だいたい演奏できる。その時の力量によって、アレンジ力が変わる程度だ。ロックギターのディストーション（音の歪み）も、再現する事ができる。しかし、ロック、テクノ、ラップなど同じリズムを刻んで歌詞が違う曲は、サックスでは単調になってしまい、あまり向いていない。

「スタンダードナンバーや、ミュージカルナンバーのほうが吹きやすいんだけど」

「ならせめて、ポップス系がいい」

瑠璃は演奏のみだが、飛鳥は歌なので歌詞を知らないと歌えない。飛鳥に合わせるしかないだろう。

「そうだ、ロックバラードならOKだよ」

しばらく話し合った結果、曲はX－JAPANの『♪FOREVER LOVE』に決まった。飛鳥は微笑んでいるが、りりしい眼差しが「行くよ」と瑠璃に無言で伝えてくる。

飛鳥は変ロ長調で祈りを唄いあげる。……すごい、彼女の声はハイトーンの倍音である。瑠璃のアルトサックスに乗った、飛鳥の祈るような歌声と声量は、二人を別世界へと連れ出していく。

瑠璃と飛鳥は雲間から神代の出雲王国の山野を見下ろし、次第に意識を山道を歩く素戔嗚と奇稲田姫にフォーカスしていった。

二人に近づくにつれ、瑠璃の耳に雑音が混じるような嫌な音が聞こえてきた。

——何だこの音……ざわざわする。演奏の邪魔だ。忌々しい、腹ただしい。

この変な音を吹き飛ばさないと。

今度は激しい戦いになる予感。

そっか、だから飛鳥は力強いロックを選んだんだ！

根ノ国へ　黄泉から来た男

素戔嗚と奇稲田姫は村へ戻ってきた。二人は村人たちに怪物を退治したことを知らせたが、村長の顔からはまだ不安が消えていない。素戔嗚が問いただすと、村長は重い口を開いて、意外な話をし始めた。それは、八岐大蛇を生み出したという仙人の話だった。

「この山を越えると、『根ノ国』と呼ばれる土地になる。そこは異形・人外達の土地です。根ノ国には、恐ろしい霊力を持った『黄泉仙人』が住んでいます。八岐大蛇は、その黄泉仙人が作り出した魔物なのです。八岐大蛇を殺されたと分かったら、きっと仙人が復讐しにくるに違いない」

やれやれ、大蛇を退治しても、まだまだ出雲の人びとの恐怖心はぬぐいされないらしい。だが奇稲田姫は何か得心したようにうなずいている。

「あれは黄泉仙人の仕業だったんですね。なるほど、分かりました。ならばすぐに都に報告します。安心してください。出雲は、高千穂とさっき和睦が成立しました。わが国の軍と、高千穂の軍を根ノ国に派遣して、黄泉仙人を討伐するように計らいましょう」

奇稲田姫のひそめた眉が事の深刻さを示している。

「姫。連合軍で戦うとは、よほどの強敵か？　一体その黄泉仙人とやらは、何者なのだ」

「千年以上も山で昔から生きている、と噂されている男です。あれは今から三年前のことでした。出雲は黄泉仙人討伐のために出兵しました。国に怪異現象をひきおこす元凶だったからです。ところが根ノ国の山に近づいた時、山から大白狼《だいびゃくろう》が現れ、私たちの軍は襲われました」

「それは？」

「巨大な狼の化生《けしょう》です。大白狼は全身から稲妻のような光を放ち、雷のような雄たけびで木々を震わせ、竜巻のような破壊力でわが軍に突進すると、あっという間に何百人の兵たちを喰い殺しました。以来、根ノ国には決して触れてはならぬという掟ができたのです。そこに、八岐大蛇の問題が起こったというわけです」

その狼は、象のように巨大で、あるいは竜を目の前にしたような迫力があったらしい。

「大蛇の前には、巨大な狼か。仙人は、化け物共と暮らしているらしい。その国は、ここから近いのか？」

「……はい」

「まずはその根ノ国というのをこの目で見てみたい。その上で、どう戦うか判断しよう」

「しかし、いったん戻って父の判断を仰がねば！」

「それでは遅い。俺が八岐大蛇を倒したことに仙人が気づかないうちにだな。わが軍を連れていくためにいったん都に戻れば、その間に大蛇が死んだ事に気付いた仙人が先に動いて、この村を襲う可能性がある。偵察するなら向こうが油断している隙にだ」

「根ノ国とは、鬼やくちばしを持った烏天狗たちが跋扈する、およそ人間が立ち入れぬ領域です。私たちが住む国とは別の国です。出雲国の力が及ばぬ、人間界の理が通用しない土地なのです。もともと大白狼事件以前から、根ノ国へは行ってはならぬと、古老たちによって戒められてきました。山はとても険しく、容易には近寄ることができません。あの出兵以来、ずっと私たち出雲の民は、黄泉仙人と決して関わらぬよう暮らしてきたのです。くれぐれも慎重に行動しなくてはなりません」

そう言われると、素戔嗚はますます興味が募ってくる。

「心配するな。もとより戦をしに行くわけではない。そっと様子を見るだけだ。いざとなれば、高千穂の男が一人死ぬだけだ。出雲のそなたらには迷惑はかけん」

そう言いつつ、何があっても素戔嗚は決して負け戦をするつもりはなかった。根ノ国が相手なら、手加減は無用。遠慮なく戦う事ができる。

「朝飯を食ったら、さっそく私は根ノ国へ偵察に参ろう」

素戔嗚は心配そうな顔の姫に言った。

「あなた一人で行くおつもりですか。では私も一緒に参ります！」

奇稲田姫は実は心配しているのではなく、覚悟を決めていたらしい。

「なんですと？」

「高千穂人のあなただけでは、根ノ国への道に迷うかもしれません。私なら、古老たちに聞いていて、ある程度道のりが分かりますから」

「いやしかし……姫の勇敢さにはほとほと感心するが、ここから先は、人間が立ち入れない人外の土地だと先ほどあなたは言ったはずだ。八岐大蛇だけが相手というわけではない。その、大白狼とやらいう化け物や、数多くの妖怪変化たちが待ち構えているんだろう」

「素戔嗚殿、決してお忘れなきよう。私はあなたの妻になる身です。あなたが行くところには、どこへでもついていきます！」

奇稲田姫の強いまなざしには、素戔嗚が反対しようにもできない光が宿っている。何者かが姫に宿っている。一瞬、姫の瞳が青く輝いて見えた。これは、姫のいう瑠璃光の女神ではあるまいか？

「姫は一体、どこからそんな強い言葉が出てくるのかな。未来が見える姫は、これから起こることも予知しているのですか」

姫は瑠璃光の女神に突き動かされ、何かを見せられているのでは？　と素戔嗚は思った。

「よくよく考えてみれば、天叢雲剣の導きかもしれません。たとえその身にどんな危険があったとしても、あなたは天叢雲剣を持っている。私はそれがある限り、安心できるんです。もしかしたら、今天叢雲剣を手にしているあなたは、黄泉仙人を倒すことも可能なのかもしれませんし」

「なるほどな。どうやらあなたには、断っても無駄なようですね。出雲の女性は、私の国の女性と違って天衣無縫、勇壮無比だ」

「あなたの国の女性はどんななんです？」

「我が国の女性は、女王である姉上を筆頭に、もっぱら女性らしさを旨とする。高千穂では、まず姫のような女性は見たことがない」

「私は女らしくないですか」

「いや、そうではなく。……あまり私にそのようなことを聞かないでいただきたい」

一瞬間があって、奇稲田姫は笑った。

奇稲田姫という出雲の新鮮な女性像に、素戔嗚は魅かれつつあった。

「たしかに、この剣に凄い力が宿っていることは俺も認める」

と、素戔嗚は天叢雲ノ剣を握りしめた。

素戔嗚自身、剣の力を試したいという考えが湧いていた。奇稲田姫の同行を認めたのも、姫がただの女性ではなくて、彼女が自分の力を倍増させてくれる感覚があったからだ。実際八岐大蛇退治に、姫が同行した事には心底驚かされた。八岐大蛇を退治したように、二人で力を合わせれば、できないことなど何もない……。素戔嗚の中に、奇稲田姫が自分にとっての運命の人だという気持ちがますます強くなっていた。

＊　＊　＊

通りゃんせ　通りゃんせ
ここはどこの　細道じゃ
天神さまの　細道じゃ
……
行きはよいよい　帰りはこわい
こわいながらも　通りゃんせ　通りゃんせ

二人をじっと見ている瑠璃は、『♪通りゃんせ』をイメージしている。それをさえぎるように、マーラーの交響曲第3番・第1楽章を演奏する。

＊　＊　＊

黄泉比良坂。

そこは黄泉《よる》と比良《ひる》の坂（境）。光と闇、この世（現世）とあの世（幽界）の境界。二人はその結界である千引きの岩の傍を通って、仙人境たる根ノ国へ入っていった。

奇稲田姫の案内がなければ、素戔嗚は道を誤る危険があった。想像を絶する険しい道のりだ。いつも霧が垂れこめていて、数メートル先も見えない。二人は、視界の悪さから足元がおぼつかない中、滝の音がする方向へと岸壁をへばりつくように狭い道を進んでいった。

「姫は古老から聞いたというが、その身のこなしの軽さをみると、とても初めて来たようには思えないな」

「ほんとのことを言うと、私、みんなに黙って時々根ノ国を一人歩きしていました。秘密ですけどね」

「ハハハ、そんなことだろうと思った」

と、素戔嗚は笑った。

歩くにつれ、次第に見慣れない植物が増えていった。

「まるで、古代の景色の中をさまよっているようだ。このような土地があるとは、我が国の伝承でも聞いたことがない」

どの植物も天を突くように巨大で、自分たちが小人になったような錯覚に陥る。

二人は密林を抜け、断崖に滝が見える景色の中を歩いている。まったくこの世とは思えない風景だった。

奇稲田は山中、歌を歌った。彼女は歌がうまかった。

「そんなに歌われては、敵に感づかれますぞ」

「怖いのですか？　まだ全然大丈夫ですよ」

奇稲田姫はからかうように笑った。普段から根ノ国で歌っていなければ、この余裕は出ない。

「そういえば一つ、注意しなければならないことがございます。それは、根ノ国のものを決して口にしてはならないということです。元の世界に戻ってこれなくなるからです」

ところがしばらくして、素戔嗚は気付いた。

「おかしい」

さきほど二人が通ったはずの岩に戻っている。霧が立ち込めているとはいえ、道に明るい奇稲田姫が案内しているというのに、同じ場所に戻るのはおかしい。

「私もこんなことは初めてです。さっきから妖気を感じます。おそらく何者かの妖術の影響です」

迷宮に迷い込んだようだった。

「俺たちは彼らに監視されているな。何者かの気配を感じる」

あたりを見渡すが、大きな鷲が悠々と飛んでいる以外、何も見えない。

山なりが遠くから響いている。大木が倒れるようなドスンドスンという音がひっきりなしに聞こえて、二人を不安に包み込む。

突如、地震が起こった。眼前の山が崩れてきて大量の土砂が二人に向かってなだれ落ちて来た。素戔嗚は奇稲田姫の手を取って走った。が、途中で立ち止まる。振り向くと山は崩れていない。またしても幻術だ。

むやみに歩き回れば相手の術中にはまってしまう。二人は小川のそばまで来て立ち止まり、辺りをうかがった。

「やれやれ、偵察だけのはずが。退く事ができぬなら、前に進むしかあるまい」

ケケケケケ……

グケケケケ……

グエグエグエ……ケケケケケケ！


蛙と人の笑い声が入り混じったような鳴き声が、森の中に響いてくる。

木陰から小さな矢がたくさん飛んできた。小人が使うような矢は雨のように二人に降り注いだ。素戔嗚と奇稲田姫は走って矢を避けた。素戔嗚は姫を気遣ったが、奇稲田姫は矢を避けながら、鹿のような俊敏さで走っている。素戔嗚は感心すると同時に、美しく走るその姿に魅了された。

素戔嗚は剣を抜いて、数本の矢を斬り落とした。何度か剣を振っていると、雨のように降ってきた矢は、あらぬ方向へ飛んでいった。不思議な事だと思ったが、素戔嗚は数回試して確信した。天叢雲ノ剣が、妖気を込めた矢の軌道を思い通りに変えているのだ。

森の中に、褐色の肌の小人たちがわらわらと走る姿が見えた。素戔嗚は森に突撃し、小人たちの後を追った。奇稲田姫が後に続く。小人は飛び跳ねたカエルのような敏捷さで川に飛び込んでいった。素戔嗚はその中の一匹に追いついて、足を掴んでグイと引っ張った。振り向いた小人は河童だった。河童は甲高い声で悲鳴を上げた。高千穂でもたまに見かけたことがあるが、高千穂の河童はめったに人に近づかず、こうして面と向かって見たのは初めてだ。

素戔嗚を見る河童は必死の形相で、両目をめいっぱい見開き声も出さない。死を覚悟した生き物の諦めのような感情が感じられる。河童は足を怪我して、血を流していた。追いかけている時に、素戔嗚の剣が触れたらしい。

「動かないで……今止血するから」

奇稲田姫は河童の傷口に布を巻くと手をかざした。河童の足は動くようになった。河童はギーギーと何やら鳴いて訴えている。

「そうおびえないで。……命は助けてあげるから」

奇稲田姫がそう河童に言ったので、素戔嗚は驚いた。姫が意外な態度を見せたからだ。

「なぜこの者を救う？」

「河童は普段、自分たちから進んで人間に襲いかかったりしません。彼らは、きっと黄泉仙人に支配され、この地から逃げ出すことができないのです。この怯えた目を見れば、長いこと奴隷として支配されてきた者であると分かります。この土地では、自由に生きることが許されない。犬や馬のほうがまだ自由かもしれません」

「ここで河童を救ったとしても、この山には鬼やその他多くの異形の者が潜んでおるだろう。この先、行く先々で彼らは、俺たちを襲おうと待ち構えているはずだ」

出雲の国の人々は、妖怪を恐れていた。それは黄泉仙人に操られ、出雲の国をたびたび脅かしていたからだ。しかし奇稲田姫はどうも様子が違う。

奇稲田姫が助けた河童を良く見てみると、素戔嗚は次第に憐れみを感じた。

「これが、姉上のいう大和心なのだろうか……」

姫の言う通り、ひょっとして、操られていただけなのか。

「こいつに道案内をさせよう」

素戔嗚は河童に向き合った。

「お前たちを操る仙人から自由にしてやる。だから我らを仙人の住む館に案内しろ」

殺されると思って観念していたらしい河童は驚いた顔をしたが、素戔嗚の意図を察したのか、こくんとうなずいた。その姿を見ていると、愛嬌もあるし、彼らが敵ではなくて、よく見れば純粋で素直な生き物であると思った。今まで異形というだけで毛嫌いしてきたが、初めて同情心が芽生えてくるのだった。

「私……この者の心が分かります。仙人はしばらく出かけると言って、ちょっと前からここを留守にしているそうです」

奇稲田姫は、河童と思念だけで会話できるらしい。

「そうか、この山を一回りする好機だな」

「でも、そろそろ戻ってくる頃かも、とも言っています」

「ならば行けるところまで行ってみよう」

狼の遠吠えが山々にこだましている。二人は辺りの山を見回した。話に聞いた大白狼の姿が思い起こされる。

「もし仙人の館に着いたら、どうなさるおつもりなんです？　私は今すぐ都に戻って報告し、援軍を求めようと思います」

「いや、俺は奴隷となっている他の河童たちを解放し、妖怪どもをこちらの味方につけ、一気呵成に攻め込もうと思う。あとは俺がこのまま、仙人と直接対決しようと思っている。いざというときまで、都へは戻らない。もっとも、相手がこの山にいればの話だが」

　素戔嗚は妖怪たちの奴隷解放を試みようとしていた。

「無謀では？　まさか私たちだけで、黄泉仙人と戦うおつもりですか？」

　いくら天叢雲剣を持っているとはいえ、二人だけで敵中に飛び込み、決戦に挑むなどみすみす死地に赴くようなものだ。仙人のところには大白狼がいる。それは大蛇《おろち》と違って、妖術を使う。大白狼の霊力は巨大で、金縛りの術など苦も無く跳ね飛ばすだろう。奇稲田姫が素戔嗚の顔をまじまじと見つめる気持ちも分からなくはない。

「そして展開次第では……」

「はい」

「仙人と和平を試みようと思っている」

　素戔嗚は奇稲田姫に心中を明かした。

「なんですって?!」

奇稲田姫にとって、それは意外な告白だったようだ。

「我らは今、黄泉仙人の住む館へ戦いのために向かっている。だがそれは、出雲へ向かう途中の俺の心中と同じだ。俺は出雲と和睦することができたからには、もしかすると黄泉仙人とも和睦できるのではないかと考え始めている。むろん、相手次第だがな」

「そんな、あなたは黄泉仙人が、どれほど恐ろしい男かが分かっていません！」

「さっき姫が河童を助けてから考えが変わったのだ。この者共を救ったのは姫ではないか？　俺はその姫の行為に教えられた」

「そ、それは……」

「決して俺は、最終的に黄泉仙人を倒すことだけが目的で、敵地に向かっているわけではない。可能なら根ノ国と出雲、そして高千穂、三者の和睦が成立すればいいと思っている。根ノ国も、きっと何か意味があってこの地に存在しているに違いない。できうるならば……、この地でも大和の教えに従うことができたら、それ以上の選択はないはずだ。我が姉のいう通りに」

その時、素戔嗚の心の中には姉・天照が言った大和という言葉が繰り返し響いていた。

「失礼ながら、噂に聞いた、高千穂の素戔嗚将軍とも思えないお言葉です！　素戔嗚殿といえば、あの桜島のような将軍とこの国に聞こえています。あなた様は、諸国で荒ぶる神と恐れられてきたはず。それなのに一体どうして」

奇稲田姫はかすれた声で呟く。

「まぁ聞いてくれ。わが姉は、大和の精神で国を治めよ、人を治めよと常々語ってきた。その精神ならばどんな国相手にも通ずると説いてきた。俺はその教えを認めながらも、心のどこかではその考えをバカにしていた。分からぬやつは斬ればいいという思いで、自らの信じる道をつき進んできたのだ。それはつまり、俺が泥をかぶることで、結局、姉のいう大和心が広がるのならそれでよいのではないかと……。進んで汚れ役を引き受けているつもりだったのだ。そうして俺は今日まで夢中で戦い、敵を倒してきた。だが、それが姉の苦しみを作ってしまった。いささか、やり過ぎたのかもしれぬ。……いかに俺が正しくても、征服された側にとってはあくまでこちらは敵でしかない。この出雲のように、戦いなしに和平に至った経験は一度もなかった」

素戔嗚が戦った国はこれまで十六カ国、三十余の邑。それらを、素戔嗚はことごとく剣の力で打ち倒してきた。

「しかし……」

「俺はこれまで一度も、倒した相手の立場など考えたことがなかったのだ。負けた者の無念さ、恨み、憎しみ。結局、憎しみは憎しみしか呼ばない。だがこの地で、出雲の国と高千穂が新たな道を開くことができた以上、根ノ国とも争いをしない道もありうるかもしれん。自分でも不思議な気がするが」

あまりに思いがけない素戔嗚の言葉に、奇稲田姫はただ唖然とするしかない。

「実はな姫。八岐大蛇を斬ったあの時、俺は哀れさゆえに斬ったのだ。八岐大蛇は、一体何のために生まれてきたのか。考えれば考えるほど、哀れな生き物と言うほかはない」

「……あれは魔物です。あのようなモノに同情なんかできません」

「いや、出雲へ来て私は変わった。出雲は高千穂とは違う土地なのに、不思議なことだが、ずっとわが故郷のように感じられる。この懐かしさは一体どこから来るのか？　里山の景色や、人々の笑顔が懐かしく心に響く。なぜだろう。俺を受け入れてくれたこの国の人々、そして姫に感謝しながら、俺は今その理由を考え続けている」

「……」

「今日まで俺は、相手が誰であろうと力でねじ伏せるというやり方を通してきた。高千穂でも、わが姉、天照女王の教えをことごとく無視した行動を取ってきた。そのせいで我が国は今、危機の中にある……。だが私は、ここ出雲に来て、初めて姉上の教えが本当に腑に落ちたような気がするのだ。そうだ、姉上の云う通りだ、姉上は全く正しい。ここへ来てからというもの、こうしてこの国の人々との和睦の道を切り開くことができ、気持ちが変わったせいなのかもしれん。むろん、姫と出会ったことも大きく関係している。根ノ国の異形の者たちは、きっと八岐大蛇と同じように、ことごとく操られた被害者だったのではないのか？　彼らも姉のいうように神の国の仲間なのだろう。この河童どものように」

素戔嗚は、出雲へ来て性質が変わってしまった事は事実だった。

「しかし、将軍。かつての大白狼事件のように、八岐大蛇を生み出し、再び出雲に邪な幽界の侵略という悪事を働いたと分かった以上、出雲は仙人と戦わないわけにはいかないのです。黄泉仙人は、いずれまた八岐大蛇を生み出したと同じ邪法を繰り返すに違いないのです！　あのような魔物が出現したということは、世が乱れた証拠以外の何物でもありません。魔性の者を見逃すことはできません。これを見すごせば必ずや大きな災いをもたらす種火になります。……私は彼と和睦などできません。将軍、私だけ都に戻って報告し、軍を派遣するように要請いたします」

奇稲田姫の顔には先ほどからずっと不安の色が浮かんでいる。

「むろん、黄泉仙人という者に、姉上の説く大和心が通じるかどうかは分からぬ。だがもし、黄泉仙人に私の言葉が通じぬのなら、その時はやつを斬ると約束しよう。だから姫は、都に戻っていて欲しい。道案内なら、こいつにさせる。姫まで巻き込むわけにはいかない。安心しろ。いざとなれば、俺には八大龍王がついているし、この天叢雲ノ剣がある」

「……真《まこと》ですか」

姫の表情は曇っていた。

姫との出会いで、素戔嗚は自分の中に起こった変化に気づいていた。それがよいことなのか、悪いことなのか、まだ分からない。しかし確素戔嗚は暴れ者である自覚はあったが、生来の無法者ではないつもりだった。弱い者のために張り切るくらい情は持ち合わせていた。

「あぁ。だから俺に任せてくれ。姫、出雲にとって、きっとよい道を見つけてみせよう」

「それならば、私もどこまでもついて参ります！」

素戔嗚が変わろうとしている……。

天照女王がまだ知らない素戔嗚の変化を、奇稲田姫は目の当たりにしているのだ。そう思うと、神楽瑠璃は興奮を隠せなかった。

山中を歩く素戔嗚と奇稲田姫を、上空から見下ろしながら、瑠璃はグリーグの『ペール・ギュント』の『♪山の魔王の宮殿にて』を演奏している。山の魔王とは、邪悪の手先である妖精トロルの王を意味する。邪悪な気配が押し寄せてくる。

＊　＊　＊

素戔嗚が黄金色に輝いた剣を一振りすると、たちまち霧が晴れていった。再び巨大な植物が乱立する急こう配の山々が広がる景色が見渡せた。

霧がかき消え、視界がはっきりしてくると、意外にも根ノ国は美しかった。季節外れの巨大な桃の木が何十本も花を咲かせている。まるで大陸の奥深くに実在するという桃源郷のようである。伝説によると桃の実は不老不死の実である。

この山全体が、仙術の世界であると察せられた。現世と幽界の境界が朧になっている。この地なら、八岐大蛇のような怪物が誕生したとしても不思議ではなかった。

「仙人の城は間もなくだそうです」

何となく河童がそわそわと落ち着かない。

一見して、到底人が通えないであろう岸壁の頂上に、石造りの巨大な館が見えてきた。それは出雲にも大和にも見られない大陸風の建築物だ。

「こんなところに、一体どのようにしてあのような建物を築いたのか？」

大きな鷲が飛んできて、絶壁の頂上にある石造りの館の屋根の中に消えた。あれが仙人の住む城だろう。

河童によると城は妖怪を奴隷として使役して作らせたが、建築資材の大半は仙人が念力で浮かせて高台に運んだらしい。

館の手前の城壁から、十数人の武装した巨大な鬼の姿がぬっと現れる。こちらの気配を感じたようだ。各々、二メートルから三メートルある巨体に、それぞれが巨大な刀、銅矛、棍棒を手に持っていた。一九〇センチある素戔嗚さえも見上げる巨大さだ。ここまで杖をつきながら案内をした河童は、いつの間にか姿が見えなくなった。きっと鬼たちを恐れているのだろう。

「やれやれ臆病な生き物だな」

「あれを見たら誰でも逃げ出します」

奇稲田姫は鬼たちを見すえる。

「よし、奇襲を仕掛けるとしよう」

再び剣を抜いた素戔嗚は、八大龍王に祈祷した。頭上に大きな龍の影が渦巻く。幽界と現界の狭間である根ノ国では、龍も自由に姿を現すことができた。こうして根ノ国に嵐が召還されたのである。たちまち空は曇り、稲妻が天を走る。唐突な土砂降りを見舞われた鬼達は慌てている。

素戔嗚は鬼の一人に襲いかかった。天叢雲ノ剣に吹き飛ばされた鬼の首が斜面を転がっていく。その間に、河童たちを見つけた奇稲田姫が彼らを呼び戻し、矢を城壁に向かって射かけさせた。あたりの木々から無数の小さな矢が鬼たちに向かって降り注ぐ。

鬼たちは右から左から棍棒で素戔嗚に襲いかかった。素戔嗚は相手の武器を神剣で受け止め力で跳ね返す。相当な体格差があるにも関わらず、鬼たちは素戔嗚の剣の前に、ことごとくふっ飛ばされていった。

龍と素戔嗚による波状攻撃、そして河童の一斉射撃が繰り返されると、彼らはにわかに戦意を消失し、敗走した。鬼たちは、仙人に加勢した傭兵のような者たちで、特別仙人に忠誠心があるわけではなかったようだ。

「ああよかった」

「何がだ？」

「結局は、いつものあなた流ですね」

逃げていく鬼たちの背中を、奇稲田姫は見送った。

「いささかやりすぎた。だが、鬼どものようなやつらを降伏させるには、こちらが圧倒的な力を見せつける必要がある」

二人は河童に指示を出して、囚われていた妖怪達を解放した。こうして、ありとあらゆる異形な種族で構成された素戔嗚の混成部隊が結成された。それは根ノ国の妖怪解放軍だった。

「それにしても、この剣の力は素晴らしい。自分の力が何倍にもなった気がする」

素戔嗚は、天叢雲ノ剣からゆらゆらと立ち上る神気を見つめた。

巨大な翼を生やし、くちばしを持った異形の人間が数人、館から姿を現した。烏天狗だった。烏天狗の一人が動物のような甲高い声を発した。奇稲田姫が彼らの言葉を読むと、どうやら寝返って素戔嗚をここまで案内した河童に対して、怒っているらしい。二人の道のりを幻術でかく乱していたのは、この烏天狗たちだった。烏天狗は、河童が素戔嗚に脅されて道を教えたと言っている。

烏天狗たちは印を結ぶと、何やら呪文を唱えた。間もなく、館はすっかり霧に隠れて見えなくなった。突風が二人に吹いてくる。霧の中から矢が放たれた。今度は河童が使った矢とは違い、大きな矢だった。

「呪いが込められた矢です！　気をつけてと河童が言っています！」

奇稲田姫は叫んだ。道案内をしてきた河童が、岩の陰から姫に助言しているらしいが、素戔嗚にはゲロゲロと鳴いているようにしか聞こえない。

素戔嗚と奇稲田姫は石造りの館の入口の鉄門に向かった。確かに鉄の門は開いている。素戔嗚と奇稲田は館に突入した。建物の中に入ると、素戔嗚は部屋を一つ一つ空けていく。どこにも男の姿はなかったが、二人は混乱した。

最初の部屋は大陸のどこかと思われる広大な砂漠。人工的な巨大な三角形の建築物がいくつもそびえているのが見えた。

次の部屋は真っ青な空の下に荒々しい岩肌。そこに、真っ白な石造りの町並みがへばりついている景色だった。紺碧の海は透明度が高く、赤銅色に肌が焼けた男たちが舟をこいでいる。

三番目の部屋は、月夜が照らす荒地の中に、ほぼ崩れかけた遺跡が立ち並んでいる光景。いつの時代のものかも分からないくらい古い遺跡だ。

四番目の部屋は、砂塵が吹き荒れる砂漠を、茶色の外套《がいとう》で身を包んだ旅行団が移動している。

そしてその次の部屋で見えたのが、急勾配の山々がそびえ立つ、大陸の桃源郷だった。

「あれ？」

建物の中に入ったはずなのに、全てが外の景色であり、それもいつの時代のどこの地域の風景なのか、二人には理解する事ができなかった。いずれの部屋にも、あの男も、烏天狗すらもいなかった。

最後の部屋を開けると、鶩が飛んでいった。

ハッハッハッ、

ハッハッハッハッハァーッ！

高笑いの方を見上げると、男が館の二階から、片足をかけて立っている。

その男が現れた瞬間、神楽瑠璃のハートに、ムソルグスキーの『♪禿山の一夜』が流れ出した。聖ヨハネ祭前夜、禿山に魔物達が現れ百鬼夜行の大騒ぎ。だが、夜明けとともに消え去っていく、という曲である。

「まだ外だ？！」

素戔嗚はハッとした。

素戔嗚は依然、鉄の門の前に立っていた。一歩も動いていない。やはり幻だったのか。気がつくと隣にいたはずの奇稲田姫がいない。

大陸風の西域服を着たその男は、端正な顔立ちをしていて、傲慢さを宿した鋭い眼光となまずひげを蓄えていた。その腕には、しなだれた若い女性が抱きかかえられていた。奇稲田姫！　男に囚われた奇稲田姫は意識を失っていて、手を離すとバタッと床に倒れた。

男は二階から素戔嗚を見下している。

「貴様か！　黄泉仙人だな！」

　まんまと幻術にやられた。姫を奪われた。

「哈哈哈哈《はははは》、哈哈哈哈《はははは》！　将軍よ、残念だったな。これまで八岐大蛇を使役して、巫女の力を持つ女を捜してきたが、もう用済みだ。たった今、奇稲田姫が手に入ったからだ！　美しい歌声だ。最高の声を持った巫女といえるだろう！　この山中でも、ずっと響いていた。わしはそのかすかな歌声を、館の中でいつも聴いていたのだ。この女はこれからずっとわしに仕え、わしの前で歌う事になるだろう！　これから結婚式を挙げる。貴様の剣ももらい受ける！　お前たちはもうここから出られぬ！」

「どの口がいうか。鬼共は蹴散らし、妖怪達は全て俺が解放した。見たところ、お前には、もはや頼りになりそうな味方はおらぬ。そこで待っておれ、今度こそこの剣でお前の幻術を打ち破ってくれる！」

「妖怪どもに憐憫か？　面白い奴だ。根ノ国に無断で入ってきて生きて返すわけにはいかん。但し、わしの問いかけに貴殿が応じるならその限りではないがな」

「なんだと？」

「貴殿がここに来るのをわしはずっと待っていた。よくぞ来た、高千穂の将軍、素戔嗚よ！」

「俺を知っているのか。話が早い。今からそちらへ乗り込むぞ。姫を返してもらおう！」

　仙人は城で奇稲田姫と結婚式を挙げようとしている。姫をさらわれた素戔嗚は、完全に和平という考えを改めた。

「ならここまで姫を取りに来るがよい。……そんなところで立ち話もなんだ。将軍。門は開いているぞ。中に入れ！　その剣を自らこのわしに差し出すためにな。もっとも、入れるものならだがな」

この幻惑の迷宮を作り出していたのは、仙人の大幹部である烏天狗の妖術だったようだ。素戔嗚は何とはなしに河童語が分かってきたらしく、河童のそんな言葉を拾った。確かに姿をくらました烏天狗の姿が門の奥に垣間見えた。

突然山中に雷がとどろき、稲妻が走った。城からぬらっとした白い化け物が現れ、牙をむいて唸り声をあげた。象のようにものすごく巨大な狼だ。尾まで入れるとおそらく全長十メートルはある。全身が真っ赤に燃える炎に縁どられ、その瞳は金色にランランと輝く。巨大な鬣を持ち、そして全身の白い毛が静電気で逆立っている。

「なんと、こやつが、姫が言っていたバケモノか！」

八岐大蛇よりはるかに恐ろしい。一頭で数百人の出雲兵を喰い殺しただけのことはある。全身から白い稲光を発し、その雄たけびは山々、谷から谷へと響き渡っていった。決してただの巨大な狼などではない。その出現に河童たちはおろか、解放された妖怪たちまでが逃げ惑っている。大白狼は解放軍を続々と蹴散らした。

さすがの素戔嗚も、獰猛な怪物を前に距離をおき、慎重に戦術を立て直さざるをえない。

大白狼の雄たけびを聞いて、仙人の隣に立った奇稲田姫が目を覚ました。

「姫！！」

「将軍、ここへ来てはなりません！」

「なぜだ」

「罠です、これは」

姫の眼が開き、何かを見ている。

「何？」

「分かったんです……。あの村の正体が、たった今分かりました！」

奇稲田姫は素戔嗚の顔を見上げた。

「謀られました。今、大白狼がどこから来たのか見えたのです。私たちが出発した村です。あの村の正体は、犬神村だったようです。私たちをここへいざなった彼らも、みんな黄泉仙人の手先の人狼たちです。村長も含めて。あの大白狼の本当の姿は、村の若者らしいです」

「すると……。村人が八岐大蛇に脅かされていたというのは……？」

「偽りです。村長は、私たちをここに誘い込むためにそう言ったのです。仙人の手先になって他のところから娘たちをさらって、八岐大蛇のいけにえにしていた。そうでなければとても村娘だけでは、人数が足りないはずです。そして、ここまで私たちを来させた。どうりで、妖怪たちの反撃が手ぬるいと思いました。私たちは騙されました！」

仙人の指先が姫の首筋に触れた。すると姫は長い髪をゆらしてまた倒れた。仙人は姫を抱きかかえると建物の中に消えた。

「あっ、待て仙人！」

素戔嗚は、仙人に気をとられている場合ではなかった。

これまでの妖怪たちと違って、この大白狼の殺気は本物だ。大白狼は、前足のかぎ爪で素戔嗚に襲いかかろうとすさまじい力で突進した。素戔嗚はふっ飛ばされた。その力は鬼たちなど比較にもならない。いや、今まで経験したことのない爆発的な衝撃。

大白狼の登場で妖怪たちが蜘蛛の子を散らすように逃げていった。白い稲妻を発しながら大白狼が斜面を走り回ると、彼らは次々と蹴散らされていった。

「こいつの力は、成龍並だ。一体なぜこんな奴が根ノ国に」

一頭の成龍にも匹敵する圧倒的な気が巨大な破壊力を生み出していることが、竜神使いの素戔嗚には分かった。

やむをえず一旦引いた素戔嗚は、やはり都においてきた軍と合流し、体勢を立て直すべきだろうか、と思案した。しかし、すぐに考えを改める。姫の身が危ない。

素戔嗚は八大竜王に祈祷し、黒龍王を召還した。雲間を縫って、巨大な龍が出現した。黒龍が稲妻を吐くと、大白狼もまた稲妻を発した。大白狼は攻撃をしかけるため、空へと駆け上がる。龍と大白狼の空へ谷への激闘によって、山々のあちこちが崩されていった。

龍の攻撃を受けて深手を負った大白狼に、素戔嗚は馬乗りになった。素戔嗚は腕力で抑え込みにかかった。同時に右手で天叢雲剣を突き立てる。眩く輝く剣に、大白狼はひるんで、素戔嗚を振り落とそうとした。明らかにこの狼の怪物は天叢雲ノ剣を恐れて、岩石を砕きながらのた打ち回った。やがて両者は谷間へと急降下、大白狼は地面に打ち付けられた。

素戔嗚が気がつくと、目の前に長い白髪の青年が倒れていた。

よく見ると、その首には彼を操る護符がくくりつけられている。

素戔嗚は剣で護符を斬った。護符は、仙人とつながる呪いの元凶だ。

我に返った白衣の青年は、素戔嗚を見上げた。

「……仙人の使役として、仙術をかけられてずっと悪事を働いてきたのだな。お前も、本当はそんなことはしたくなかったのであろう」

「私は城の中に妻を、仙人の人質として取られている」

やはり、奴は手なずけた大蛇を使って女を物色していたか！

「そうか。ではお前の妻を助けてやるから、俺に力を貸せ。姫の身が危ない」

二人は奇稲田姫を探して、館の中に足を踏み入れた。

人の姿に戻った大白狼によると、この城には諸悪の根源の水晶柱があるという。それにしても、一体、いくつの部屋があるのか。

仙人はどこだ？　烏天狗どもは？

無数の部屋に、今度は前回よりさらに異様な光景が垣間見えた。

部屋の窓の景色は、それぞれ春夏秋冬、季節が違って見えた。またしても幻術か。

最初の部屋から見たのは、春の嵐に海が荒れ、小さな船が揺れている景色だった。海など、ここから見えるはずもない。ところが船から、女性が身を投げる姿が見えている。それを見た若武者が驚嘆している。

次の部屋を開けると、窓の景色は真夏の炎天下の戦場。「これは神と仏の戦争だ！」という怒号と共に無数の矢が飛んでいく。火矢に射掛けられた建物はボウボウと燃え上がった。

さらに次の部屋を開けると秋風吹く荒波の中、黒い船が四つ現れ、火龍のように火を吹いていた。

四つ目の部屋の窓には、冬化粧した山々を超え、無数の鉄の翼を持った鳥が南の海を飛んでいく有様。

＊　＊　＊

──三つ目の部屋に見えたものは、幕末、浦賀に出現した黒船の艦隊だ。

──最後に見えた飛行機は、ゼロ戦じゃないのか？

素戔嗚たちには、それが何で、いつの時代のものなのかも分からなかっただろう。しかし、一緒に体験を見ている瑠璃にははっきりと分かった。素戔嗚が次々開けていった部屋の窓から見える景色に、別の時代が混乱して映し出されているのだ。神代から見て、未来の時代、瑠璃にとっては過去の日本の歴史。それが仙人の館の部屋の中に、順々に映し出されているようだった。一体、仙人とは何者だろう？

黄泉仙人のスモーク・オン・ザ・ウォーター

迷宮を探し続け、遂に二人は巨大な水晶柱を前にした黄泉仙人と、夢うつつの表情の奇稲田姫を発見した。いよいよ、結婚式が始まろうとしているようだった。操られた奇稲田姫がうつろな目を水晶柱に向け、仙人に従おうとしていた。水晶柱は、六角柱の上に水晶球が乗っている二重構造だ。あの水晶が原因だ。素戔嗚が見たところ、水晶柱からまがまがしい気が立ち上っている。

部屋の中央に置かれた机の、厚いなめし皮で包まれた鉄製の椅子に黄泉仙人は座った。仙人は机に置かれた盃に赤い液体を注ぐと、素戔嗚にも座るように合図し、飲むようにと差し出した。見たこともない色だが、酒らしい。

「渡来人か」

仙人の風貌が物語っている。出雲多々良の好景気で大陸から来た渡来人の一人なのだろう。事実、仙人が飲んでいるのはぶどう酒である。黄泉の食べ物を口にすれば、二度と元の世界に帰れない。奇稲田姫のその言葉を思い出し、素戔嗚はこれは罠だと悟った。その仙人の後ろで、奇稲田姫が金縛りをかけられ、身動きが取れずにいる。素戔嗚は次にどう動くか様子を伺う。

素戔嗚はしばらくあたりを見渡した。桃源郷にでもあるかのような異国の館のあちこちには、外国製の壺や武器など世界中の装飾品が飾られている。素戔嗚の目は、壁にかかった巨大な丸い盾にくぎ付けになった。

「ほう……アテナの盾が気になったようだな。お目が高い。あれはギリシャの戦の女神が持っていたものだ。わしが知る彼女は、若くて勝気な女だった。ギリシャというは……、そう、貴殿、瀬戸内海は見に行ったことはあるか？　まぁよい。ギリシャはそこに似て、多くの島々がある国なのだ。私は骨董集めを趣味としている……。これらは世界中を旅した我が歴史であり、戦利品でもある。何、世界中が交易する時代が来れば、ここにあるようなものは幾らでも私のように手に入り、珍しくもなくなるだろう。この酒もな、はっははは」

　この中にはきっと盗んだものもかなりあるのではないかと、素戔嗚は疑っている。

「一体お前はどこから来たのだ、黄泉仙人」

　赤い酒を眺めながら、素戔嗚は今一度仙人の風貌を観察した。

「……出雲人はわしの事をそう呼んでいるらしいな。わしの名はアンキという。生まれは、大陸のずっと西の向こうにあるバビロニアという国だ。私は長い年月をかけて砂漠を超え、海を渡ってここ出雲へとたどりついた」

　出雲には渡来人が多いが、中には不届きな者もいるだろう。むろん、仙人は不届き中の不届き者の部類である。

「わしが一体、何でこんなところで、たった一人孤独に妖怪どもにかしずかれて生きてきたと思うか？　むろん、わしはこんなところで隠居生活をしてきたわけではない。ここに来るまで世界中を旅し、秘術を研究してきたのだ。わしは様々な教えを学び、秘法を授かった。それで今では、数百年の歳月を生きることができるまでになった。……だがある時、わしは自分の能力に限界を感じたのだ。将軍よ、それが一体何だか分かるか？　それは、人間が真に力を解放していないということだ。そこで、自分には何かが足りないと気づいたのだ。それは、今の貴殿も同じだ。我々人間は、本来の一割も力を出していないということだ。わしや貴殿でも、せいぜい二割というところ。どうだ、その自覚はないか？」

仙人はぶどう酒の盃をあおりながら天井を見上げ、再びじろりと素戔嗚を見た。

ところがその時、長い白髪の若者が、これ以上話を聞いてはおれんとばかりに、大白狼に変化《へんげ》した。大白狼は、平然と酒をあおり、高笑いを続ける仙人に向かって突撃していった。だが仙人の目前まで来ると、突如その真っ白な身体から血を吹き出して苦しみ出したのである。素戔嗚の目の前に巨体が倒れ込む。仙人が何かしたようには見えなかった。とにかく仙人の近くまで来た瞬間、大白狼は何かに跳ね返されたように床にたたきつけられたのだ。素戔嗚は怪訝な顔で、のたうちまわる大白狼を見下ろすしかなかった。

仙人に操られた大白狼の呪いは解けているはずだ。しかしまだ、主人である仙人に逆らうと、血を吐いて苦しむという呪いが掛けられているらしい。大白狼はそのことを知っていて、それでも変化して突撃していったようだ。それだけ、妻を奪われた怒りが激しかったと思うと、素戔嗚はますます不憫に思った。仙人はというと、大白狼を見てあざ笑っている。

半生半死になって足元に倒れる大白狼を見て、素戔嗚は改めてこんな唾棄すべき輩とは到底手を組むことはできないと思った。さっき姫に提案した話は、直ちに撤回しなければならない。素戔嗚は二階の仙人を睨みあげ、天叢雲ノ剣を突き立てた。

「八岐大蛇といい、この者どもを仙術で支配したことといい、生命をもてあそぶとは実に罪深い。彼らはお前の道具ではないのだぞ。お前に言われていやいや手下になっていたのだ。だが、俺が来たからにはもうお前の自由にはさせん。俺は彼らをこの土地にしばりつけている呪縛を解き、妖怪どもを永久に解放する」

仙人は八岐大蛇を創造し、自分の手先として半人半獣たちを使いながら、彼らの生命を見下している。

「希米羅《キメラ》如きに同情か？　あやつらは、かつて西の果てにあった大帝国で、奴隷とされた者たちだ。……人間が情けをかけるような相手ではない」

素戔嗚が見せた生命への情けの思いを、黄泉仙人は否定し大笑した。

「そんなことより。将軍、ずっとここで戦いぶりを見させてもらったが、さすがじゃ！　諸国で名を馳せた、龍を自在に操る貴殿の力、初めて拝見した。どうだ、我に手を貸さぬか？　我が右腕となって、その力を地上の霊的革命のために生かさぬか？　さぁ、わしと共に出雲を起点に立ち上がろうではないか」

激しい雨が石造りの館の屋根を叩きつける。

「うぬぼれるな。お前の気は穢れきっている。そのような者と、俺が手を組むはずがなかろう」

「今の貴殿には、分からんかもしれんがな。命はかなき者には。我が歴史とともに歩んできた道が一体どんなものだったかを。それを知れば、きっと貴殿にも我が意も分かろう。知りたくないのか？　今、出雲で何が起こっているのかを……それを知るためにここへ来たのだろう！」

また仙人が杯を差し出す。素戔嗚は黙って腕を組み、盃を取ることを拒否した。

その時、床で血を流して倒れていた大白狼が再び青白い稲妻を放って立ち上がった。仙人に飛びかかる。仙人は立ち上がりながら円を描いてそれを避け、すばやく部屋から出て廊下を移動した。一瞬目標を見失った大白狼は壁に激突して動かなくなったが再び立ち上がり、血を噴き出しながら仙人の後を追った。素戔嗚も神剣を抜き、廊下を走って仙人の後を追う。

辛うじて仙人が入った部屋を、素戔嗚は見逃さなかった。大白狼とはそこで別れたが、部屋の中は見渡す限りに灼熱の大地が広がっていた。

「なんだ、この部屋は、この風景は……」

「見るがいい、素戔嗚将軍。我々に関係する時代、ムー帝国の最後の瞬間だ！」

先を行く黄泉仙人が振り返った。

「ムー、ムーだと？　……常世の国の事か！」

「御明察」

「お前は何者だ。この地へ来るまで一体、どんな悪事を働いてきた？」

「ここへ来るまで、お前は色々な部屋に入り、そこで見たはずだ。あれは俺が旅してきた世界中の国々の景色だ……」

素戔嗚が最初にこの館に突入した際に見えた、異郷の景色。それは仙人の記憶の中にあった、世界各地の情景らしかった。

しかし、そうだとすると新たな疑問が沸いてくる。さっき仙人を追って入った部屋に見えた景色。あれはいったい何だろう？　今見ている景色がムー、過去の時代だとすると、ひょっとして未来の世界の景色ではないか。あれも、仙人と何か関係している記憶だというのだろうか。

＊＊＊

いつの間にか、瑠璃の碧眼には黄泉仙人の手にエレキギターが握られているように見えた。素戔嗚には、正確にそれが楽器であるとは分からないようだったが、仙人がギターをかき鳴らすと、電気的に増幅された音が響き渡った。ディープ・パープルの『♪スモーク・オン・ザ・ウォーター』が揺れる大地にあふれ出す。それは、黄泉仙人のアンキとしてのこれまでの旅路を物語っていった。

＊＊＊

――バビロニアでわしは、かつて魔術師だった。
西に栄えたアヴァロン王国にいた時代、わしは秘術を研究し、
その時にはエクスカリバーという剣を求めた。
あれは神秘の力を持った霊的金属、オリハルコンから作り出された神剣だ。

――オリハルコンだと？

――精神に感応する炎の金属だ！　将軍よ。
強大な力を放射する能力を持っている……。
だが、わしはそのエクスカリバーの捜索に失敗した。
マーリンという大魔術師に追われて、
今度はエジプトという国にある神奈備山に辿りついた。
今からおよそ、七千年前に建造された、
巨大で、完全に人工物の神奈備山だ。
ここ出雲にも神奈備山はあるが、
それは自然の山を切り崩して造ったものだ。

それもあってわしは出雲を定住の地に選んだのだが、
神奈備山は世界中に存在している。
だがその中でもエジプトにあるものは、
もっとも厳密な計算に基づいて造られ、
偉大な力を持った神奈備山だった。

仙人の語ったエクスカリバーの話は、ヒヒイロカネで出来ている天叢雲ノ剣と似た内容だ。素戔嗚は仙人が何を言おうとしているのか、分かったような気がする。

――かつて西の果てに存在した大帝国と、関係がある神奈備山なのだ。
その名を、アトランティスという。
しかしそれも、大洪水によって海中に没した。
その子孫たちが生き伸びて、エジプトに新たな神奈備山を建てたのだ。
そこには、ごく一部の神官たちしか知らぬ秘密の部屋が存在した。
わしは長年の修業の末に、とうとうその秘密の部屋へと辿りついた。
我が問いに対する答えがそこにあったのだ。
しかしそこで、我が永年の疑問が氷解すると同時に、絶望を禁じえない結果が待ちうけていた。

――失われた帝国では人知を超えた、偉大な法がおこなわれていた。

アトランティスでは、人は神にもなれた。

あの時代、我々人間はもっと自由に力を使うことができたのだ。

人は、現世《うつしよ》で別の姿に変化することができた。

幽界で、大白狼共が人になるのとは訳が違う。

さらに自由に生命を創造することができた。

これらは、古《いにしえ》の錬金術・ミトロカエシという技だ。

そこでは、妖怪たちは奴隷階級だった。

だがその巨大な力ゆえに、アトランティス人は滅んだ。

神は二度と人間が過ちを犯さぬよう、
アトランティス滅亡後、人のチャクラを封印し、力を奪った。

以後、我々は力を奪われ、霊的迷妄の中にある……。

「つまり我々は、神によって翼をもがれたのだ！　だからだ、わしも貴殿も、本当の力を解放できていないのは！　それはどういうことだ？　わしら人間は、牢獄に入れられた囚人だという事だ。それを自覚しないで生きることは、実に愚かな話ではないか」
仙人のギターの旋律は燃えるような激しさでかき鳴らされ、次第にディープ・パープル・メドレーへと発展していった。

——バビロニアでもアトランティスの智恵を継承した文明があった。
だが後もう一歩という所で、再び神の怒りが大洪水を呼んだ。
アストライアという女が現れ、ことごとく魔術師たちを滅ぼした。
わしは古文書を読んだ後も、決して諦めなかった。
エジプトで学んだ秘術を再現するため、
試しにギリシャでヒュドラという怪物を作った。
八岐大蛇はヒュドラによく似ていると云うべきだろう。
そのヒュドラも、ギリシャ人の英雄アレスに倒された。
結局わしは、そのアレスに追われて大陸を旅し、東洋へと逃げたのだ。
やがて砂漠を超え、黄山の桃源郷に至り、
わしはそこで不老不死の仙人たちに出会った。

——今度こそ、人間の封印された力を解放することができる。

たしかに、桃源郷では道士から仙術を学び、
不老不死になることができた。
……だが、それは本当の不老不死ではなかった。
以来、わしは幽界と現世の狭間に住む
肩身の狭い存在でしかなくなったからだ。
今のわしときたら、身の周りには妖怪たちしかおらず、
彼らにかしずかれているだけの男だ。
大白狼や八岐大蛇などという手先を使って、
現世に間接的な関わりしかできないのだ。
やはり現世にて、永遠の生命と力を得なければならぬ！

アンキこと黄泉仙人は、ギターの旋律に乗せて、素戔嗚に各国を巡って数百年間見聞きしてきた逸話を語って聞かせた。それは素戔嗚が初めて聞く異国の話ばかりだった。

——アトランティスの知識にあったように、
人が別のものに変身するという魔術ができないのはなぜか。
そして完全に不老不死になる方法とは？

一万年前に人間が封印された、完全なる能力の秘密……。
わしはそれを思案し続けた。
アトランティスから伝わるオリハルコン製のエクスカリバーには
その秘密があったはずなのだ。

——精神に感応する金属。
アトランティス人はそれを自在に使いこなし、神業を行なっていた。
それが、彼らの力の秘密だった。
彼らは金属や秘石の力を利用して、
人間の力を最大限に引き出すことに成功していた。
我々が現在、勾玉や秘石を身につけるのも、同じ理由なのだが、
彼らは今よりはるかにその技に通じていたらしい。
鉱物には、人の気の中枢に働きかける力がある！
だが、純粋なオリハルコンはアトランティス崩壊と共に失われ、
今では伝説だけが残っている。
本当は、エクスカリバーなど、
もはやこの世に存在していないのかもしれない。

きっと神がそれを愚かな人間から隠してしまったのだ。

――わしは途方にくれた。

ところがだ……！

――わしはバビロニア時代に、ユダヤ人から手掛かりを得ていた。
エクスカリバーと同じ力を持った神剣が、他にも存在すると！
それは、遥か東の果ての島国にあるらしい。
なるほど、世界の果てならそれがあっても不思議ではなかろう。
いや、不思議といえば未だに不思議だ。
ユダヤ人たちはなぜ、東の果ての国について詳しかったのか？
だが桃源郷でも、仙人たちに同じ話を聞いた。
仙人達の間で伝わる伝説の蓬莱山は、この島国にある。
その山頂に広がる世界こそ、本当の不老不死の世界だ。
そして出雲には神剣が隠され、それを持って蓬莱山に登る時、
不老不死の法門が開かれる！
わしは海を渡り、ここ出雲へと参った。

霞のような存在のわしが、人の船に便乗するなど造作もない。
ここまで言えば、もう分かるだろう。
ヒヒイロカネとは、オリハルコンに他ならない。
純粋なヒヒイロカネで造られた
その天叢雲剣は、常世の国を支配した神人王の証なのだ。
それを手にする者は、この世を支配し、
望むものを手に入れることができる……。

「蓬萊山とは何の事だ？　仙人よ！」

素戔嗚は叫んだ。この国に、その山が存在すると仙人は言うのだが、素戔嗚には見当もつかなかった。

「すなわち富士の事よ！　あれなるは最高の神奈備山よ」

仙人が返す。

黄泉仙人は、世界を自分の考える理想世界に作りかえるべく、怪物を作り出し、妖術を使って剣を誘い出した。はたして八岐大蛇は素戔嗚に倒され、素戔嗚はその腹の中にあった天叢雲剣を持って仙人の館へと向かった。

「わしは身体をここに置いたまま、自在に旅をする事が出来るのだ。ちょっと前に、わしは高千穂から戻ってきたところだ。貴殿の国に、瑞穂姫という巫女がおろう」

「なにっ、瑞穂姫がどうしたか！」

素戔嗚は顔を真っ赤にして怒鳴った。

「まぁあわてるな。話の続きを聞け。瑞穂姫は、たぐいまれな霊能力を持っていた。だから高千穂にいながらにして、根ノ国に住むわしと話すことが可能だった。あれほどの力のある巫女には、そうそう出会えるものではない。わしが受持の里で最初に出会った時、国は飢餓に襲われ、瑞穂姫は効率的な作物の収穫について悩んでいた。そこでわしは取引を持ちかけたのだ。より効率的な収穫法についてな」

素戔嗚が転戦し国を開けている最中に、仙人の霊体は鷲の姿になって高千穂に入り込んでいた。ここへ来た時見かけた鷲だったらしい。素戔嗚は自分の不明を恥じつつ、話を中断して斬りつけようとする。

「わしはあくまで提案しただけだ。あくまで、それを受けたのは瑞穂姫だ。何も強制などしておらぬ。しかし、悩む瑞穂姫にとっても悪い話ではなかったはずだ」

素戔嗚からすると、瑞穂姫はきっと仙人にかどわかされて大白狼のように忠誠を誓わされ、霊的支配の下に組み敷かれたに違いないのだった。それに黄泉仙人の収獲法など、自然界の法則をねじ曲げたものに決まっている。瘴気によって山を破壊する邪道の農法だろう。

「だが瑞穂姫は、結局、わしの想像した器ではなかったらしい。しばらくぶりに村を訪ねると瑞穂姫は死んでいた」

「話は終わりだな！　黄泉仙人、覚悟しろ」

素戔嗚はさっきからすでに天叢雲ノ剣の鍔に手をかけ続けている。

「おっと、斬ったのは月読という男だ。わしは殺していない。それを知ってもう高千穂に用がなくなったので、根ノ国に戻ってきたというわけだ」

黄泉仙人の言う高千穂への旅行とは、瞑想によって身体から奇魂の意識だけ抜け出すことである。仙人はそのまま二日、三日奇魂が抜けたままの時もあったらしい。つまり、瑞穂姫は奇魂の仙人と交流していたのだった。根ノ国では、かろうじて肉体を持って存在しているかのように見えている仙人は、外の世界では幽鬼も同然の存在だった。

「この天叢雲ノ剣と、奇稲田姫を待つためにか？！」

素戔嗚はメラメラと怒りが湧いてきた。今すぐこやつの首をはねてやりたい衝動にかられる。それでいて、話の続きを聞きたい気もする。

黄泉仙人は、剣だけでなく力のある巫女をさらって利用しようとし、その誘拐工作のために実験で作った八岐大蛇を利用した。八岐大蛇はギリシャ時代のヒュドラを参考に、この世への侵略を目的として自然の理に反して作られたものらしい。大蛇の頭が三つあったのは、「三」という数字が持つ、物事を具現化する力のゆえかもしれない。そこに仙人が召喚した邪神を封じ込めたのだ。

八岐大蛇はわけも分からずに、仙人が組み込んだ呪詛に突き動かされるままにいけにえを喰った。しかし、いけにえとして差し出された女の中で、能力が仙人の設定した水準に達している者は邪霊に生かされ、そうでない場合は殺されたようだ。だが今まで、水準に達した女は一人もおらず、みな大蛇の餌食となっていた。

「まぁそういう事だ。わしは意識を飛ばし、八岐大蛇の〈眼〉となることができる。だが八岐大蛇が天叢雲ノ剣を飲み込んだ時、わしはすぐには剣を回収しに行かなかった。たった今貴殿が言った通りだ。ここで貴殿と奇稲田姫を待つためにな。その時、わしには一まつの不安もなかったのだ。剣は自ら意思を持ち、自らが望む旅をする。剣は己の所有者を知っている。真の所有者たる英雄のところへと、たどりつく運命にあるのだ。だからわしはここでこうして酒を飲みながら、ゆっくり貴殿を待つことができたというわけだ」

奇稲田姫が、けた外れの霊能力を有していることは出雲では有名だった。そこで仙人は、奇稲田姫がここへ来るように仕向けたのだ。素戔嗚は八岐大蛇と闘い、哀れと思いながら殺してやったが、その腹から出てきたのが天叢雲ノ剣だった。結局姫と剣、両方を携えて素戔嗚は仙人の里へと向かった。そして今、奇稲田姫を奪われている。

仙人にとっては、素戔嗚はたぐいまれな力を持った巫女・奇稲田を連れて剣を運んできた運搬係に過ぎなかったというのだ。たしかに、結果的に二人は仙人によって、根ノ国に導かれてしまっていた。

「ここまで明かせば、そろそろ気づいただろう。貴殿はきっと、その剣を手に入れたことによって、当然、それが自分のものだと思っているのであろうが……。それは違うぞ、素戔嗚よ。その剣は貴殿を選ぶことはない。貴殿に天叢雲ノ剣を使いこなすことはできない。これは警告だが、それでもなお無理をして使えば、八岐大蛇に呑まれたあの男のように自滅する。天叢雲ノ剣は自ら旅をし、今ここへたどりついたのだ。これで分かっただろう。さぁ将軍、その剣を渡してもらおう」

「断る！」

素戔嗚と仙人の眼前に映し出されている、ムーの灼熱の大地が激しく揺れ始めた。このままでは、いつ海中に没するとも知れない。

「貴殿のためを思って言っているのだ。いつか、身を滅ぼすことになってもよいのか？　そうなる前に、おとなしくわしに剣を渡せ」

「お前にはこの剣は絶対に渡さぬ！」

「高千穂の将軍よ、わしが単に自分のために、剣を手に入れようとしていると思うか？　違う。我が目的は、決してそんな小さなところにはない。天叢雲ノ剣は、太古の理想郷でそうであったように、人びとをして神の力に目覚めさせることができる。この地上に霊的革命を起こし、封印された我々の能力を解放する、それこそが我が目的だ。それは人間に真の自由をもたらすものなのだ！　人間の能力を封印し、不自由を強いている神の呪縛から我らを解き放つためだ。さぁ剣を我に渡し、奇稲田姫と共に、素戔嗚将軍よ、この世に革命を起こすために我に手を貸せ！」

黄泉仙人は、幽界および現象界の二つの世界の支配者になろうという野心を抱いていた。彼は、天界に対して不信感を持っている。人びとのチャクラが封じられた現状に、不服なのだという。

「人間の持つ本来の力を、このようなみじめな姿に貶めた、神の理不尽な支配から人々を解放し、真の自由をこの世にもたらす！　そなたとわしが手を組めば、それが可能となろう。我らは失われた時代の大秘術の力を取り戻すことができるはずだ。今こそ共に立ち上がり、この世に霊的革命を起こそうではないか！」

　素戔嗚は目をむいた。瞬時に分かったのだ。今日ここでやつと出会ったことは、運命の出会いだったのかもしれないと。自分の人生で、黄泉仙人ほど身勝手な、しかし自分と似通った者はいないと思った。力量も自分と同じかそれ以上だ。戦えば自分も無事ではすまないかもしれない。素戔嗚は黄泉仙人と自分がまるで映し鏡のようだと思うとゾッとする。そして仙人によれば、素戔嗚もまだ真の力を完全に発揮していないという。

「わしがなぜこのような自分の物語を貴殿に語って聞かせたか。わしが心中を明かしたのは、我と同じような力を持った貴殿だからこそだ」

「バカな！　お前と一緒にされては甚だ迷惑」

　相手も同じ事に勘付いている……。

「貴殿の如き猛々しい剛の者が、あの女王のような軟弱な教えに与するなど。貴殿はこれまで各地で情け容赦のない戦い方をしてきたであろうが。貴殿もわしも、乱世でしか生きられぬ身。フン、貴殿は所詮、わしと同種の男よ。いくら取り繕っても、全身から発するその蒼い炎は隠せぬ。わしは知っておるのだぞ。貴殿と女王は誓約を交わし、その結果、袂を分かった。そしてこの出雲へと下った！」

　素戔嗚は遂に黙らざるを得なかった。

「今の時代は、力がある者が世を制する。時代は風雲急を告げておる。これほどわし等が生きやすい時代はない。今、この千年間で最大の好機が訪れていることを感じるぞ。貴殿とわしの力を以てすれば、不可能なことなど何一つない。そう思わぬか。ところでここへ来てから、そろそろ思い出せぬか？忘れたか、将軍、このわしを！　貴殿とはかつて前世でも出会ったことがある。どこでだと思う。かつて我々はムー大陸で、共に戦った仲だった。だからこの光景を見せた。最後のときを。この大地を、思い出せ！　どうだ、赤の他人とは思えまいが。それが今日、貴殿とわしが出会う運命だった理由よ！」

素戔嗚は言われるがままに、辺りを見渡した。常世の国として知られるムー帝国。広々とした大地。確かにどこか懐かしい感情が沸き起こってくる。

素戔嗚は何としても、仙人の言葉を覆さねばならなかった。しかし、女王と誓約で対立した事は事実だ。奴はそれを知っている。痛いところを突かれた。その姉の説く高千穂の教えを目の前の男に全否定され、素戔嗚は天照女王の教えの価値について考えた。前世云々はともかく、このままでは仙人と自分が同じ穴のムジナになってしまう。

だが、素戔嗚には仙人との決定的な違いがあった。それは神意に対する畏れの心である。黄泉仙人はすでに数々の不遜な言葉を吐いているが、おそらく、その西の最果てのアトランティス人とやらは、同じように霊力をもてあそんだ挙げ句に、神の怒りに触れて滅んだのだ。

人間の力を封印したという神意には、それだけの正当な理由があったはずだ。それに加えて、仙人の周囲に常に付きまとっているのは神の思いに反する穢れの気である。そう、穢れは祓わねばならない。

「言語道断だな！　お前の気は穢れている。ここまで逃げてくるまで、世界中から追われたのも当然だろうが、それはお前が穢れているからだ。穢れた気を持った者が、天叢雲剣を使うことはできない。だが、俺には使える！　この剣は持つべき資格あるものが持つ。神より正しく使命を授けられた者だけが持つことを許される。そして、しかるべき使命を授かった者が現れた時に、代々引き継がれてゆくのだ！　だからこれまでいくらお前が手に入れたくとも、手に入れることができなかったのだ。俺はお前にこの剣を決して渡さぬ。今後も決してお前の手に入ることはないだろう！　なぜなら、お前の思いは、神の思いに反しているからだ！」

二人のまわりで、ムー帝国の最後の地響きが続いていた。

「貴殿には分からんのか！　この大地が打ち砕かれたとき、我らはここにいた。分かるはずだ、人間の力が解放されないわしの無念さが。貴殿ならば。わしは貴殿なら分かると思って、ずっとここで待っていたのだぞ！」

「違う、俺はキサマを打倒した者だぁー！！」

素戔嗚は思い出した。ムーの最後のとき、自分は水人の臥竜《がりゅう》将軍と名を名乗り、仙人は火人の斜雷山《しゃらいざん》と名乗った敵将だった。水と火の両者の激突によって、大陸は打ち砕かれた。つまり、ムーの国土が滅んだのは素戔嗚自身のせいでもある……。

「……将軍よ、忘れたのか？　今奇稲田姫は我が手の内にあるという事を。素晴らしい姫だ。わしが術を施せば、心の底からわしに仕えるようになるだろう。貴殿の様な、粗暴な男には到底もったいない女だ。それに外界へ戻れるかどうかも、貴殿が私に忠誠を誓うかどうかにかかっている」

「バカな、今剣は俺が持っている事をお前こそ忘れたのか。お前こそ知るべきだ。剣を持った俺を怒らせるとどうなるか……」

「まぁよくよく状況を考えてみるんだな！　神剣を持っているから自分が有利だと思ったのか？　ここが根ノ国だという事……我が範疇であるという事を！　その剣を渡せば少なくとも姫の身に害は及ぼさないと約束する」

「お前は自分の野心のために剣の力を使おうとしている。その証拠に、お前が放った邪法によって、根ノ国の気は穢れに穢れきっているではないか！　それで人間の力を解放するなどよく言えたものだ。人間の力は、大いなる全体のために、大和の心で使わなくてはならない。八岐大蛇の如き哀れな生き物を生み出し、生命をもてあそんだ罪、自分の野望のために他者を犠牲にした罪の償いは、自らの身で引き受けるしかないのだ！」

いつか素戔嗚は女王と同じ言葉を述べながら、すらりと赤い剣身を抜いていた。

「それは……つまり断るというのか。……全くバカ者が！　これほどの重大事を打ち明けた以上、分からぬならば死んでもらうより他はない。わしの問いかけに、素直に応じなかったがゆえに。一体わしが何年生きて来たと思っている？　素戔嗚よ……貴殿のその面構え、数々の愚か者共の面を思い出すわ。フンッ、かげろうは明日を知らず。セミは春秋を知らず。はかない寿命を持った浅知恵ゆえに、滅んでいった者たち。全て、わしに逆らったばかりに！　貴殿もそやつらとまったく同じだ！　残念な事だ。愚かさゆえの向う見ずな行為など、死んだ後で後悔しても遅いというのに。まぁ後のことは任せておけ。何も心配などいらん。その剣と奇稲田姫を使って、わし一人で革命を成就してやる。その様子を草葉の陰で見ておれ」

「だったら今すぐ、剣がお前を選ばなかった理由を、その身で分からせてやろう。天叢雲剣を持つべき者が持った力を、自ら味わうがよい！」

仙人は一歩引き下がった。仙人は左手を差し出し、素戔嗚めがけて横殴りの火柱を産み出した。素戔嗚は繰り出される火柱を避けつつ仙人の方に近づく。火柱の影に仙人の姿は消えている。どうやら、館の廊下へ戻っていったらしい。素戔嗚は火を避けながらムーの大地と別れを告げ、館の奥へと走った。

見ると巨大な水晶柱が強烈な白い光を帯びている。猛烈な毒気を含んだ光だ。仙人が水晶に邪気を蓄えたらしい。その傍に仙人が立っている。素戔嗚が近づくと、にやりと不敵な笑いを浮かべ、再び手から巨大な火柱を起こした。水晶の傍で、仙人の力は勢いづいた。火龍のような巨大な火柱が横殴りに襲いかかり、素戔嗚は身をひるがえして燃え上がった館の戸口から脱出した。仙人が剣を右手に館の外に出てきた。仙人の火柱は二十メートル、三十メートルと伸びていく。激しい焔が館を包んだ。

「自分で自分の城に火をつけるとは」

「フフフ！　こんな館などいくら焼いてもまた建て直せる！　失われた西方浄土の法を使えば、石を浮かすなど造作もない事だ」

「ならば……」

素戔嗚は天叢雲ノ剣に一気に力を込めた。天叢雲剣を抜いた素戔嗚に、八大龍王の気が渦巻き、剣の赤い輝きに向かって集中していく様を、仙人ははっきりと見た。予想外の事態に、険しい顔つきで自らの剣を構えた。仙人は素戔嗚の懐柔に失敗し、神剣が素戔嗚の力を増している。黄泉仙人の顔には緊張が走っていた。仙人はまだ剣を手に入れていない。その段階で素戔嗚と決裂してしまった。自分こそが剣を持つ資格があると信じる仙人にとって、素戔嗚が天叢雲ノ剣を振っても大きな力は出せないはずだという自負があったのであろう。この仙人郷においては、仙人の方が有利であるはずだ。だが一方で、もし剣が素戔嗚を選び、彼が言うとおり、予想以上に強い力が素戔嗚から湧き出してきたとしたら。

素戔嗚の背後で竜巻が出現し、山に嵐が起こった。大雨と共に、燃える館に洪水が押し寄せてきた。

「火には水だ！　仙人よ」

龍が実体化した竜巻は、山を破壊し、稲妻が次々と館に落下していく。仙人は空を見上げて、乱舞する八大龍王のような雲が燃え盛る館の上を何重にも渦巻いているのを眺めた。猛烈な風と雨と稲妻が襲いかかり、仙人は水晶柱の傍らに立ち、水に流されないようにしがみつきながら、反撃の火柱を続々と生み出す。雨と風と炎の乱舞で、館は爆撃を食らったように破壊されていく。雨風に打たれて正気を取り戻した奇稲田姫は部屋を出て、大白狼と恋人と共に避難した。根ノ国一帯が巨大な火柱と、二人の放つ気で振動している。二人の身体は青い焔と赤い焔にまとわれて浮きあがり、宙空で激突した。

「貴様のようなものを剣が選ぶなど、あってはならぬ、あってはならぬのだ！　わしが、わしこそが……わしこそがその天叢雲ノ剣を！　わしこそが」

黄泉仙人は全身から血を噴き出し、落下していった。今や、八大龍王の力は、完全に剣に乗り移っていた。

天地を揺るがす剣人一如の力を受けて、素戔嗚は仙人にとって侮れぬ相手であり、もはや剣が仙人ではなく素戔嗚を選んだということを悟らしめた。仙人も剣を抜いて戦ったが、いまや劣勢である状況は隠しようもなかった。どんな剣も、天叢雲ノ剣の前では、所詮はただの剣にすぎない。

ムーの滅亡を目撃した素戔嗚には、黄泉仙人の敗因がはっきりと見えていた。ムー時代末期、大陸は五行である木・火・土・金・水で、五つの種族に分かれて争っていた。かつての素戔嗚と黄泉仙人の魂も、各種族に属して戦っていた。五行はそれぞれ、相生、相克の関係を持っている。

五行で「火」を司る黄泉仙人は、「金」を征服しようとし、天叢雲ノ剣を手に入れるべくこれまで画策してきた。そこへ現れた素戔嗚はまるで火のような性格を持つが、五行では「水」だった。水は神剣の金の作用で力が高まり、火を征服していく。

大白狼が烏天狗たちとともに崩れかけた館の中へ押し入った。大白狼は、烏天狗の案内で、水晶柱の近くの中庭で、彼の許嫁と再会することができた。二人が再会した傍らで、奇稲田姫が上空の戦いのなりゆきを見守る。

大白狼だった青年によると、仙人に仕えていた烏天狗たちは、なんと最初から仙人を陥れるべく画策していたらしい。素戔嗚が根ノ国に入ってからというもの、彼らは森を迷路化して二人を迷わせながら、実は道案内をしていたというのである。素戔嗚に放った矢も、毛頭当てるつもりはなかったらしい。烏天狗も元は仙人と同じ渡来系の精霊だったようだが、なるほど渡来系にはよい者もいれば悪い者もいる。彼らほど根ノ国において仙人の圧政に対して危惧感を抱いた者たちはなく、ある意味で素戔嗚と奇稲田姫が、根ノ国を解放するのを待っていたようだ。全く、この根ノ国では何もかも驚かされる事ばかりだ。

素戔嗚と烏天狗たちはとうとう黄泉仙人を追い詰めた。だが、五人の烏天狗が突然燃え上がった。素戔嗚は霊剣のなせる業か、なぜか炎に包まれることはなかった。仙人は手に印を組み、人体発火を引き起こした。残った烏天狗たちはひるまず追撃する。恐ろしく勇敢な連中だ。

烏天狗の長である大烏は、「わしが落とし前をつける」と云って矢を連打して打ち上げた。矢は防戦一方となった黄泉仙人の右眼に当たった。

地面に落下し、倒れた黄泉仙人を素戔嗚は黙って見下ろした。奇稲田姫には、その眼が何か憐れみを宿しているようにも見えていた。

「……天叢雲ノ剣は……わしのもの……だ。いつか……わしは、貴様のところへと戻ってくる。必ず、剣と……奇稲田姫を……貴様から奪ってやる。いいな。必ずだ。その時を、覚悟……していろ」

死の間際に異常な執念を左目に宿し、愚かしいほどに神剣を追い求めた渡来人は絶命した。

仙人が死んだことを確認すると、素戔嗚と大白狼は、館に戻って巨大な水晶柱の前に立った。水晶球が乗った水晶柱は、透明で巨大なこけしのような形である。

「おそらくこいつが……。この水晶柱が仙人の魔力の根源だったのだ。おおかた、西方で知った知識で造ったものだろう」

水晶には良い気も悪い気も蓄え、増幅する作用がある。使うものの心が大事となるゆえんだ。奇稲田姫が言ったヒヒイロカネの神剣の言い伝えと全く同じである。


剣は持つ者の力を増幅する。

善き力はなお善く、悪しき力はなお悪く。

それは自分に返ってくる。


素戔嗚はその言葉の意味をかみ締めた。

巨大な水晶柱は、古の神聖幾何学を使って作られたものだったが、膨大な量の邪悪な瘴気（穢れ）をその内部に蓄え、その気が仙人郷一帯を支配していた。その装置はおよそ神代の風景には似つかわしくない代物だったが、それはムーより伝わったこの剣も同じかもしれない。それらは仙人が語ったように、かつて地球上に存在した二大帝国を滅ぼした、人知を超えた力の源だったのである。

素戔嗚は水晶柱を前に、天叢雲ノ剣を抜いた。神剣による剣舞を行った。それは神剣によって仙人の妖術を封印するためだった。茜色の剣による剣舞から発せられる神気と、水晶中の穢れの気が、渦を巻いて激しく葛藤していた。それを見守る奇稲田姫、大白狼たちの霊眼には、眩く白く輝く渦と、漆黒の渦が山一帯を包んでいる様がありありと見えている。やがて暗黒の瘴気はどんどん収斂してゆき、水晶柱は鎮まった。

「奴を封印した。こんなものは、ここにあってはいけない。天叢雲ノ剣は水晶柱に込められた邪気を祓う力がある。だがこの水晶自体は、それだけでは祓われない。長年かけて、後々まで水の力で禊がなければならない」

水龍が降らせた雨は館の火を鎮火し、土壌の瘴気を洗い流すだろう。やがて嵐は去った。


外へ出ると、あたりの景色は一変していた。桃の花の咲き乱れる桃源郷はまるでかき消えて、白骨林に覆われた山々がどこまでも広がっている。幽界の秘境とつながっていたこの土地は、比婆山だった。あの根ノ国の景色は、仙人がいた大陸時代の投影らしかった。黄泉仙人の邪悪な気は、当の昔に山々の木々を枯らしていたのだ。だが、それは、仙人のせいばかりではないと姫は言う。多々良製鉄は森林を伐採し続け、中国地方の山々は荒廃が進んだ。自然を脅かしているのは出雲人たちも同じなのだ。荒れた山には、烏がやたらと目についた。烏天狗たちかもしれない。

「妖怪たちが仙人側についたのもそのせいかも……私も、醜い人間界の一員なんです」

奇稲田姫は呟いた。根ノ国を散策してきた姫にとって、開明的な文化を推し進めてきた出雲は、一歩間違えれば同じ道を歩む危険性を孕んでいるように思えるのだ、という。

仙人について素戔嗚は、「あれは俺かもしれぬ」と奇稲田に言った。素戔嗚は荒魂と和魂を持っている。誓約は確かに、素戔嗚の中にも和魂があることを証明した。だが二面性においては光だけでなく闇の側面も持っている。素戔嗚の荒魂の部分を極端にした者が黄泉仙人だったのかもしれない。素戔嗚には仙人の、神の側に立てない者の哀しみが分かるような気がした。自分が神と共に歩んでいないと途中で悟りながらも、もう引き返せない所まで来てしまった者の哀しみが。西の大陸アトランティスには、仙人のような力を持った者たちが大勢おり、力を誤った方向に使って大陸を滅ぼした。いいや、伝説のムーも全く同様の理由で沈んだ。そこへ思い至ると冷や汗が出る。一体、これまでの自分と黄泉仙人との間に、どれほどの違いがあるというのか。一歩間違えば、自分にもあのような転落の道が待ち受けているかもしれないのだ。

「ムー時代、俺と仙人は戦い、その激しい戦いが大地の気を乱し、俺が持った天叢雲ノ剣によって大陸が沈んだ。確かに俺は、やつの言う通り、やつと同じ荒神だ。この地で、やっとそのことを自覚した。やつと俺の出自は同じ、紙一重。いや、表裏一体だ。俺はまるで、鏡に映った自分自身と対峙したかのようだった。……姫、あなたは優しい。俺のような男を救ってくれた」

誓約の結果をいい事に、姉である女王の真意を踏みにじり、戦に狂奔した自分が心の底から恥ずかしかった。大白狼や大蛇、仙人らと自分の何が違うのか。素戔嗚はこれまで力だけを追求し、勝手きままに戦ってきた。だが出雲で八岐大蛇の討伐を通して、へどが出るほど不快な男に出会い、しかもそいつが自分と似ている事に気がつき、力だけでは足りないことに気付いたのだ。それが姉のいう大和、宇宙との調和ではないのか。

「あなたは黄泉仙人とは違います。結局、あなたは大白狼の命を獲りませんでした。仙人にさえ、光が残っている可能性を考えて、出雲との調和の道を探ろうとしたではないですか。それは、あなたにも和魂があるからなんです。そして私はあなたの一部だったからこそ、あなたに出会えたんです。私の中にも荒魂はあります。私にははっきりとそのことが分かります。あなたにはそれが分かりませんか？」

奇稲田姫は真顔で迫った。素戔嗚は何もいわずに、姫を抱きしめた。

都へ戻る途中、二人は川で穢れを祓った。

根ノ国の山は晴れ渡り、都に戻った素戔嗚は英雄扱いで迎え入れられた。

下界の都では、根ノ国の山が異様に輝き、嵐が吹き荒れている模様が遠くからも見えていた。山からとどろく轟音、稲妻や青や赤の光、それを取り巻く嵐の様子は、邪悪な仙術を使う黄泉仙人と、強大な素戔嗚の霊力が衝突しているからだと出雲人は噂した。すでに、斐川の犬神村の人狼たちが仙人を裏切って、素戔嗚が八岐大蛇を退治したことや、根ノ国に向かったという情報が都にも伝わっていた。

　都で素戔嗚は奇稲田姫との結婚式を行い、高千穂と出雲の和平が成立した。奇稲田姫と素戔嗚はお互いの勾玉を交換した。和魂と荒魂、すべてのものがこの二面性を持っている。そして、光と闇も。出雲と高千穂の和睦を象徴する結婚式に際して、出雲の都に巨大な薄桃色の天の御柱が立った。宴には地酒や栗ご飯が出され、盛大に盛り上がった。

　出雲に来て奇稲田姫を伴侶として得たことで、素戔嗚の力はさらに強さを増した。それに加えて天叢雲ノ剣を得て運気も強まっている。二人でいることで、どんな穢れもはねのけ、困難も解決することができる気がする。出雲という土地へ来て、素戔嗚の気持ちは不思議と安らいだ。戦をするつもりで来たのに、その思いは消え失せ、気質もずいぶんと穏やかになったような気がする。それには根ノ国で、自分の闇の側面であるような存在との対決に勝利し、克服したことが大きい。

「私はそなたと出雲に残ろうと思う。ここをもっと豊かに、子孫たちが末長く繁栄できる国にしたい。出雲でなら、姉の教えを実現できそうな気がする。それなら姉もきっと喜んでくれるだろう」

「高千穂へは？」

「俺は出雲に留まる。もう高千穂には戻らない」

　奇稲田姫からもらった糸魚川の翡翠製の勾玉を身につけた素戔嗚は、その決意を込めて、和歌を詠んだ。

八雲立つ　出雲八重垣　妻ごみに　八重垣作る　その八重垣を

ここ出雲に新居を構えよう。素戔嗚は仙人の姿に自分をだぶらせつつ、慕ってくる犬神族の若者たちのことを思って、生涯ここに残る決心をしていた。

黄泉仙人との戦いは、素戔嗚に、征服される民・国津神の保護者になろうという決心を起こさせた。つまり「国津神」の守護者としての自負であった。

＊　＊　＊

素戔嗚が歌を詠むとは瑠璃にとって、とても意外だった。

和歌には言霊が宿っているらしい。優れた和歌は、世界を動かすほどの力を持っているのではないか。

瑠璃はこれで、須佐神社が出雲一の癒しのパワースポットで、傷ついた魂を癒す力があることの謎がはっきりと分かった。奇稲田姫と出会って根ノ国の守護者となった素戔嗚は、妖怪や差別された者たちを守護する、国津神の神となっていたのだ。

素戔嗚と奇稲田姫から新たにもらったピンク色の音魂は、まさに須佐神社で感じた癒しのエネルギーそのものだった。

ソプラノは、浮き上がる音

若い女性たちの万雷の拍手で、神楽瑠璃は一気に現実の世界に引き戻された。

八重垣神社へ来た瑠璃と仁美は、そこで加賀美飛鳥という少女と出会った。すぐに二人は意気投合し、瑠璃のアルトサックスで飛鳥は歌った。これも、二人の音の共鳴によるものだ。

隣に立った加賀美飛鳥の歌唱力はすごかった。ソプラノのパワーに圧倒される。X－JAPANのTOSHIとは違う女性ヴォーカルだが、自分と変わらない年頃の、小柄で華奢な少女なのに、まるでアメリカの本場の大柄な黒人ゴスペル歌手のような声量だった。日本の希代のディーヴァだろう。ほんの少しの間なのに、何だかずっと前から一緒に戦った戦友の様な気がした。

飛鳥がロックにこだわった理由は、戦いへの予感だった。力強いハイトーンボイスで、黄泉の力を跳ね飛ばそうとしていたのだろう。

「凄いソプラノね」

瑠璃は感激を言葉にした。

「ソプラノってね、浮き上がる音なのよ」

「浮き上がる……」

それって……もしかすると。

思い出した！　飛鳥は広島の爆心地の夢に出てきた女の子の一人、赤毛の少女だ。飛鳥は瑠璃にソプラノを奏でて天の御柱を建てろと言ったのだ。この旅で夢の中の少女に本当に出会えた。だとすると、もう一人の少女にも会えるかもしれない。

「君には、もっと高い音の、ソプラノサックスの方が似合うかも」

す、鋭い……。

「灯台のある場所へ行くと、君が探してるものが見つかるよ、きっと。君にぴったりのサックスがね」

飛鳥はウィンクして、瑠璃のおでこにいきなりキスをした。瑠璃は顔が赤くなる。何かの感謝の意のようだった。

「素戔嗚が八岐大蛇と対決して勝ったときに、神剣が手に入ったでしょ。君にとっての大蛇と対決したとき、君もソプラノサックスを手に入れるのかも」

瑠璃にとって飛鳥との出会いは、素戔嗚ノ命にとっての奇稲田姫との出会いと同じだ。自分の問題を解決してくれるかも。やっぱり飛鳥は、この旅に一枚噛んでいる？

「あれを見て、ヤコブの梯子だね」

そう言って、飛鳥はヒューイ・ルイス＆ザ・ニュースの『♪ジェイコブズ・ラダー』をハミングした。アメリカン・ロックの名曲で、今日より明日へと階段を上り、一歩一歩よりよく生きていく、という歌詞の曲だ。雲の切れ間から、放射状の光線が地上へ漏れている。

「天国への階段のコト」

それを聖書の故事で、『ヤコブの梯子』というらしい。

「えッ」

「今日は楽しかったヨ。ありがとね。無事、光のエレベータも立ったみたいだね」

見上げると八重垣神社の屋根にピンク色の光の柱が立っている。飛鳥がヤコブの梯子といったのは、雲間の光のことだけではなく、光の柱をも意味したらしい。つまり飛鳥にも、このピンクの光の柱が見えているのだ。

（この子も……ニュータイプか！）

観客たちと共に、鳥が周囲の木々に集まっていて一斉に鳴き始めた。あぁ烏天狗よ、君ら精霊たちは強大な霊力を持った仙人に利用されたのだ。

「君ってさ、眼がくりっくりだね。こんなに眼の中に星が飛んでる子初めてだ。キラッキラしてて、眼の中に銀河が見える。青い眼のバンビだね」

飛鳥はびっくりしている瑠璃の瞳を覗きこんで笑った。

慌てて瑠璃はポケットをまさぐって、一つだけ持ってきた波形の刻まれたクッキー「姫鏡」を、「食べて」と飛鳥に渡した。

「あらサンキュ。んまい。それじゃね！　アデュー」

まるで役割を終えたというように飛鳥は、瑠璃に後ろ姿を見せて去ってゆく。鳥たちも一斉に飛び上がった。飛鳥も、瑠璃と同様、特殊な能力があるに違いない。瑠璃はもっと飛鳥にいろいろ聞きたかった。ありがとう、と言った飛鳥の言葉が気にかかる。そう思っている内に視界が暗くなってきた。

あぁ……これは、くらくらする。足元さえもおぼつかない。

すさまじいエネルギーの消耗だ。

瑠璃はばったり倒れた。

二十メートル先の飛鳥が立ち止まって、振り向いている。

「大丈夫？　あんまり無理しない方がいいよ。君の音楽って、普通の人より体力要るんだから。エネルギーなくなってヘロヘロじゃん。あっそうだ、玉造湯温泉でも入ってきなよ。ご飯食べて、ゆっくりお湯に浸かってさ」

というと、飛鳥はリュックからリンゴを取り出してかじった。

「芸術を産み出す霊力は次元の壁を超えるために、エネルギーを使う。とても体力を消耗するんだよ。君のは、ただの演奏とは違うんだから」

二人の演奏を見ていた仁美は、すでに次のお店を決めているらしい。

「さて、何か食べないとね。ちゃんとした店に行こう。演奏で霊的なエネルギーを使ったから、足が地についてない感じでしょう。だから、演奏した後には必ず着地しなければならないの。でないと現実生活が送れなくなる。グラウンディングするために、ちゃんと食事する必要があるのよ。いいわね、これから、演奏の後は、毎回食べるわよ」

結局、飛鳥もお店まで同行してくれることになった。

仰向けになった瑠璃が見上げた青空の入道雲は素戔嗚みたいで、天まで八重の雲が届いている。

それにしても気がかりだった。

このまま、素戔嗚が出雲に留まってしまったら、天照と月読と素戔嗚、三者の和解が永久に成就しなくなる。そうして高千穂の美しい伝統、大和心は途絶えてしまう。

（いけない素戔嗚！　このままじゃ……）

瑠璃は焦った。だが、何をどうすればいいのか分からない。


仁美が東本町の「季節《とき》の風　蔵」という店に駐車すると、瑠璃はもう一歩も歩けないほどくたくたに疲れていた。瑠璃はすっからかんになった身体を引きずるように店の中へと入った。注文が出てくるまで一言も言葉を発しない。ようやく出てきたしじみ丼と大粒しじみ汁をヨロヨロ食べる。他に、とろろ芋と小鉢がついている。大きな椀のしじみ汁は白味噌仕立てなのか、白い色のつゆだった。食べ応えがある。

「美味しいでしょ？」

生き返った瑠璃の表情を見て仁美が微笑む。

「こんな……こんなの初めて！」

こんなにおいしいものがこの世にあったのか？　いいや、そうじゃない。元からおいしいものだったのだろう。きっと仁美から、おむすびをもらって食べた瑠璃は、何でも食べられるようになったのだ。これから旅に出て、色々吸収すれば、本当に食べられるようになるだろう。そう信じられる。夢でわいわい食事した体験が、瑠璃に確信を持たせてくれていた。もう貝だって食べられるんだゾッ！

「宍道湖で取られるしじみよ」

ちなみに出雲しじみという場合は、神在湖のしじみの事をさすらしい。

「宍道湖か。う〜ん美味しい。まさに奇稲田姫の味」

そう考えていると、突然、『奇稲田姫は、宍道湖の龍宮城に住まう格式高い龍女《りゅうにょ》なのだ』という言葉が浮かんできた。……今、しじみがしゃべった？

「しじみ汁は二日酔いにも最高よ」

……仁美さんてば。運転しているから飲んでないけれど、仁美のたとえ話にはよくアルコールが登場する。

「初めて？　君って、凄い偏食なのね」

飛鳥の白い八重歯が光っている。

「……えっ。うん。私、そ、そうなの」

瑠璃は気恥ずかしくなった。

「でも、何でも食べられるようになった方が得だよ？　これからも色々回るんでしょ？　特に君みたいに毎回エネルギーを使う人は、食べとかないと。さっきみたいに、この先、何があるか分からないし」

「飛鳥さんのおっしゃるとおりね」

仁美は、目を瞑ってしじみ汁を飲む。

「そーいうもんかな？」

「もちろん。高度な技術に魂がこもった、本物の芸術というのは、一種の霊能者みたいなものよ。さっき見ていたら、君は聴衆の波動を受信して、みんなの集合的無意識を読み取って発信していた。だから、みんなのハートに響かせることができたんだ。料理だってそうでしょ。手料理が美味しいのはなぜだと思う？　その料理はおいしい材料やレシピだけでなく、愛情、つまり愛の思いがこもっているからでしょ。愛っていうのは実際、霊にとっての食料、生命エネルギーなのよ。だから美味しく感じるの。美味しい料理っていうのは、料理人が食べる人にとって美味しくなるようにと思って作っている。ハートこそ、最高のスパイスなんだからね」

そう言って飛鳥は笑った。〝愛〟がこもると、おいしくなるのは料理も音楽も同じ、か。誰かと一緒に食べるともっと美味しく、そして誰かと一緒に聴くと楽しくなるのも同じなのかもしれない。

「あっ、なるほど」

仁美が作ったおむすびもそうだ。

「飛鳥ちゃんになら、打ち明けられるな」

瑠璃は飛鳥に広島公演についての思いを語った。

「それでね、これまで三つのパワースポットを回ったんだけど、毎回、神社で音魂をもらってるの」

瑠璃は音魂について聞いてみたかった。飛鳥は、何かのヒントを持っているかもしれない。

「さっきの演奏は、まさしく神楽だったよね。神と人との、共同創造。古代、芸術は神事だった。芸術っていうのは霊的な作業で、霊界からのインスピレーションが欠かせない。天台宗では一念三千というのだけれど、思いの世界では三千の世界とチャンネルを合わせる事が出来るんだ。というか、繋がってしまうというか。優れた芸術家ほど、自分のアンテナ一つで、高い次元のエネルギーと同調し、そのエネルギーを音に表わすことができる。つまり、音魂っていうのはラジオで周波数を合わせることと同じなのよ」

「ふ〜ん」

瑠璃は自分が音魂によってアンテナと化していると想像して、鬼太郎のアホ毛が妖怪レーダーとなっているのを連想した。

「作品作りでも、夢がヒントになったり、寝る時の半覚せい半睡眠時にインスピレーションを得たりすることとってない？」

飛鳥が訊いた。

「あぁ……あるある！」

サンライズ出雲の中で、夢うつつの状態で荘厳なアレンジのオーケストラ演奏を聴いた。それは、瑠璃がこの旅で掴んだ最初のインスピレーションだった。

「で、それを受信する芸術家の器が、真言宗でいう身・口・意。つまり身体と音と心が三位一体であることが大事なの。君でいえば、身体とサックスを吹くことと、ハートよね。そのために、自分の中の神性を通してどこまで高い次元のバイブレーションと同調できるか、それはその芸術家の心の成熟度によって決まる。そのことが作品に現れるというのが、もともとの芸術の意味」

飛鳥が言うような、そんなスピリチュアルな視点で芸術を見た事は今まではなかったが、言われてみると初めて納得できる。もしかすると言われなくても、いつの間にか気づいていたことなのかもしれない。

「でも、その事に気づいている芸術家って、一体どれくらいいるか。そこが本物と偽者の違いになってくるのよね。たとえ一時流行をつかんだとしても……。その作品がどういうヴァイブレーションを出してるものかは、ハートですぐ分かってしまう」

なるほど。芸術の道も、なかなか厳しいものである。

「でもそれなら、芸術家って色々な世界に通じちゃうのかな？」

「うん。アンテナ次第だね。芸術家のインスピレーションが三千世界に通じるのだとしたら、ただ単に奇をてらったり、技術だけを競った芸術なんて、いったいどんな世界に通じてしまうのか分からない。一念三千の理論の通りでいけば、現代社会の混乱、黄泉的な部分をそのままストレートに波動で受信し、作品を作る事もありえる。無機質・殺伐・空虚……それは現代という文明社会のヴァイブレーションよね。波動で見たら、芸術は丸裸になるから。裸になるのは、何も天宇受売ノ命だけの専売特許じゃなくってね。ははは」

瑠璃はなぜか真っ赤になった。顔が赤くなっても、瞳だけは青いのだが。

「見た瞬間、聴いた瞬間に、もう一瞬で分かってしまう。それはもうバイブレーションでさ。本人はどんなつもりか知らないけどさ、自分が一体どんな想念で作品を作っているのか？　どんな理論武装も権威も通用しないのよ。化けの皮は剥がれる。芸術家と受け手のストレートな心の交流においてはね。人を楽しませよう、豊かな気分にしようっていう気持ちで作れば、それは絶対に伝わるんだ。そういう思いがあって、そこに、技術が伴うのが順序なのよ。長く愛される芸術というのは、受け手のハートのチャクラに反応するから、支持される。つまり高い次元の世界のインスピレーションを受けたものというのは、長く残る。中でも音楽は、他の芸術と違って、頭で考えるワンクッションがない、ハートにダイレクトに届く芸術よ。本物の芸術は観る者、聴く者のハートのチャクラに反応して、その人を変えていく。自己顕示とは真逆の、人に対する愛の想いが大きければ、それだけ聴衆のハートのチャクラに反応させられるの。観る人聴く人が楽しい気分になったとしたら、それは成功でしょ？」

「あっ、うん」

あれ程の声を持った飛鳥の言葉だけに、さすがに瑠璃は圧倒された。

「それは演奏する側が楽しく、豊かな気分だからでもあるんだよ」

飛鳥はようやくお碗に口をつけた。

「心に邪念があれば暗い想念の世界と繋がってしまう……。つまり、技術を磨くと共に、心も磨かなければならないということ。自分がインスピレーションを受け取る大本である、心のラジオの周波数を高めることが一番大切なんだよ」

人間は誰でも心にラジオを持っている……。

「そういう意味では、日々心にたまった汚れを浄化することも、何も神主や僧侶だけの修業じゃないわね。神道では穢れを祓い、身や心を清める事を何よりも大事にする。しかし芸術が天宇受売ノ命を祖とし、本物の芸術が神事であり霊界とつながるものなら、神道と同じく、芸術家も穢れを祓い、きちんと心をきれいに保たねばならない。それでこそ、神の気を受信でき、愛の力で観衆のハートを輝かせることができる。神道では、赤心《あかきこころ》で生きる事が何よりも大切とされている。つまり芸術も、自分に正直に作る事よ……。気負いも、気取りも捨てて、心の鎧を脱ぎ捨てて、ただただ自分の中にわき上がる愛のバイブレーションに正直に表現すること。神道のいう正直とは、想念を垂れ流す事ではないのよ。神の方向を向いた明るい心が大事。そうして芸術における感性を通して、神の遍在を知らしめる事ね」

仁美が巫女さんらしい話でまとめた。ブラッドオレンジを飲んでいる。

「んーなるほど」

仁美と飛鳥の話の水準には、なかなかついていけないが、本物は人を高め、世を明るく照らす力があり、永く残る永遠性を持っている。そしてそれを大衆は支持する……という事は分かった。結局、丸裸の魂の勝負だ。どの世界をインスピレーションで受信するかは、その芸術家の魂の器次第なんだ。

「天の御柱を降ろすことも結局、同じことなんだよ。天の御柱を立てるためには、心が澄んでいなければならない。天の御柱が立つようなものが、本当の光の芸術。だから今、君がパワースポットを回っているのも、魂を磨く学びの旅でもあるんじゃないかな」

飛鳥がヤコブの階段といった天の御柱。

「ありがとう」

やっぱし飛鳥は本物だ。

「お茶く～ださい」

「んじゃ、ごちそーさま。神楽瑠璃ちゃん、またね」

そこで飛鳥が席を立ち、ここでお別れとなった。

「また会えるかな……」

「きっと……信じてれば、あたし達二人、縁結びの神、大国主ノ命に導かれて会えるよ」

一人で食べるより、皆で食べると美味しいんだな。美味しく食べられるんだな。マンションではいつも一人でテレビやスマホを見ながら、カップラーメンやコンビニおにぎりを食べていた。しかし今、瑠璃はいろいろな具が入ったおむすびを食べたり、しじみ汁を食べながら、しみじみ食べることの喜びと、食べ物に対する感謝の心が溢れてきた。「いただきます」とは、「命をいただく」ということだ。食べてみれば何てことはない。何でも食べられる。まるで眼前のもやが晴れ、目の前に広い景色が現れたようだった。今までは目の前に幕が張られていただけだと気付く。瑠璃の旅は、歴史を知る旅だが、食育の旅でもあった。

ゴゴゴ――。

ゴゴゴゴゴォ――。

店を出て間もなく、瑠璃の耳元にかすかに耳鳴りのような音が響いていることに気づいた。それは神霊から授かった音魂とは異なる、コントラバスの音だった。何か分からないが、ちょっと前から響いてきている。

（ひょっとしてこれは――）

黄泉の音を追いかけて、広島へ再ダイブ

「仁美さん、先に車に戻っていて……。私、ちょっと裏で練習するから」

瑠璃は仁美と店で別れてから、一人きりになれる場所を探した。人気のない原っぱを見つけてサックスを組み立てると、チューニングを開始する。今から自分が何をするのか、仁美に知られる訳にはいかない。

ご飯も食べてお腹も一杯になったし、あの広島での爆発の瞬間の時空に、もう一度行く事ができれば……。何処《どこ》からか響いてくる、このまがまがしい音を頼りにすれば、それが可能になるような気がする。今度こそ瑠璃は、神楽比呂司の幸魂を救う事ができるかもしれない。今も比呂司の肉体は病院

で眠り続けている。このまま八月六日を迎えたら、そこで比呂志が亡くなったあの夢が実現してしまう。むろん、今行けば、危機に陥る危険性があることも瑠璃はわかっていた。自分の力はまだ足りていない。飛鳥の言うとおり、一念三千で、どの世界に通じてしまうか分からない。でも沢山の音魂をもらって、ハートの隙間は少しは埋められたし、素戔嗚ノ命からも不思議な形をした剣をもらったし、天照大神からは真珠だってもらった。

素戔嗚ノ命は、すでに、根ノ国で黄泉に囚われていた大白狼を救済することができている。それと妖怪たちもだ。本当は、素戔嗚ノ命は八岐大蛇さえも救いたかったのかもしれない。私も、今なら、黄泉の世界である広島のあの原爆投下の瞬間に行ったら、おじいちゃんを救い出せるかもしれない。でもこんなことを仁美さんに言っても、きっと賛同してはもらえない。おじいちゃんの幸魂、待っててね。私は、これからおじいちゃんを救いにいきます。

ゴゴゴ——。ゴゴゴゴゴォ——。

遠くから響く、重低音に耳を澄ます。コントラバスの響き。そこへ負けじと、ヘヴィメタルのラウドネスの『♪クレイジー・ドクター』を重ねていく。超絶技巧曲の練習にたまに使っていた、父のアルバム・コレクションにあった曲である。

朝の明るい日差しを浴びた戦時中の町は、どこも建物が綺麗だった。瑠璃は、神剣を持って、人々の往来が激しい中を歩き回っている。

「ここは……」

「もうすぐ原爆が投下される。早く、みんなの魂を助け出そう」

隣を歩く赤毛の飛鳥が言った。

そうか、ここは、破壊される前の広島市だ。飛鳥が出てきてくれたとは心強い。

瑠璃と飛鳥の心はストレートに通じ合っていた。瑠璃は、加賀美飛鳥がやろうとしている事を瞬時に把握した。二人は原爆投下の一時間前の時空へと来たらしかった。

瑠璃と飛鳥は、眼に入った通行人に片っ端から、この町からできるだけ離れるようにと叫びながら走っていった。街の人々は不思議そうな顔をして、あるいは怪訝な表情で二人を見るだけだった。

「みんなキョトンとしてる。逃げろって言ってるのに、なんで逃げないいんだろ？」

「早すぎたかもしれない。誰も原爆なんて見たことがない。これから何が起こるのか、きっと想像もつかないいんだ。招かれる人は多いけど、選ばれる人は少ない。初めての試みだけど、起こったら起こったで、助けるのは大変だし、難しいな……」

瑠璃と飛鳥は繁華街を走り回り、それでも何人かを町の外へとつれ出した。間に合いそうもない人は、堅牢な建物の中か、地下へと隠れるようにと伝えた。

屋根の向こうに、いつの間にか天の御柱が立っているのが見えた。最初に来たときに立てたものだろうか？　でも、まだ時間的には建立していないはずだった。けれどそこに、また新たに救済された人の魂が、折鶴の姿に変わって集まり、天に向かって飛んでいった。

瑠璃は街ゆく人に声をかけながら、懸命に祖父の姿を探していた。しかしこの世界では、若い姿をした祖父の神楽比呂司の幸魂は見つからなかった。前に来たときには自分の前に現れてくれたのに。

やはり、来るのが少し早かったのだろうか。

空襲警報が町中に鳴り響き、二人は立ち止まった。

空を睨んだ飛鳥は、チッと舌打ちをした。

「そろそろ時間だ。ここまでみたいね。これが限界か」

瑠璃も飛鳥の声を聞きながら、青空を見上げていた。B29「エノラ・ゲイ」の爆音が近づいてくる。

——もしも、私がアレを止める事ができたら……

歴史は変わるのだろうか。

人々を、全て救うことができるだろうか。

でも、意識の世界で原爆を止めることなんてできるのだろうか？

瑠璃がその事を考えているうちに空が光った。

「早く早く、もう出るよ！　巻き込まれる前に」

飛鳥が焦って瑠璃に声をかけた。

だが瑠璃の碧眼は、戦前の町並みの一点に釘付けになっていた。

上空に巨大な白い火球が燃え上がる真下の原爆ドームの手前に、軍服姿にマントを羽織った背の高い男が立っていた。

……奴だ。

「出たな。おじいちゃんの幸魂はどこよ？　あたしのおじいちゃんを返して！」

瑠璃は、「あっ」と叫んだ飛鳥をそこへ置いて、素戔嗚ノ命からもらった音魂から八握剣《やつかのつるぎ》をすばやく取り出し、その剣を抜いて男に斬りかかった。瑠璃は普段、それらを自分の奇魂を埋める音魂として胸の中にしまっていたが、必要とあればこうしてハートから取り出すこともできるのだ。

（こいつこそ、あたしにとっての八岐大蛇だ。決着を付けてやる……）

「フゥム……その形状はもしや、八握剣か？　面白い。もらっておこうか！」

近づく瑠璃に向かって、男はゆっくりと白手袋の右手を上げ、九字を切った。


臨・兵・闘・者・皆・陣・列・在・前……


瑠璃と男の間にある空間が、渦のようにグルグルと回り始めた。

「あぁぁー……！」

目が回り、瑠璃はフラフラしながら地面に吸い寄せられるようにして倒れた。あっという間に男に体力を奪われていく。渦の生み出す気の激流に抗う気力を失い、神剣は吹っ飛ばされた。あろう事か八握剣は、男の右手に向かって吸い込まれていった。

――いや……。やめて。

――それは、私のハートの欠片なんだから！

――持っていかないで！

演奏の連続で、生体エネルギーを消耗しすぎたらしいと瑠璃は悟った。あんなに食べたのに。それが意識の世界にまで影響を及ぼすなんて。それはさておきかなりヤバい状況だ。

「さぁ神楽瑠璃、草薙ノ剣を渡す覚悟はできたのかな……」

――草薙ノ剣？　草薙ノ剣だって？

――こいつ、一体何を言っているんだ。そんなもの、瑠璃が持っているはずがないじゃないか。それなのに男は、当然のように瑠璃が持っていると思っているらしく、こちらへ向かって右手を広げていた。

いいや、よくよく考えてみると、前回黄泉比良坂で広島の時空へ飛んだときの事――。瑠璃は、自身の腰に草薙ノ剣が下がっている事に気づいて驚いた。それをその際、地面に刺して天の御柱を立てた。けれど、今は手元にない。そこへ置きっぱなしにして広島を立ち去ったからだった。それならまだ、この時代のどこかに刺さったまま存在するのかもしれない。どこだったろうか？　あの時は慌てていて、飛鳥に言われるままに地面に刺した。瓦礫だらけで、どこに刺したのかははっきりと覚えていなかった。光ノ柱が立っていれば、きっとその根元にあるはず……。

なぜあの時、瑠璃は草薙ノ剣を持っていたのだろう。あの時の体験には七日後、つまり未来の出来事が混在していた。そして今もまた、こうして体験している広島の時空に、未来の出来事が混在している――。それなら八月六日までに、瑠璃はどこかのタイミングで草薙ノ剣を手に入れるのかもしれない。だから今は持っていなかったとしても不思議ではない。しかし奴は、瑠璃が草薙ノ剣を持っているものだと考えている。

瑠璃は倒れ込んだまま、上空六百メートルの光を碧眼でじっと見つめ続けた。

瑠璃の意識体は、莫大な闇のエネルギーに曝露されていっている。このままでは意識の世界で私、死んでしまうかもしれない。いいや、おじいちゃんの幸魂のように、黄泉に連れて行かれるのか。

「魅入られるな、瑠璃！！」

飛鳥が叫んで、走って近づいてきて、左手を引っ張った。

「クソッ」

飛鳥は男の放った魔術による力を、右腕にはめた神鏡で跳ね返した。鏡の眩い光に眼をつぶされた男は、驚いた様子で八握剣を渦から手放した。飛鳥はすばやく八握剣を回収する。だが、男の掲げた軍刀が闇のエネルギーを放つと、それは上空の爆発と共に巨大な大きさに膨れ上がっていった。飛鳥が吹っ飛ばされていく。爆風の衝撃で飛鳥も八握剣も、見えなくなった。

その瞬間、瑠璃は電気の様なビリビリとした空気圧が二人の後ろに近づいてくるのを感じた。それは原爆の爆発した方向とはまるで正反対の方向からだった。後ろに立っている誰かが放つエネルギー。その人物は、エレキギターを手に構えていて、瑠璃を見るなり演奏を始めた。その真紅のギターの奏でるヘヴィメタルの轟音が、稲妻のように、フラフラになった瑠璃を包んだ。音が実体化したような稲妻に飲み込まれて、瑠璃の失われた体力は、たちまち回復していく。

……あぁ、このパワー、身体が覚えている。何だか懐かしいぞ。

『♪クレイジードクター』の演奏を頼りに、助けに来てくれたのか。

突如出現したギタリストのお陰で、瑠璃はその場をようやく離れることができたのだった。瑠璃は壁に激突した飛鳥を助け起こすと、その男を捜す。浅黒い肌をした男は背を向け、立ち去ろうとしていた。

「あっ、ちょ、ちょっと待ってェ！」

ギタリストは振りかえり、一瞬立ち止まった。

「お礼を言わせてよ。……ありがとう」

瑠璃は満面の笑顔で微笑んだ。

鍛え上げた身体の青年は長い黒髪をなびかせ、無言で立っていたが、すぐ瓦礫の中へと走り去った。

「ちょ、ちょっと待ってよ、名前くらい教えてけー！！」

瑠璃が見送った瓦礫から煙が立ち上っていた。

「けちぃ……」

仁美の運転する車の後部座席で、瑠璃は目を覚ました。

「……あら？」

「玉造湯温泉《たまつくりゆおんせん》に向かっているところよ。あなた、演奏中に一人で倒れていた。危なかったわね。また広島に意識をダイブさせてたんでしょう」

仁美は鋭い。

「あぁ！」

瑠璃は両手に抱えたアルトサックスを見て驚愕した。ラッカーがすすけている。それに、試し吹きすると音が出ない。

「壊れてる……」

「それ、ちょっとやそっとじゃ音は出ないわよ」

サクソフォンは精密機械だ。それなのに黄泉比良坂の時と同じく粗末に扱った。黄泉との戦いが原因かもしれなかった。

「どっかに楽器屋ないかな？」

「その前に、須佐神社と共に出雲のもう一つの癒しのスポット、玉造湯温泉に浸かって、早くあなた自身の体力を回復させせないといけない」

「うん……」

瑠璃は後部座席で横になった。

サックスの音が出なくなっちゃった……きっと自分のせいだ。このサックスは私の身体の一部なんだから。私に何かあれば、サックスにも影響を及ぼす。知っていたことなのに。

「あなたが追いかけたのは、黄泉の音だったのよ」

やっぱし……あれは黄泉の音か。だよね。本当は黄泉の音なんて追いかけて演奏するべきじゃなかった。それでもこのアルトサックスは最大限の力を発揮し、耐え抜いた。父から譲り受けた宝物、傷一つ付けたくなかった。ずっと、瑠璃と一緒に戦ってくれた戦友。私が馬鹿だったばかりに、自分の大切な友達を傷つけてしまった。ごめん、ごめんね……。

瑠璃は壊れたアルトサックスをぎゅっと抱きしめた。碧眼に涙がにじんだ。

「黄泉から解き放たれた闇……追ってきているわ。この旅をやめさせるために、邪魔をしようと狙っている」

瑠璃が追いかけた黄泉の音は、実は瑠璃を追ってきたものだったらしい。

「なぜ……そんなに」

「あの時からよ」

「あたしを狙っているの……？　何者なの？」

「それは……まだ分からない」

あいつは、私にとって何なのか。

「自分の力を過信していた。おじいちゃんの幸魂を救えると思ったんだ」

でもそれは、思い上がりだった。

「私、自分の空虚なハートを、早く回復させたくて焦っているのかも」

比呂司を救えると思って失敗した問題も、アルトが故障した問題も、瑠璃のハートが空虚という問題に集約されている。

「サックスだって空虚でしょう。でもそれに音を満たしていけば、音楽が奏でられる。あなただって同じよ」

「な、なるほど」

さすがは最強巫女の仁美さんだ。でも、広島の慰霊祭までに自分の空虚な心を救済できるのか？　その原因の時代は？　なんとしても、パワースポットで音魂を集めて、ハートの空虚を埋めなければと、瑠璃は決心した。

音無顧問からメールが来た。課題曲は決まったかという内容だった。

「参ったなー。こんな時に」

ともかく、今は自分の体力回復と、アルトサックスを直さないといけなかった。

第五番　玉作湯《たまつくりゆ》神社

比呂司から貰った勾玉

願い石の社《やしろ》

「ババンバ、バンバンバン……」

玉造グランドホテル・長生閣の女湯、めのうの湯は湯船の壁面がパワーストーンの瑪瑙《めのう》でびっしりと敷き詰められている。説明によると、天ノ岩戸神話をモチーフにして考えられた意匠らしかった。ここなら、瑠璃は傷ついた身体と霊体を癒すことができると実感できるだろう。

温泉に入っても、ぼうっとしていた。黄泉の国を垣間見た瑠璃は、仙人の邪悪な想念が身体に染みついたような気がした。それが今はすっかり洗い流されて、身も心も軽くなる。ほっとする。これが浄化、禊だ。

火山国の日本はパワースポットの国である。仁美によると、火山が作る温泉は三千か所を超える。その温泉からは地球のパワーがわき上がっているのだ。温泉のエネルギーが、パワースポットを作り出す。温泉に入ると、気力、体力ともに充実してくる。活力のある生きた湯が、生体の活力をも取り戻してくれる。ここ玉作湯温泉の成分は女性の味方で、肌がつるつるになると評判の湯でもあった。

食べ物はおいしいし、この温泉一つとってみても、素戔嗚ノ命が出雲にはまった理由がよく分かる。何より、素戔嗚ノ命は奇稲田姫にほれ込んでいる。素戔嗚の恋を見ていると、不器用な健さんという感じの純愛で、なんかとってもいいなぁ。奇稲田姫の方が積極的だった。あの素戔嗚ノ命があっけにとられるほどに。まるでバレンタインのチョコを渡すように、奇稲田姫の方から勾玉を差し出していた。こういう恋物語が出てくるのも、さすが縁結びのメッカ、出雲だからであろう。

それにしても、『アラビアン・ナイト』のような長話をしていた黄泉仙人。素戔嗚と仙人は、前世でも一緒だったのか。ギリシャ人アレス……。その印象が次第に素戔嗚と重なっていく。アレスの時にも仙人は同じ話を持ちかけ、結局はギリシャから追い出されたのだろうか。きっと何度も同じことを繰り返しているのだろう。それにしても、あの仙人の館で見た窓の景色は何だったんだ？　色々な時代が混同していた。単に、瑠璃の目に歴史風景が混乱して見えただけか。だけど、あれは黄泉仙人と何の関係があるのだろう。

瑠璃は受持里にいる瑞穂姫のことを思った。瑞穂姫はあの後、どうなったのだろう。つらつらと考えているうちに、まぶたが重くなり、うとうとしてしまう。夢の中で、瑠璃は月読ノ命に「早く助けようよ」と迫る。すると月読ノ命は、「彼らに任せておけばいい」とそっけなく言うだけだった。仕方なく瑠璃が見ていると、薄暗い場所に座って水晶を覗いている瑞穂姫に、白い光を放つ神霊と青い光を放つ神霊が近づいてきた。二人は、姫神の『♪あの遠くのはるかな声』をソプラノで奏でて、瑞穂姫を光の柱の方へと導いていった。

「う〜ん、よかったぁ……」

湯につかったまま、今度は高千穂に意識をフォーカスすると、岩戸隠れする天照のいる高千穂に依然として危機が迫ったままだ。天照は、一向に岩戸から出てこない。瑠璃は焦った。

（これじゃ、三人ともバラバラのままで終わってしまう。素戔嗚、栗ご飯食べてリア充してる場合じゃないぞ！　高千穂がだめになっちゃう。いや、日本の将来の歴史がだめになる！　高千穂の国こそが日本の礎なのに、これでは分離の歴史で終わっちゃう。なんとかならないのかな)

瑠璃は一人で下駄を履いて、温泉から十分あまりのところにある玉作湯神社へと歩いていった。川から、白鷺が飛び立った。

靄がかかっていた。大気中に水分が非常に多い。

神社は、川沿いの道路に面した鳥居から、参道の階段を少し登った奥にあった。切立った緑深い斜面の途中に作られた古い石垣が豊かに苔むしている。

社殿の周りはマイナスイオンが溢れ、須佐神社とはまた違った癒しのエネルギーが満ち満ちていた。男性的な包み込むような癒しのエネルギーが須佐神社だとすると、こっちは女性的な、エネルギーが身体にしみ込んでいくような癒しの神気だと感じられる。地球から湧き出てくる温泉、水の持つ癒しのエネルギーだろうか。参拝客はほとんどいなかった。

「これをお前にやろう」

突然声がして、振り向くと比呂司が手を見せた。比呂司の手のひらには緑と赤の勾玉が二つついたストラップが載っていた。

「ありがとう。買ってきてくれたの？」

瑠璃は奇魂の比呂司が会いに来てくれたことが嬉しかった。

「どうだ、ナウいだろ?」

緑の方は青瑪瑙、赤い方は赤瑪瑙《めのう》だ。青瑪瑙は「碧玉」と呼ばれ、出雲の花仙山で採れるという。勾玉ってなんだかゼリービーンズみたいだ。

「おじいちゃん。今どき言わないよ〜ナウいって」

瑠璃が笑うと、比呂司も笑った。

「前からお前にやろうと思っていたんだ。出雲はパワーストーン、玉造の名産地だからな。出雲の玉は、各地の豪族たちに求められ、全国に流通した。勾玉は月読ノ命を象徴し、種子、胎児、三日月のシンボルでもある。特に種子は、生命エネルギーの塊で、パワーフードそのものだ。だから勾玉は三種の神器の一つなんだよ。勾玉を二つ合わせると、ほら、道教の陰陽太極図になる」

比呂司は、枝を拾って地面に太極図を書いた。二つの勾玉が合わさると、太極図となる。それは陰陽の合一が、新しいものを生み出す印だ。それが素戔嗚ノ命と奇稲田姫が交換した勾玉の意味なのだろう。陰陽の形ではあるのだが、勾玉の形は、世界中どこにもない日本独自のものであるという。

「狛犬は、片方が口を開けて、こっちは口を閉じてるだろう」

「あっホントだ」

「これはどこの神社でも同じなんだ。阿吽というんだよ。口を開けているのが阿型、閉じているのが吽型。お寺だと金剛力士像がやはりそうなっている。大元の神は阿吽という言霊で、宇宙を作ったんだ」

「ふ〜ん狛犬にそんな意味が……」

「さっき、お前はなんで神は二元性の世界なんぞ作ったのかと言ったが、それを教えてやろうと思ってな。その答えがここにある。天界には、二元性に対する高度なとらえ方があるのだ。それがこの太極図だ」

比呂司は地面に描いた太極図を、枝でくるっとなぞった。

「これは二元論なの？」

「そう……いや、二元論ではあるが、太極図は、通常の二元性を超えた、高度な二元論の認識の仕方といえる。人間の迷いの根源である二元性と、混同してはならない。日本には、伊耶那岐ノ尊、伊耶那美ノ尊に始まる国産み神話があるよな？　そこにヒントがある。世界は、伊耶那岐ノ尊と伊耶那美ノ尊が天の御柱を建て、伊耶那岐ノ尊が『あなにやしえ乙女』と、伊耶那美ノ尊が『あなにやしえ男』と言って始まった」

「あなにやし……？」

「何て素晴らしい乙女だろう、あるいは、男だろうという意味だ」

「へえー、神様でもそういうんだ」

「この神話は、この宇宙が、すべてが陰と陽という極性で成り立っていて、男女という極性の融合によって産み出された、ということを教えている。歴史上実在した人物たちを使って、宇宙創成の神秘を語らしめているんだ」

極性には、いくつもの意味がある。荒魂と和魂、光と闇、ポジティブとネガティブ、そして男と女など。その陰と陽が融合したのが、この太極なのである。

「陰陽が融合すると、天地創造が始まる。国生み神話と太極図は、そのことを示しているんだ。勾玉は、二つ合わせて円となるだろ？」

「うん」

「こんな風に、太極図のそれぞれの断片の中に、相手の色を抱き込んでいる。それで一つになっている。男女も同じ。分離しているように見えて、実は分離してはいないんだ」

比呂司は、円の中の小さな二つの点を枝で指し示した。

「世界の成り立ちは、そもそも二元性の対立から起こった……というわけ？」

「そう。二つの勾玉が一つに合わさって円を書いた瞬間に、太極図という別のものになっている。すなわち太極図とは、二元であって二元ではない。それを、不二一元というんだ」

不二一元は、東洋哲学の重要な教えらしい。もしそうなら、対立は逆に必要な要素なのかもしれない。

「素戔嗚ノ命が持つ荒神の力は、破壊的だが物事を実現する力だ。一方で、天照大神の教えは、秩序、大調和に則っている。つまり太極図のように、力に秩序や調和が加わった時に、初めて宇宙の創造原理となる。極性といっても、どちらか片方だけしかないのではなくて、自分の中に、荒魂と和魂や、あるいは光と闇の両方があり、どちらも併せ持っているということだ。そこに例外はない。荒魂と和魂は、天照大神も素戔嗚ノ命も、それぞれに持っているんだ。だから、素戔嗚ノ命の力だって、決して隅に追いやられてはいけないのだ。最終的に、両者が統合されるためにな」

誓約は、素戔嗚ノ命の中に和魂があることを証明した。その神意は天照にとっては、意外なものだったが。

「……ん〜、でもそのためには仲介者が必要なんじゃない？」

「正解。それが三貴子の最後の一人、月読ノ命だ。月読ノ命という神は普段、決して表に出ようとはしないが、勾玉を象徴し、統合の役割を果たす神だ。太陽と月が重なれば、さてどうなるか？　そう。金環日食が起こる。完成された美の姿になる。その時に、岩戸開き、新時代が始まる」

「じゃあ、天照大神と素戔嗚ノ命も……もしかすると和解できるということ？」

「あぁ。そうとも」

誓約の時、瑠璃には、正反対の者同士の対立が乗り越えられた時に、新しいものが産み出されていくように見えた。

「あのさおじいちゃん、それとさ……」

奇魂の比呂司はもう境内にいなかった。幸魂の比呂司の行方を知っているのではないかと、思い切って聞こうとしたのだが。瑠璃はその場にしゃがみこんで、手に残った二つの勾玉を見つめる。この色、もしかして天照大神と素戔嗚ノ命の音魂の色ではないか。そう思ったとたん、比呂司のくれた青瑪瑙からクルクルと八握剣が飛び出してきた。それは、広島の原爆投下の時空へダイブした時に、敵に奪われたエネルギーアイテムであり、瑠璃自身のハートを生める大切な音魂。一度飛鳥が取り返してくれたが、爆風で吹っ飛ばされた。きっと比呂司の奇魂が取り返してくれたに違いない。瑠璃はびっくりしてそれを手に取り、しばらく眺めていたが、大切にハートの中にしまった。

「ありがとう。おじいちゃん。あたし、がんばるよ」

出雲の奇稲田姫は、素戔嗚ノ命の和魂を引き出した。それが、素戔嗚ノ命と天照大神の和解をもたらすに違いないと瑠璃は確信していた。

玉作湯神社の境内には、触って祈れば願が叶うという石があった。瑠璃はその「願い石」の前で立ち止まり、決意を固めながら祈った。サックスは故障している。だから、意識だけで跳ぶしかない。仕方がないだろう。

（もう眺めているだけじゃ、駄目なんだ。あたし自身でなんとかしなくちゃ！）

瑠璃の意識は、辺津鏡を使って再び奇稲田姫に乗り移っていった。

放蕩武人の帰還

「お願いでございます。高千穂に戻ってください。高千穂を救えるのは将軍だけです。和平の証として、その天叢雲ノ剣を天照女王に献上してください」

奇稲田姫は素戔嗚に言い募った。

「高千穂にいた頃から……姉の説く大調和の教えの元で、俺は考え続けてきた。俺は何のために生まれて来たのか。自分の存在とは一体何だったのか。戦いに明け暮れながらも、ずっと自問自答の連続だった。高千穂が自分の力を必要としているとは決して思えなかった。だが、ここは違う。この出雲では何の力みもなく、俺の力を必要としてくれている。高千穂に俺が戻ったとしても、姉の仕事を邪魔するくらいなら……。これまでの事を考えると、俺にはとても姉の元に帰る資格はない。だが、姫はそんな俺を選んでくれた。だから俺はここに残る」

「それは違います。今こそ高千穂はあなたの力を必要としている。あなたがいないから、高千穂は今混乱しているんです。皆、あなたの帰りを待っているはずです」

奇稲田姫の瞳は確信に満ちて茶色くキラキラと光っていた。

「この混乱した状態で今出雲を離れれば、またいつ、奴の力が復活するかもしれん。俺の力でそれを封印しなければならん……」

「高千穂に危機が迫っているのでしょう。この剣はきっと、高千穂の危機を救うためにあるのだと思います。……わたしも参りますから。私はあなたのいくところへは、どこでもついていきますから」

素戔嗚はうっすらと笑った。この出雲で得たものは多かった。それは奇稲田姫の言う通り、すべては高千穂で生かされる為のものだったのかもしれない。

「承知した。そこまで姫が言うなら、高千穂に帰ろう。だが、その前に……」

素戔嗚は、もう一度根ノ国の妖怪たちのところへと戻り、彼らを呪縛していた水晶柱を滝壺の中に投げ入れた。水の勢いで禊ぐためだ。

素戔嗚は根ノ国に自由をもたらした。根ノ国は、もはや黄泉仙人の国ではなく、妖怪たちの国となったのだ。犬神族をも解放した素戔嗚は、妖怪たちの救世主だった。

「将軍、何なりとお申し付けください。我々はこれからどうすればいいですか？」

許婚と共に大白狼は問うた。人の形に戻っても、その金色の瞳は変わらない。

「お前たちをこき使った黄泉仙人は死んだ。この白骨山となった根ノ国一帯を、もとの豊かな自然に戻すには、お前たちの力が必要だ。頼んだぞ」

「我々も、一緒についていってはいけませんか」

「俺は、お前たちの新しい主人ではない。お前たちはもう自由だ。ここを元通りにしたら、留まるもよし、去るもよし、好きなところへ行くがいい」

「私はあなたに仕えたい。どこへでもついていきます」

「駄目だ。俺は高千穂では問題を起こした張本人だ。とてもお前達の世話などできる身分ではない」

「しかし、仙人から助けていただいた御恩は、決して忘れることはできません。私たちは恩返しがしたいのです。我が主人はあなたしかいない。私たちの心は皆一緒。あなたについていきたい」

「ついてくるな！　俺には、帰らなければならない祖国がある。俺の帰りを待っているお方がいる。その方に、天叢雲ノ剣を届け、国難を救わなくてはいけないのだ。もっとも、まだ国に俺の居場所があればの話だが。お前たちはここに残れ。やるべきことがあるだろう。この国には、お前たちの力が必要だ。この荒廃した国土をもう一度、元の状態に戻すためにな」

「あなたがそうお望みならばここに残ります。しかし将軍。私たちはいつまでも、あなたの帰りをここでお待ちいたします」

「達者で暮らせ」

素戔鳴は都に戻って部隊を整え、奇稲田姫の警備を勤める出雲兵と共に、高千穂へ向けて出発した。

＊＊＊

それを、月読の間者が木立の中で見ていた。

「出雲と和睦した素戔鳴将軍が、高千穂へ戻ってくる！　おそらく素戔鳴将軍は女王を恨み、高千穂に攻めてくるつもりだ。なぜなら、今までと違い、戦をせずに和睦した。奇稲田姫と結婚し、出雲の手のものとなった。女王が隠れ、国が弱体化しているうちに、きっと攻め込むつもりに違いない」

高千穂の人々は、出雲から素戔鳴が攻めに来るという噂に騒然とした。国中がパニックと化し、国境は再び国軍によって固められた。

＊＊＊

そこで瑠璃の意識は途絶えた。

——あぁ……やっぱりサックスがないと、本調子じゃないなぁ。でも、今日中に決着をつけないといけない気がする。こうなったら、修理は明日にして、今日はサックスなしでもがんばるしかないか。

境内を見回したが、比呂司の奇魂はやっぱりどこにも姿がなかった。

「ねぇ、仁美さん。和魂と荒魂の、陰陽合一の神社ってある？」

旅館に戻ってきて、瑠璃はすぐに仁美に尋ねた。

「そうね、日御碕神社ね。天照大神と素戔嗚ノ命をお祭りしているわ」

どんぴしゃだ。

「社殿自体は新しいけど、創建は古くて、あの辺りは昔から聖地として祭られていた。近くの海底には、遺跡も沈んでいるのよ」

その海底には、まっすぐに続く道や階段がある岩場があるという。そこは祭壇だったのだと仁美は言った。海面が上昇し、現在の地形が出来上がるずっと以前から、その辺りがパワースポットだったことを示唆する。

「次はね、日御碕神社だよ。日が暮れる前に、早く移動しないと」

瑠璃の感覚によると、そこは統合の神社なのだ。

第六番

日御碕《ひのみさき》神社

ソプラノサックスと天宇受売ノ命

ソプラノサックス

日御碕神社は、第三代将軍徳川家光によって社殿が作られた。神の宮には素戔嗚ノ命が祭られ、日沈の宮には天照大神が祭られている。両宮で陰陽を現わしていることから、瑠璃はまさにここが統合に関係する神社だと期待した。大きな石の鳥居の脇の道を抜けて駐車場に到着すると、右手の石垣の上に竜宮城のような、大きな朱塗りの山門が見えた。山門をくぐるとすぐ正面が日沈の宮だった。これもまた赤い。境内を行きかう参拝客は、これまで訪れたパワースポットの中で一番多かった。

仁美はいつものように宮司と話している。すると宮司は、瑠璃たちを本殿の中へと案内した。宮司は一礼して部屋を出ると、しばらくしてケースを持って戻ってきた。そのケースが何なのかは瑠璃にはすぐ分かった。瑠璃のハートのドキドキが止まらない。

「開けてごらん下さい」

ケースの中には、ピカピカに輝くピンクゴールドのサックスが入っていた。ベルが上に向いたU字管のタイプだが、小ぶりだった。

「これって、ソプラノサックスじゃ……」

それは直管が多いソプラノサックスの中でも、カーブド・ソプラノと言われる、曲がったタイプ。管体のピンクゴールドの輝きは、それ自体が発光しているような錯覚を瑠璃に覚えさせた。

「えぇ……えぇーっ。どどど、どうしてこれが神社にあるの！」

しかもそのゴールドの輝きを、瑠璃はどんな楽器屋でも見たことがなかった。瑠璃はまじまじとそのサックスを見つめた。碧眼の熱視線で金属が溶けてしまうくらいに。

「夢で見たのって、これだったんだ。ダイヤ以上だ……」

遂に願いが叶った。さすが芸術の神・天宇受売ノ命様。

そういえば飛鳥が言っていたっけ。瑠璃が闇の存在との戦いを経た後に、灯台の近くでソプラノサックスが手に入るんじゃないかと。不思議としかいいようがない。飛鳥はここに奉納されていることを知っていたのだろうか。

「そうだ。きっと天宇受売ノ命様が、あたしの必死の願いを聞いてくれたんだ」

瑠璃はピンクゴールドのソプラノサックスをじっと見つめる。あの天叢雲ノ剣の輝き……。それに似ているような気がする。

「あなたの父にジャズを聴かせていたのはおじいさんよ。私も兄とよく、一緒にジャズを聴かされた。神社には真空管アンプもある。レコードのたいていは兄が持っていったけれど。おじいさん、昔アルトサックスを吹いていたのよ」

仁美が瑠璃の顔を見て微笑んでいる。

「――ホントに？」

幸魂として広島の時空に現れた若いころの比呂司は、かっこよかった。その時サックスを演奏していたとは。祖父は、年取った今でも端正な顔立ちだ。

「アマチュアだけどね。神楽の一族は、みんな楽器ができる」

だから父も、サックスを吹いていたのか。瑠璃が演奏したいと言った時、父はどこか嬉しそうだった。では、仁美も何かできるのだろうか。

「それで、さっきメールで聞いてみたのよ。昔の父の演奏仲間に、サックスを持っている人がいないかどうか？　そうしたら、ここにソプラノサックスが十年前に奉納されてたと分かったの」

サックスは使用するほど、湿気でタンポが劣化する。しかし逆に、使用しなければそれほど劣化はしない。目の前のソプラノサックスも、新品同様だった。

宮司が言った。

「ずっとこの神社に奉納されていたんです。たまたま、昨日掃除していて思い出し、取り出しておいたんです。今日あなたがここを訪れる事は、約束されていたことなのかもしれません。こういう楽器というのは不思議なもので、しかるべき人のところへひとりでに旅歩きます。前の所有者が手放したのも『導き』によるものだと思います。きっと、これはあなたが吹くためにここにあったのでしょう。仁美さんから瑠璃さんが出雲の各地でフラッシュモブの演奏をされていると聞いて、直ちに確信しました」

「もしかして、貸していただけるんですか？」

「もちろんです。広島の公演でお使いください」

「あ……ありがとうございます！　すごい！　ほんとにほんとにありがとう」

瑠璃のハートから「生玉《いくたま》」が人魂のようにフラフラと出てきて、ソプラノ・サックスのU字管の中にひゅっと入り込んでいった。アルトサックスでは見られなかった現象だ。

瑠璃はソプラノサックスを抱きしめた。これでもうほとんど願いがかなったも同然だった。闇の存在との戦いは失敗したけど、瑠璃にとっての八岐大蛇であるあの男との戦いの果てに、こでソプラノサックスが手に入った。しかし、ただ吹ければいいのではない。広島までに自分の空虚なハートを埋めて、理想の音を探し出さなければならない。

「後は何事も楽しむ事が、神楽の上達への一番の近道でしょう」

あぁ、宮司の仰った通り。比呂司の奇魂もそう言っていた。これが出雲の神楽ネットワークか。ありがたい。

このサックスが、瑠璃にとっての天叢雲ノ剣だった。巨大な力を秘め、英雄から英雄へと渡り歩く天叢雲ノ剣。だがその資格のないものが持てば、身を滅ぼす。神の摂理に基づいて正しく使うとき、最大の力を発揮するが、その「力」の行使には責任が伴う。ピンクゴールドに輝くソプラノサックスは、瑠璃の力を増幅し、潜在能力を解放するきっかけとなるに違いなかった。思えば飛鳥だけでなく、比呂司の奇魂も、今日これが瑠璃の手に入る事を予言していたような気がする。

「これで道具は揃った。広島までに何をしなければいけないかも今、はっきり分かった。あたし、最初はここに技術的なこと以外の何かを掴むために来たんだけど、それが音魂という答えでやってきた。それが観客のヴァイブレーションを高めるような演奏につながる。このソプラノサックスを使って―

――。これが、出雲の神様の答えだったんだね！」

「出雲に来てよかったですね。ではそろそろ演奏されてはいかがです？　皆さんが待っています。神楽瑠璃さん」

宮司はゆっくり立ち上がった。

「ハイ！」

瑠璃たちは観客に囲まれて、いよいよ、素戔嗚と天照の物語がクライマックスが近づいていることを予感しながら参拝した。

素戔嗚の和魂を引き出した奇稲田姫に説得されて、高千穂へと向かった二人。けれど戦争の予感……。月読も天照と仲たがいしたまま。

三人を和解させなければ。

瑠璃がソプラノサックスを口に咥え、ロングトーンを開始すると、突然自分が高千穂の危機を救うために神楽を行っている情景が、はっきりと脳裏に浮かんできた。そうだこれだ、これしかない。

自分が歴史上の問題を解決しようなんて、そんな思いあがったことは考えていない。瑠璃の思いは、ただ天照と素戔嗚と、月読の問題を解決したい……それだけだった。

神楽に希望を託して

天照は、天の岩戸に篭って必死に神に祈り続けている。

自然界がざわめき、精霊たちの霊妙な気配はたちまちどこかへと消え去った。自分はこれまで、自然界の精霊たちと気持ちが繋がっていると自負していたが、今や何者とも心が通わない。精霊たちを怒らせた原因は、主に人の想念が引き起こす気の乱れだ。自分も、人間界の一員として、彼らに嫌われているのかもしれない。

煎じつめれば、自分の政治に至らないところがあったせいだ。素戔嗚が戦いに霊力を使い、そこへ周辺国の怒りや妬みの想念などを自然界が映し出しているのだ。そうして戦乱の世が続くと、きまって天変地異が起こる。その因果関係は、もはや明らかだ。

高千穂では、飢饉が続いていた。霧島と桜島が相次いで噴火し、その影響で作物に深刻な被害が出ている。噴煙によって、黒雲が低く垂れこめ、長く太陽を見ない。天照は、高千穂滅亡の運命を思った。今後、阿蘇が噴火すれば、高千穂のみならず筑紫諸国は滅びる。伝説の南の島（※鬼界カルデラ）の爆発で、筑紫は滅亡した。そこから国を再建したのが、国常立ノ神である。その危機が再び迫っていた。ここで国家の系統が寸断されれば、単に高千穂が終わりを迎えるだけではない。

天照はかつて、神のお告げを聞いていた。神は、この高千穂を起点として、中津国全体、すなわち大八洲《おおやしま》が統一国家として発展し、世界の中心となっていくと話していた。その時、世界が大和心、つまり大調和の心で結びつけられるのだ。そのはるか遠い未来の、新たな神代の建国のために、自分たちはこの時代に生まれ、使命を天より授けられ、今この時、天照は女王として起っているのだ。だがもし高千穂が滅びれば、それらの天の計画がすべて無に帰してしまう。

今日の状況は、この国から、真の和の心が失われたことの証だった。高千穂は、天照と月読と、素戔嗚の三人が手を取り合って国づくりをしてゆけ、という神の神託・天意に背いている。国を統治する者に和の心がなければ、民の心からも和は失われ、さらに諸外国、精霊、自然界にも影響を及ぼすことは必定だった。何より素戔嗚を指導できなかったのは、統治者としての自身の未熟さゆえなのだ。

天照は、大和の教えこそ正しき道と信じるばかりだが、あの時の誓約の神意をうかがい知ることはできなかった。

ただただ祈り続けるうちに、やがて天照の奇魂は、肉体を抜け出していった。

肉体を離れ、天に昇る過程で、天照は大八洲《おおやしま》の真の姿を知った。この列島が龍体を成している姿を。その姿は、ここが龍神が結界を張って守護している国であるということを自ずと示しているのではないか。大八洲の形には高天原の意図が込められており、島々の形状や山の一つ一つにも意味や使命が隠されている。大八洲はそれゆえ神に守られし国、すなわち神国なのである。

さらに天照の意識は天へと昇ってゆく。大八洲もあまたある国々の中の、島国の一つに過ぎない。世界の姿が見えてきた。球体の形をしている。それが、永遠の闇の中に青く輝いて浮かんでいる。これが自転島《おのころじま》、地玉《ちたま》の真の姿だ。なんと美しく、神々しい御姿か。

高天原へ引き上げられた天照の眼前に、過去の時代の情景が浮かんでいた。

かつて人の心が大いに乱れたとき、南の海で大陸が沈んだ。それは、常世の国……ムーという名の文明で実際に起こったことだ。そこでは、五行で気を操作する素戔嗚と黄泉仙人のような者同士が、まさに太極図のように善と悪とに分かれ、激しく衝突し、その結果、悪想念の反作用で天変地異が起こり、文明が滅亡していった。

しかも神によると、そのような大きな大陸の変動が、過去に何度も何度も、世界各地で起きたというのだ。ムーの後に、西方でも同じことが起きたと、神は天照に教えた。

天照は、ムー帝国の初期のころに、女帝として統治している自分の姿を見た。その時代に、素戔嗚の魂も共に転生し、共に国造りに励んだ。当時、素戔嗚のような強力な気の力を操作する者たちが、ムー大陸で何度か転生し、紛争を繰り返していた。自然との調和を説いた女王である彼女は、その頃から彼らに悩まされていた。案の定というべきなのか、弟との確執は、その頃からの因縁だったらしい。その争いは、彼女の没後のムーでも、何千年と続いていった。ついには、気を操作する者たちの全面戦争が勃発し、最期は天の審判が下って、ムーの大地は打ち砕かれた。そうしてかの大陸は、ごく一部の山脈だったところを残して太平洋の下に沈んだのだ。

ムーの子孫たちの一部は海を伝って逃げ延び、太平洋をぐるりと囲む東西南北の世界中の国々に散らばっていった。天照の住む大八州では、筑紫にムーの子孫たちが上陸し、この島国でムー文明を再興していった。筑紫は大八州の文明発祥の地であるが、常世の国の名で伝えられる、ムーこそがその源流だったのである。

今、高千穂で起こっている出来事は、かつてムー帝国を滅ぼした大事件と全く同じだった。それを、天照は高天原にある記録によって知ったのだった。このままでは、自分の責任で、同じように、再びこの国土が滅亡してしまうかもしれない。

「何ゆえ、このような因縁ばかりが、繰り返されるのでしょう?」

苦しみ、悲しみ、そして怒りがほっそりとした天照の肩を震わせる。
すると、神からの答えが天照の胸に宿った。

――天照よ、神の心とは忍耐なりと、
かつてそなたは素戔嗚に言ったはず。
真《まこと》その通り。
相手の成長を待つ無限の赦しの心なり。
人の世の諸相においてもまたしかり。
いつか、真の神の世が開かれるその時まで
神は諸々の成長を待つものなり。
いついかなる時も、どのような時も。
天照よ、汝もそのようであれ。

月夜見の夜想曲《ノクターン》

満月の輝く夜に、月読は山中にそびえる巨石の祭壇に座って、松明の火で古文書を読んでいる。後に、「竹内文書」の名で知られる、神代文字の阿比留草《あひるくさ》文字で記された歴史書には、神奈備山（※日本ピラミッド）内部の保管室に保存されているものや、ひそかに伝えられてきた伝承をまとめたものなどがある。その古文書をひも解くことで、月読は古代に思いをはせながら、今日の状況を洞察することができるのであった。

そこには、「ミヨイ」と「タミアラ」という二つの大陸がかつて存在し、沈んだという太古の歴史が克明に記されていた。ミヨイとは常世の国（※ムー文明）の事であると月読は知っていた。月読は、そのミヨイ帝国滅亡の様子が、今日の状況に、あまりにも似ていることを知った。

（あの大和の教えを説く天照女王と、大地を動かすほどの気の力を持った素戔嗚将軍。なぜ二人は姉弟でありながら争うのか。あの正反対の二人は、陰と陽だ。古《いにしえ》よりの教えが語っているところでは、陰と陽とはこの世界の成り立ちであり、二人が対立することは宿命なのかもしれない。この世界は、分離した世界だからだ。だからこの世界では和魂と荒魂が対立して、永遠に争っていく。陰と陽とは戦う運命か。それにしても……、一体なぜこの世はこんな風に出来ているのだろうか。そしてこの先私は、相反する二人をどうすればよいのだろうか）

月読は、書から眼を離し、月を見上げる。出雲から素戔嗚が戻ってくる。その時、高千穂は滅亡するだろう。近隣国では、弱体化した高千穂に対する不穏な動きの方があるとも聞く。やがて月読はゆっくりと目を閉じ、神に祈った。

＊　＊　＊

……月読ノ命は、何も問題解決の策を持っていない。

瑠璃は苛立った。もはや、「歴史の傍観者」でなんかいられない。もう、瑠璃はいてもたってもいられなかった。

三人がこのまま別々の方向を向いたままなら、日本の歴史は始まらないのだ。

「あたしが何とかしなきゃ！」

神代の世界に出て行くつもりだったけれど、どうやって月読を説得するべきか。

（そうだ、おじいちゃんの言っていた話を利用すれば……）

瑠璃は、スマートフォンを取り出して、ネットを調べた。「辺津鏡《へつかがみ》」としての機能を有したスマホは、不思議と意識の世界でネットに接続している。

「これだよ！　でも、急がなくちゃ」

瑠璃は携帯をしまい、サックスを手にした。

瑠璃はソプラノサックスを手にしたまま、いつの間にか瞑想する月読の近くに立っていた。瑠璃の碧眼は月読と同じ月を見ていた。

奇稲田姫の時のように意識が誰かに入り込んでいるのではなかった。神楽瑠璃は、神代の森の中に、学校の制服のままの姿で佇んでいた。意識体をその時代に入り込ませる、これが「辺津鏡《へつかがみ》」の機能の一つなのだろう。

瑠璃はソプラノサックスで『♪フライ・ミー・トゥ・ザ・ムーン』を演奏しながら、月読の方へとゆっくりと歩いていった。この曲はもともと、『IN OTHER WORDS』というタイトルで、現在のアレンジとは大分違っていたが、今日ではジャズのスタンダードナンバーになっていて、瑠璃の得意とするナンバーの一つである。

＊＊＊

月読が月夜の岩の上で瞑想して、何時間か経過した。ふと目を開けると袖にルリボシカミキリが停まっている。（おや……）と思って月明かりに虫を眺めると、背後から今まで聴いたことがない、楽器の奏でる音が響いてきた。それと共に、草をかき分けて、何者かが近づいてくる足音が聞こえてくる。

振りかえると、森の中からピカピカと光る、人の形をした瑠璃光の輝きが向かってきた。

眩しさに思わず目を凝らすと、青白く輝くその発光体は、月読がこれまで見たことがない、生足を出した平成の制服姿の女子高生だった。その輪郭が次第に見えてくる。少女は、瑠璃色の後光に縁どられ、両手に朱金色に輝く楽器を持って、不思議な天上の音楽を奏でていた。

月読は驚いて立ち上がると、頭を下げ、しばらく、その姿勢のまま不思議な音色にじっと耳を傾けた。曲が終わると顔をあげて、瑠璃の顔を凝視する。瑠璃はソプラノサックスから口を離して、月読を見た。

「神よ、我が祈りを聞き届けていただき、誠にかたじけなく存じます」

神が、瑠璃色の神が現れたのだ。

＊＊＊

（エートこの場合神って、もしかしてあたしの事か？　……これは参ったぞ）

瑠璃は一瞬どう返答すればいいのか戸惑った。月読には、瑠璃が祈りを聞き届けた神に見えているのだ。

「お聞きしたき事がございます。今日の高千穂の問題は、あの時の誓約の結果より端を発しています。神は一体、天照女王と素戔嗚将軍の、どちらを正しいとお考えなのですか」

こうなったら神様のフリをするしかない。しかしさっき辺津鏡すなわちスマホで調べたことを、どう語ればいいだろうか。そう考えていると、今度はハートの中にしまっておいた「生玉《いくたま》」が輝き出した。奇稲田姫にもらった音魂だ。

「どちらか……一方じゃないのよ、月読。神様は、両方必要としているんだ。だから、神様は両方作ったんだよ。でなきゃ、天照女王の言う大和にならないはずでしょ、全部一体なんだから。でもあなたが今祈っていたように、この世界の人は、いつもどっちを選ぶかって、決めてかかりやすいのよね。この世界って二元性にとらわれやすいんだけど。けどほら、勾玉ってさ、二つで一つで、太極図になるでしょ。これを見て。つまり、『あれかこれか』じゃなくて『あれもこれも』なんだよ」

瑠璃はスラスラと言葉が出てきた事に驚いたが、比呂司からもらった赤と青の勾玉をくっつけてみせ、四苦八苦しながら、こんな説明で分かるかなと思いながら試行錯誤で答えている。古代の人間相手に、どれだけ伝わっているかは知れなかったが。

「しかし神よ。私たちは永遠の神の世界と違って、この極端にとらわれやすい現実の中に生きています。この現実の中で、一体どうやってあのお二方は、統合すればいいのでしょう」

「うん。二元対立が統合されるためにはね、仲介者が必要なんだよ。仲介者は、女性の母性的な役割でもあるの。女性は事を荒立てないから。だから女性が仲介者になると、物事が順調に進むの。それが、天照女王の役割だった。あなたは陰の気を持つ天照に、陽の気を送り込むためにいつも傍らに居る。それが、あなたがこの時代に生まれ合わせた意味。だから、今回はあの二人の仲介者になってね。あなたの役割は、この現実の世界に生きている、みんなの二元性の思考を変化させることなの」

瑠璃は不思議と、説明がとうとうと自分の口から流れ出ることに驚いていた。言葉が流れ出して止まらないのだ。まるで何者かが、自分の口を借りてしゃべっているかのように。どうやら「生玉」には、神人合一によって、言葉を降ろすという力があるらしかった。

「未来の世界でもね、まだ同じように二元的な対立が続いているんだ。けど、やがて地球は二元性から解放されて、光一元になるんだ。その時は、みんながもっと寛容に、統合的に物事を考えられるようになる。やがて全世界がそうなっていくんだ。この国は歴史の中でそれを先駆けるんだよ」

「私があの二人の仲介者になれと？　――私は女王に背きました。将軍に使者を送るも、将軍は帰りませんでした。そのようなことがこの私に可能なのでしょうか」

「大丈夫だって、私が応援してるから。二元性の統合って、正反対のもの同士が、自分にないものを相手に見出して融合すること。つまり、逆説なんだよ。それはもともと一つのものだったの。それが二つに分かれていったの。仲介者って、そこに気付かせる存在なの。人の意識が現実を作り出している。意識が主で、現実が従なの。だから人には現実を変える力があるんだよ。自分も他人も否定せずに目的を達成する。そこに気付くと、矛盾を解くことができる。そうして和解を成立させるんだよ」

瑠璃は自分で自分の説明に驚き、納得した。やっぱり生玉を通して、何者かが働きかけている。

自分が月読ノ命に教えるなんて不遜な話だが、いかに偉大な魂といえど、肉体を持てば、魂の記憶を失いゼロからの出発となる。「神」にしてしかり。それがこの世の仕組みだ。そして魂の直感にしたがって、興味や問題意識を持ち、おのずと自分のテーマを追求するようになる。その時に、今、彼らが忘れてしまっている事を、彼らの代わりに一時だけ瑠璃が教えてあげる。

瑠璃は月読が分からない単語を使いながら、でもこれテレパシーの会話だからたぶん大丈夫と思った。月光に照らされた月読の顔が明るくなっている。

「今からあなたが仲介者として、何をしなければいけないのか教えてあげるね。あんまり時間がないの。明後日の朝、金環日食が起こるんだ。金環日食が何なのかは、暦を研究しているあなたならきっと分かるはず。説明している暇はないけど。その時になればすべてが分かる。それまでに、あなたは岩戸の麓で、祭を企画するのよ」

瑠璃は辺津鏡・スマホの日食アプリを眺めながら言った。

「めでたい時ではなく、この国難の時に祭、ですか……？　一体皆にどう説明したらよいものか」

「国難だからこそ祭の意味があるんだよ！　危機の時だからこそ祭をしなくちゃいけない。祭って、和のひな型だよ。マツリは、『間を釣る』。つまり、両者を和解することなの。それが仲介者の、あなたの役割なんだよ、月読」

これが瑠璃の考えた、高千穂の危機を救うための仲直り作戦だ。うまく説明できた気がする。

＊　＊　＊

青白い輝きで周囲の森を照らした瑠璃の輪郭は、次第に薄くなり、月読の前から消えた。その後、月読の袖に止まっていたルリボシカミキリが飛んだ。

天の安河原の会議

翌朝早速、天の安河原に野営陣地を作り、高千穂政府の大臣たちを集めて、天照女王を岩戸から出すための緊急会議が開かれた。招集した月読が、「神が祭の開催を望んでおられる」と口火を開くと、誰もがどよめいた。続けて、素戔嗚将軍を迎え入れるというと、彼らは拒絶反応を示した。

「こんなときに『祭』ですと？　一体何をおっしゃいますやら。帝が姿を消して以来、山が荒れ、飢餓が襲い、国が乱れている。どの村も今は、祭はおろか、派手な事は一切自粛していますぞ」

「左様。祭こそが素戔嗚将軍との和解への唯一の道であると、私は審神者《さにわ》している」

「いいや、素戔嗚将軍の兵は、出雲と結託し、我が国に対し謀反を働こうとしているのだ！　国境《くにざかい》を固めるべき時に、それをおいそれと入国させようなど、この国は素戔嗚将軍にまんまと乗っ取られるだけではないか！」

月読自身、その後素戔嗚がどうなっているのか分からない。巫女である天照女王なら千里眼を用い、正確な情報を把握できるかもしれないが、今は岩戸に篭っている。自分も面会謝絶だ。

「そうだ、まさしくその通り」

「……」

「あなたに降りたという神は、一体どなたなのだ」

いぶかしがる幾つかの声に、月読は黙った。それは神と対話した時の月読自身の反応でもある。月読は瑠璃がどのような神なのか、いや何者なのかをさえ知らなかった。だが、そのお方が神である事は、あの瑠璃光の聖なる雰囲気、そして人知を超えた言葉遣いからして確かな事だった。

月読はその問いには答えず、続けた。

「女王がいなくなり、この国はすっかり暗くなってしまいました。強盗や反乱、あらゆる悪事を企む者共があとをたたず、まるで邪神たちに乗っ取られたかのようです。そして将軍はいつまでたっても出雲から戻ってこない。しかし、その事をただ嘆いていても仕方ないのではないですか。残された者たちだけでも、一致団結し、神をも喜ばせる明るき心を、この国の民たちに取り戻さなければ。その時に、神はきっと我らに力を与えてくださるはず」

その時、思兼《おもいかね》が「まさにその通り！」と言って膝を打った。魔よけの黒メノウの首飾りが特徴的で、大臣の中でも賢者として一目置かれている長老格の人物である。

「いやー月読殿がたった今おっしゃった事、まさしく我が意を得たり！　ひょっとして私だけの思い違いなのではと内心穏やかでなく、不安でいっぱいでしたが、そうではなかった。あーよかったよかった。これでずいぶん勇気づけられました。皆の衆、わしから説明させていただいてもよろしいでしょうかな？　今、天照女王の願いはただひとつのはず。……大和の教えです。我々一同が、大和の教えを実践し、和することに他なりません。そのために、我々が和やかに楽しんでいる姿を示す。つまり、それこそが祭の役割です。おそらく、祭は女王を岩戸から再び連れ出す最善の方法になるはずです。女王と将軍の和解を成立させるために、神がきっと月読殿にお告げをされたのでしょう」

思兼だけが満面の笑みで熱弁をふるっている。

「かたじけない。ほかならぬあなたにそう言ってもらえるなら、一安心です」

智者として名高い思兼の賛同を得て、月読は心が晴れ渡る気分だった。

「待たれよ、思兼殿、本気ですか。祭などにかまけている場合か？」

「そう考えるのが普通の人間なんです。いいですか、これは逆説なのです。それこそ人間の知恵を超えた秘策です。こんな時だからこそ、祭を行う。人間にはとうてい思いつかない。だからこそ、神からの答えだと分かる。神は、そこに気づけとおっしゃっている。物事はきっと正反対のところに答えがある。月読殿、まさしくこのような暗い時にこそ祭を行うべきです。神はこのような時、我らの行動をじっと見ておられる。だから、現状を見て諦めてはならぬ。神は常に、赤心《あかきこころ》、明るい心に宿る。さすれば月読殿のおっしゃった通り、神はお力を貸して下さるでしょう。そして月読殿、どうかそのためにあなたも隠居などならさずに、ちゃんと政治に復帰され、我々を指導して下さい。お願いしますぞ」

思兼の瞳が、かがり火に照らされてうっすらと青く光った。思兼の言葉には、何か確信がこもっていた。

「ところでもうあまり時間がない。神のお告げによれば、明後日の朝には祭を開始しなければならないという事だ。急いで祭の準備をせねばならん」

月読の言葉によって、再び人びとの顔にまた動揺が浮かぶ。

間髪をいれずに思兼は言った。

「承知しました。皆の者、今の言葉しかと聞かれましたな。議論している時間がないのでここは……、やるという事でよろしいか？」

「まぁいいだろう。しかし思兼殿。貴殿が賛同したのは、もちろん策があっての事でしょうな？」

「時間はないが、我らが総力を挙げればなにごともやってできないことはない。高千穂の民も祭に総動員し、全員の力をもって祭を成功に導くのです。みんなで祭の様々な役割を担う。そしてそれぞれが自分の得意な部分を手分けして担当し、祭を完成させていく。この祭のために、新たな神器も造り、神に奉納しましょう」

「お待ちくだされ、思兼殿は新たな神器を作ると簡単におっしゃるが、そのような暇もゆとりも、到底ありませんぞ！」

異を唱えた者を思兼はじっと睨みつける。

「祭の準備中に、素戔嗚将軍が攻めてきたら、一体どうするつもりなんだ！」

「たった今我らの総力で、と言ったばかりではないですか。何もせずにぼうっとしているよりはるかにいい。まさに今こそ高千穂の残された者が全力で取り組まねばなりません。祭という明るい目標に向かうとき、逆説的に、争いも自然に収まるというもの。この危機の時に、我ら高千穂が団結し、総力を挙げて、誠の心を示す。そうすれば、きっと神は応えてくださる。戦は事前に回避される。そのために、高千穂は心を一つにして祭の準備に励む。もちろん思いがバラバラでは祭は成功するはずがないでしょう。しかしもし、成功させることができれば、神は高千穂に奇跡をもたらしてくださるはずです」

「奇跡？　……フン」

「しかし、今から神器を用意するのでは大変だ。何故、新しい神器が祭に必要だと思兼殿はお考えなのか、ぜひお聞かせ願いたい」

「今高千穂が必要としているもの、それは天照女王ご自身にほかならない。しかし陛下は今岩戸に篭られている。女王を説得し納得してもらうためにも、この祭の象徴たる神器、新たな神鏡が必要だとわしは考えています。神鏡は太陽、すなわち女王を示すからです。そして……」

「まだ他にもあるというのか？　神鏡だけでも今から鋳造するのは大変だというのに、なぜそうも無用なことばかり考えるのだ！」

とうとう一人が、素戔嗚将軍に斬られるのは御免だといい、その場を立ち去った。二人三人と、後に続いた。

「……いや。それはきっと、その時になれば分かるはずでしょうな。今は、わしにも分からない。皆の衆、全ては天が用意され、準備されている。神は明後日に、とおっしゃられた。その時が来れば、全てが必ず分かる事なのです。この祭は、世の中が暗い時だからこそ、人の心は明るくあらねばならない、ということを示す祭です。出雲との戦の心配も分かるが、天を信じましょう。時が来れば、何もかも明らかになるはず。我々は神を信じ、できることを最善を尽くしてやって、必ず祭を成功させる。そうして、女王の心を明るくしてみせようではないですか」

半信半疑の者もいたが、時間もないので、とにかく祭の準備を始めようということで話はまとまった。ただ、それが成功するのか、どのような祭になるのか、素戔嗚将軍との戦は回避できるのか、思兼以外で分かっている者はいなかった。月読自身も、はっきりと分かっている訳ではない。

「馬鹿馬鹿しい！　我々警備隊は祭など断固拒否する！　やりたくばお主たちだけで勝手にするんだな。後で泣きを見ても知らぬが」

承服しない武将達は、国境警備に戻っていった。

(やれやれ。このような国難のときに一丸となれないとは……一体なんのための大和の教えなのだ？　危機が迫っているからとはいえ、みんな、最も大切なことをそんなに簡単に忘れてしまうのか。神よりこの国が授かった教えを何と心得ているのか。人間とは、所詮、そういうものなのか)

月読は悔しさを滲ませつつ、残った者達だけで祭りの準備にかかった。

空が、粉じんで暗くなる中、岩戸のある山のふもとの野原で、思兼は国の主だった者たちを集めて祭の用意を始めた。国中の優秀な人物が集まり、それぞれが役割分担をして、全員の力で国難を解決するという、高千穂の大和心の結実だった。準備の采配は、思兼の独壇場だった。月読は祭を思兼にまかせて、取り仕切らない。多くの者は国境警備の者が噂したせいか、動かなかった。

＊　＊　＊

瑠璃は比呂司が言ったことを思い出していた。月読という神は決して表に出ようとしない、と。今回の天照と素戔嗚を立てるための祭も、思兼をバックアップして、自分はずっと陰に隠れている。

＊　＊　＊

「思兼殿」

会議を中座した警備隊の将軍が声を掛けた。

「未だ祭りの準備を続けているのか？」

「その通りだが？」

「あなたの智恵が必要です。素戔嗚将軍の巨大な霊力に対抗する智恵を貸してもらいたい」

「……」

「この国難を乗り切るのは、祭ではありません！　武力です！　それ加え、相手の巨大な神通力を封じる秘術こそが必要だ。思兼殿はその専門家ではないか」

「分かりました。では、わしの知る秘術にて、高千穂の最終兵器を召還する事を約束しましょう」

「左様か」

将軍は満足したようにその場を立ち去った。月読は不審な顔で思兼らの会話を聞いている。

＊　＊　＊

瑠璃は祭を成功に導くために、何としても月読を助けてあげたいと思った。とても傍観者のままではいられない。素戔嗚に高千穂と戦う意思なんかないのに。この祭で瑠璃自身も、役割を担うことができるはずだ。未来人であり、答えが見えている瑠璃が動けば、対立する者同士を統合に導く祭はきっと成功するからである。

制服姿の瑠璃は、火山灰で曇った田畑の中を歩きながら、ソプラノサックスで『♪手のひらを太陽に』を陽気なトーンで奏でる。すると瑠璃が歩いていくだけで、精霊たちがその後をついて集まってきた。瑠璃の音楽に誘われて隠れていた精霊・妖怪たちが、顔を出したのだ。この曲は、作詞を手がけたやなせたかしがある時、気分的に追い詰められていたときに、手のひらを太陽に透かしてみたら、赤い血液が流れていた。そうして生きている事を実感したことで着想した歌だ。大集団となった彼らを引き連れ、瑠璃はまっすぐに岩戸へと向かう。

「みんな、天照女王を頼んだよ。必ず、祭に連れ出してね」

夜明け前が最も暗い。

瑠璃は、山中に岩戸のある山の麓の祭の会場へと空から向かった。

多くの人は祭を知らない。告知している暇がもうない。準備不足の祭をとにかくフラッシュモブで開始しながら、周りを巻き込んでいくしかない。

瑠璃光の音魂《ソプラノ》

風向きが変わった。火山の粉塵が高千穂の空を覆わず、珍しく日が差していた。

素戔嗚は奇稲田姫と数千の出雲兵とともに、高千穂の国境までたどり着いた。

「やはり、あの時と一緒か……。以前にも同様な事があった。俺が戻ると姉は武装して待ち構えていたのだ。俺は腹を立て、それ以来姉上との対立は決定的となった」

素戔嗚は、国境を固める警備兵を見て悔しさを滲ませた。

「私が説明します！」

奇稲田姫。やっぱり勇猛果敢だ。

「ダメだ、出雲人のあなたが言えば誤解される。俺が説明をする。だが、話を聞いてくれるだろうか」

素戔嗚が攻めてきたとの国境からの報に、高千穂の人々はどよめいた。国境に両軍が陣を構えるに

らみ合いの中、今まさに戦端が開かれようとしていた。その重苦しい雰囲気の中を……日が翳ってい
く不吉な兆しが天に現れ出た。

「お任せあれ。高千穂の最終兵器を召還します」

「おぉ、思兼どの？　真か。で一体それは？」

「よぉく御覧なされ。あれなるは、高千穂の最終兵器でござる！」

月読は、神との約束の祭はどうなったんだと焦った。

瑠璃色のまばゆい光を放つ神霊が、天からパーッと高千穂の大地に降り立った。

——誰だ……　誰だ……

あの面妖な格好は？

あれは……

ひょっとして……

＊　＊　＊

神楽瑠璃は制服姿のまま、朱金色のソプラノサックスを首から下げて、祭に集まった人々を見てい
る。

「天宇受売？」

「あのお方が？」

「間違いない。高千穂の最終兵器です」

思兼が答えた。

「最終兵器ですと、それが、あの神なのか？」

あの神は、と月読が驚く。

「瑠璃色の女神……。いやまさに、あの夜の瑠璃光に輝いた神がこの祭に顕現された！」

青白く輝く瑠璃の姿を見るやいなや、思兼は瑠璃の方向にまっすぐ近づいてきた。瑠璃は思兼が誰よりも先に自分を見つけた事にびっくりしていたが、温和な笑顔の老人は瑠璃を手招きした。案内されるまま、瑠璃は祭の中心へと歩いていった。

「我々の祭に、ようこそおいでくださいました。統合を託された女神よ」

「め、女神ィ？　ちょっちょっちょっ、いやあたし違うし」

「いいや間違いなく、その瑠璃色の輝き、そして黄金色の笛こそ、月読殿に降りた女神の証！」

思兼は瑠璃が今日現れることを知っていたのではないか、と瑠璃は疑問を抱いた。

天宇受売の岩戸神楽フェス

「ここだ……。このタイミングだ」

瑠璃はそこで瞬時に、自分のソプラノサックスの出番が来たと分かった。

瑠璃は制服姿のまま高台に上がって皆の前に立った。

瑠璃はサックスを構えてロングトーンを開始しながら、自分の姿に驚き、凝視する古代高千穂人たちを見て、ふと疑問が湧いた。ここでは確か、本来は天宇受売が立ってダンスをするシーンだったはずだ。しかし、天宇受売の姿は今のところ見当たらず、代わりに自分がサックスを持って立っている。

むろん瑠璃はミニスカートからすらっと生足を出しているが、別にヌードではない。そこで瑠璃は、自分は天宇受売が登場するまでの前座なのではないか、と考えた。

「よおッ！　待ってました！」

と、満面の笑顔の思兼がはやし立てる。

(ヤめてよ！　恥ずかしいな)

瑠璃はサックスを演奏し始めた。


——あの瑠璃色の光は……

笛の音……それも、聞いたことがないような？

みんなの視線が瑠璃に集まっている。考えている暇などない。神代の曲なんて何も知らなかった。

瑠璃は、高台から祭を見下ろしながら、吹奏楽のスタンダード・ナンバー、東海林修作曲の『♪ディスコ・キッド』を吹き始めた。御神楽に参加した神々が初めて聞く、アドリブつきのジャズ・アレンジだ。こうなったらやるっきゃない。時にクラシックのようなアレンジで、時にロックのように激しく。そこに瑠璃の作戦があった。荒魂の素戔嗚は、剣を持つ「勇」、ロックな音だ。一方で和魂の天照大神は真珠のように滑らかなクラシックの音、「優」。「勇」と「優」。その二つを、瑠璃はジャズでアレンジをかけながらクロスオーバーする。

そう、ジャズ。天照が目指した大和の国のオーケストラも、ジャズの包容力なら素戔嗚の猛々しい音さえもまとめあげることができる。彼らは妙なる調べが吹いてきた、と口々に驚いている。瑠璃のサックスが音頭を取って、太鼓や笛などの楽器の演奏も加わり、大賑わいになっていった。おまけにいつの間にか、マイクスタンドや巨大なスピーカーまで置いてある。あの時と同じだ。天照女王の大和神楽オーケストラの時と。神々は楽しく和やかに祭を祝う。瑠璃の音楽は陽気で、誰もが楽しい思いに浸った。

国境警備隊と、素戔嗚軍の動きがぴたりと止まった。戦場が凍りつく。依然として、祭会場とは異なり、両者の間には緊張が続いていた。

祭の賑わい、豊かさ、喜び、笑い。

それらの陽気が周囲の山々にこだましてゆく。
しかし、国境警備隊が一斉に素戔嗚へ向けて矢を構えた。
憎しみ、怒り、殺し合いの想念がぶつかり合う。

――神楽の力で平和を、何としても押し広げてやる！
音楽の持つ力。ソプラノサックスの響き。
ハーモニーとメロディだけで勝負するんだ。

弓矢、炎、投石、剣戟……。
国境で対峙する両軍の間で、
想念の中で戦いが起こった。
誰かが矢を放てば、すぐさま実体化して、
あっという間に戦端が開かれてしまうだろう。

「クッソウ、負けてなるものかッ」
平和への光の道は何度となく、闇の中へと閉ざされそうになった。だが、瑠璃は決してあきらめなかった。ポジティブな未来のイメージを描き、信念でフラッシュモブから古代のウッドストックへと発展させていった。一九六九年八月一五日、アメリカのウッドストックで行われた伝説的なロック・フェスティバルは、入場者四十万人を超えた。今、瑠璃の眼前でそれが実現しつつあった。

やがて、戦場のネガティブな想念と、神楽のバイブレーションとが高千穂で交差しながら、次第に神楽の力が勝っていった。

「何としても押し広げなきゃ。音楽の力で、平和のエネルギーを」

最初は小さなフラッシュモブだった祭は、予想をはるかに超えてどんどん膨れ上がった。

国の危機の中、高千穂中から人びとが集まっていた。八百万の神々と言われているが、御神楽に集結したのは神話で語られているイメージよりも、ずっとずっと多い数、数十万もいるだろうか。ロックバンドのコンサートでもそれくらいは集まるから、決して大げさな数字ではない。しかしこの時代の高千穂中の人々、ほとんど全員が集まったのではないかという数だ。

一体どうやって伝わったのだろう。ふと見上げると空を黒い群れが飛んでいく。あれは、伝書鳩？いいや烏だ。瑠璃は、烏天狗たちが国中に祭りを伝えたのではないかと想像した。瑠璃の霊眼に、直接観衆たちがどうしてここへ来たのかが見えた。誰に聞いたわけでもなく、魂のうずきに従って、祭会場へと集まってきた人々もいたらしい。観衆の中には、一見して明らかに人間ではない種族も混じっていた。彼らは一度は姿を隠した精霊や妖怪たちである。むろん彼らも、八百万の神々の一員だ。

（神代のウッドストックに来てるみたい～なんか超楽しい）

もはや、戦意を残しているものは、ほんの一握りになっていた。

すべては神々。我らだけではない。人間は、自然とのコラボレーションで生きている。空も雲も太陽も月も、鳥も魚も、木々も石も。目に映るものすべて。そうなのだっ！　だから八百万の神々というのだ。

瑠璃はソプラノサックスを演奏しながら、白い生足を上げてダンスした。サックスと身体を激しく揺らしながら、その音に強烈な振動波が倍音となって重なり、聴衆へ向かってどんどん送り出されていくのを感じた。瑠璃のテンションはますます上がっていった。いつまでたっても天宇受売は出てこない。瑠璃はもしかすると自分が、だんだん天宇受売ではないかと思いつつあった。過剰なほどにハイな気分になって、長い脚を高々と上げ、躍動的に演奏した。なぜそんなことができるのか？　きっと、これは神楽瑠璃にしかできない。世界でただ一人。天宇受売ならきっとそうするという確信があったからだ。意識の中で時間旅行しているだけのはずだった瑠璃は、今や、天宇受売と自分が一体であると感じている。まさに、自分自身が神楽によって、天照と素戔嗚の仲を取り持つんだ、そう感じるようになって、自分の祭における使命を悟ったのである。

「あの舞は、魂に活力を与え、再生させる魂振《たまふ》りじゃ、天宇受売ノ命の鎮魂祭《たましずめのまつり》じゃ！」

思兼がそう言って、笑っている。

祭の間だけは、八百万の神々、誰もが今までの苦しみを忘れることができていた。

瑠璃が壇上から祭を見渡すと、一人一人の胸にダイヤモンドが光り輝きはじめていた。振り回しているサックスから送り出される倍音の振動波によって、全員のダイヤが輝き出したらしい。

（やっぱり、みんなダイヤモンドを持っているんだなぁ）

八百万の神々、それぞれのダイヤのカットと光は、どれ一つ、同じ形のものも、同じ色のものもない個性を持っていた。瑠璃は、こんなにも世の中には個性があるのか……と神々の多様性に感心しながら演奏していた。

（オープン……・ユアー・ハァーートッッ！）

間髪を入れず、高校の吹奏楽でよく演奏するプリンセス・プリンセスの『♪ＤＩＡＭＯＮＤＳ』を選曲する。これもまた、ジャズバージョンでの演奏。瑠璃は音のヴァイブレーションを使って、人びとの神性である赤心、「あるがまま」を引き出していく。それが後に、ヌードと語られたのだと仁美は言ったのだろう。

天宇受売がヌードになったというのは、心の鎧を脱ぎ捨てて、心の鎖を外して、あるがままの神性をさらけだしたことを言うのだ。それが後に、御神楽神話に象徴的に語られた。神とは、明るくて楽しいのだ。明るい気分になると、人びとのハートのダイヤが輝き出すのである。天宇受売の赤心、明るい心が、神本来のありのままの姿をさらけ出していく。

瑠璃が演奏することで、瑠璃のエネルギーがそのまま聴衆に伝播して、皆の心を明るくしていた。

音楽に合わせるように、みんな（八百万《やおよろず》）のダイヤがどんどんどんどん光輝いてく！　見る見るうちに、それが一つの結晶になっちゃった！　八百万のみんなの心がパッと明るくなって、一個の巨大なダイヤモンドの結晶が祭の会場に出来上がった。とんでもなく巨大なダイヤが誕生した。気のエネルギーがみるみる上昇していくのが感じられる！

八百万のみんなが一つになって「神」。それぞれがかけがえのない個性を持っていて、御神楽の中でいろいろな役割を果たしている。だのに全然ぶつかりあってなくて、全体でパズルのピースみたいにピシってハマっている。みんなが、ありのままで居られる空間。

瑠璃は、ついにはサックスから両手を離し、普段動画を見ながら趣味で練習しているジャズダンスにパラパラを混ぜて踊り出した。口を離したサックスからはそのまま、音が流れ続けている。

天照が岩戸に隠れ、世界が闇に沈み、あんなに辛いことがあったのに、もうみんな忘れて、祭を楽しんでいた。一つになって、喜んでる。

その時、瑠璃は空を見上げて気付いた。今朝は珍しく雲ひとつない快晴なのに、先ほどから太陽の光が弱まりつつあった。空に異変が生じている。日食が始まったのだ。演奏が進むにつれて、太陽はどんどん欠けていった。

「不吉な兆しだ。世界が終る！」

空に気付いた誰かが、叫んだ。たちまち神々に動揺が走った。天照女王の岩戸隠れによってこれまで天変地異が続いたせいで、とうとう世界の滅亡が来たのだと、神々は噂する。

「そうじゃない！　違うってば」

瑠璃はすぐに叫んだ。このままじゃ、せっかくの祭のいい雰囲気が壊れていってしまうじゃないか。

でも、ここでサックスの演奏をやめるわけにはいかない。

「恐れるな皆の衆！　これぞ陰陽合一じゃ！！　新時代の始まりを告げる神の験《しるし》じゃ」

思兼は叫んだ。

「あれは世界の終りなどではない。新しい時代の始まりなんじゃ。あれにこの祭の意味が込められている。そのための祭じゃ。もうすぐはっきりと分かろう。皆の衆、祭を続けるぞよ！」

「あれが、新時代の始まりだと……？」

神々はどよめいた。

風が吹きすさぶ中、瑠璃は演奏を続けた。再び祭りの陽気なエネルギーが湧きあがっていく。

＊　＊　＊

祭囃子とソプラノサックスの奏でる音楽のにぎわいが、天照が隠れている岩戸の中にも響いていた。

初めて耳にする音楽は、とても明るく陽気に満ちている。国中から集まったような人びとの大歓声に静寂を破られて、天照は不思議に思うのだった。自分は国を離れて久しい。その間に、何か吉事でもあったのか。しかし天地は荒れて、作物も取れないはずだ。それにしては一体、この祭のにぎわいは何だ？　そしてこの陽気、明るい気は？　天照は祈りを妨げられ、だがいくら考えても分からなかった。

世間を離れて、ずっと己の内面宇宙にこもっていた天照は今、外が気になって仕方がなかった。もしかして、いやきっと、何か素晴らしいことが起こっているに違いなかった。ならば人びとは一体、何を祝っているのか。

そうこうするうちに、鶏が鬨《とき》の声をあげた。岩戸の入り口には、夜明けの明かりが差しこんでいる。しかし陽の光は次第に弱くなっていった。それとは裏腹に、祭会場から聞こえてくる人びとが団結した陽気な歓声が、洞窟の中まで流れ込んできて天照は圧倒された。

天照はハッとし、妖怪たちが踊りながら歩いてくるのを岩戸の入り口の方から見た。祭からやって来たのだろう。かつて自分の前から姿を消し、呼びかけにも答えてくれなくなった妖怪たち。久しく見ていなかった彼らも陽気を発して、笑っていた。天照は楽しげな妖怪たちに両手をひかれて、自然と導かれるように岩戸の外へと出ていった。

＊　＊　＊

神楽瑠璃が岩戸の方向を指さすと、人びとは、神々は、振り向いて歓声を上げた。

およそ八十日ぶりの天照女王の姿がそこにあった。痩せてはいるが顔を上げた天照の笑顔は、美しく輝いて見えた。断食している間、きっと神の加護を受けていたのだろう。止むことのない歓声が続く。

＊＊＊

これまで黙々と岩戸の警備を務めてきた天手力男に、天照は訊いた。

「これは、一体何のお祭なのでしょう？」

「陛下。我が国に、とても高貴な神がお見えになったのです。この祭はその歓迎のお祝いです。我々は、高千穂を上げて神を歓迎しているところです」

天手力男は頭《こうべ》を垂れて言った。

「まさか、神がこの国に？　それで国をあげての歓迎を？　では、私もご挨拶申し上げなければ」

天照は、鶏のとまった鳥居をくぐり、祭の中央に導かれてゆく。土台の上に、新しく磨かれた神鏡が鎮座している。

「どちらにいらっしゃいますか。高千穂にいらっしゃった神は？」

傍に立っている思兼に天照は言った。

「どうぞ。この御方です」

鏡を覗き込むと、太陽を背に後光のように輝く天照自身の顔が映っている。

「ご覧ください。我らがお祝い申し上げている、高貴な神です」

鏡の中で、自分の姿に後光が差していた。天照は、外から神がやってきた思い込んでいた。だが思兼に神鏡を覗けといわれ、鏡に映った自分自身の姿を見た。天照はこれまでの、岩戸で神に祈った日々を思い出した。結局その答えは、自らの中に見つけるしかなかった。

鏡を見ていると、改めて自分が神の子であると思う。この鏡に映っている自分自身の中に神はあるのだということが、神鏡の意味である。自分と神は内面で繋がっている。鏡はその前に立った全ての人間を映し出す。それが神だというなら、全ての人間の心の中に神はある。だから鏡は神を示している。そのことは、古代よりこの国で言い伝えられてきた。家臣たちは、それをもう一度思い出させてくれた。

天照は目をつぶり、思いをめぐらした。皆が、自分を岩戸から誘い出すために、智恵を絞ったのであろう。

その間にも、日食はどんどん進行していく。

「いよいよだね、祭のクライマックスが来る」

瑠璃が岩戸と反対の方角を見やると、誰もがいっせいにそちらを見る。祭会場に軍が近づいてきた。国境を打ち破ったのか。いいや、そうではなかった。警備兵と将軍の兵はすでに祭に参加していて、双方の兵士達が踊っていた。

出雲兵を率いた素戔嗚が天照の前にかしずいた。

「姉上、高千穂と出雲は和平いたしました。私は出雲との戦を回避しました。両国は交易し、将来に渡って、ともに栄えましょう」

姉弟は久々に再会を果たした。

素戔嗚は隣の女性を紹介した。

「この方は、私が和平をした証に、婚姻の盃を交わした、出雲の奇稲田姫です」

天照の眼には、戻ってきた素戔嗚が以前とはまるで違った者に映っていた。弟は出雲へ行く前は、ただ荒魂だけが強い者だった。姉である自分にとってすら、どうしようもない乱暴者であった。だが今や、素戔嗚は柔和な和魂を輝かせている。この出雲の奇稲田姫という女性が、弟の和魂を引き出したのかもしれない。出雲で素戔嗚なりに、自分の教えを守ったのだろう。自分の祈りは、決して無駄ではなかった、そう天照は感じた。

素戔嗚は、献上した天叢雲ノ剣を指して言った。

「この剣は、我が国の銅剣よりも強い金属でできています。そして両国の平和の証として、神聖な力が宿ったこの剣を姉上に献上し、我が国に納めます」

素戔嗚は腰に差した天叢雲ノ剣を献上した。

抜かれた天叢雲剣から放たれた赤い輝きを見て、天照始め、高千穂の人々は驚いた。これほどまでに神々しい剣は見たことも聞いたこともなかったからだ。昇る朝日のごとき剣の輝きは、天照女王の元にあるに相応しい。

「まさにこの祭で待っていたものです。その剣こそ、素戔嗚将軍を象徴する神器ですな」

月読が宣言した。

「素戔嗚よ、よくぞ戻ってきてくれました。一段と成長し、出雲で私の教えを広めてくださったようです。ご成婚おめでとう。あなた方を祝福します」

天照は奇稲田姫にほほ笑んだ。それから天照は月読の方を見た。

「月読よ、今度もご苦労をおかけしました。私と素戔嗚の間を取りなしてくださった。そなたの役割はその胸に輝く勾玉の姿そのものです」

瑠璃のソプラノサックスが、マーラーの交響曲第2番『♪復活』第五楽章を奏でる。

天照は月読から指揮棒を受け取った。

「ありがとう」

久しく途絶えていた天照女王の大和心コンサートが始まった。

全員が楽団、コーラス隊、舞踏隊となった。

太陽が三日月のように細く暗くなるにつれ、ソプラノサックスは高らかに鳴り響き、そこに天照のオーケストラが重なった。そのタイミングは、金環日食と完全に一致していた。素戔嗚軍を見た月読は、神が言ったタイミングとはこの事だったのだと悟った。その現象が何なのかを知っているのは、高千穂においては、ほとんど暦を研究していた月読と受持里だけだった。

もう金環日食は恐ろしい現象ではなくなり、両者の統合を祝う天の顕《しるし》になった。天が二人の再会を祝していると神々は感じた。

人びとの頭上に、ダイヤモンドリングが輝いた。何十万人もの歓声が上がった。

「神の顕現！　あの天空の現象は、太陽と月が重なったことによって起こる、神の啓示です。ちょうど国を豊かにする穀物の種子の象徴たる勾玉を、二つ合わせると円となるように。陽の働きと、陰の働きが和した姿を表しているのです」

月読は、万感の思いを胸に、瑞穂姫の赤い勾玉と自分の青い勾玉を持って言った。それは素戔嗚と奇稲田姫の胸にも輝いている。マーラーの『♪復活』は合唱部分に入り、天から歌声が響いてきた。

天に太陽と月があって調和が保たれるように、
陰と陽の働きがあってこそ、国は正しく運営される。
どちらか一つが欠けてもなり立たない。
天地の始まりの時、神業《かみわざ》によって国土が誕生した時、
神はただ一人で事をなしたのではなかった。
陰の気と陽の気が混ざり合って、この世界が誕生した。
和魂と荒魂の両方の働きがあって初めて、
この美しき高千穂をはじめとし、
葦原中津国はでき上がった。
太陽と月、役割は異なれど、

一方は昼を治め、もう一方は夜を治め、
二つがあって自然は調和している。
和魂と荒魂が一緒になってこそ、
この高千穂国も動いていく。
女王と将軍、ご両名は、
高千穂国の和魂と荒魂なり。
天照女王と素戔嗚将軍が手を取り合った時、
この国は正しく動いてゆくだろう。

岩戸開きの祭の真意を語った金環日食は、再び眩い弓状の太陽へと形を変えていった。

陰と陽の力で天地が動き出す。
されど陰と陽の力も、仲介者がなくしては結び付けられません。
月読はいつも陰に隠れていますが、
この結びのために、月のように知恵の光で
やさしく照らしてくださった。
勾玉も、鏡と剣、両方を結びつけた神器。

山はまだ雄たけびを上げていますが、
ここに大和の心がある限り、きっと収まるでしょう。
そして我が不在の間に、皆で和の心で祭を実現された。
それは、和の心が、失われていなかった証。
それどころか、この国難を通じて、
今や和の精神はより一層強くなっている。
皆も、私も、今日の和解を忘れぬように、
この鏡と剣と勾玉を我が国の三つの神器とし、
未来永劫に渡って国が繁栄していくために
守り伝えて参りましょう！

岩戸開きの神楽で天照を映し出した神鏡は、「内なる神」を示す。これ以後、神鏡は天照の象徴となるであろう。地上に映し出された太陽とも称された女王の……。

天照女王の象徴である神鏡。素戔嗚が運んできた、常世の国（ムー）より伝承され、出雲の社に秘められていた天叢雲ノ剣。剣と鏡は両者の象徴であり、なおかつ高千穂と出雲の象徴でもある。二つの働きとして、ともに不可欠であることの証。さらに、内なる原理と外なる原理を、陰陽の理を以て統合する勾玉は、月読の象徴だ。勾玉の三日月型の形には月読という意味も隠されている。

誓約は、正反対の属性を強く持った二人が、逆説的に補完し合う事によって、天地開闢神話のように大八州の歴史を創造するという、神の計らいを表わしていた。だから、二人の言霊から誕生したそれぞれの神は、その後の大八州の歴史を作ってゆくということを示していたのだ。

いつしか三人はそれぞれの神器を手に持ち、三角形に立った。静かに目を閉じ祈ると、三人から、大きな光の柱が地上から天へと向かって伸びていく。

天の御柱は黄金色を中心に、全部で十二本立った。それぞれが個性的な色彩で、十二色にキラキラと輝いている。天空には無数の龍神たちが乱舞している。


――三人の大調和によって天の御柱がもたらされた。

そして新たな時代の始まりを告げる御光！


思兼が快哉を叫んだ。

瑠璃のソプラノサックスで、陰と陽とが回転し、融合のダンスをした。それが踊りの神、「天宇受売」、つまり宇宙に渦を発生させる仲介者だ。天宇受売は女性性による統合の原理なのだ。

一日中、高千穂の人々は天宇受売を中心として、いつまでも踊り祝った。

瑠璃は神代の時代を去る前に、宮殿に呼ばれ、天照から三角のおむすびをもらった。天照が自ら結んだおむすびだった。

「天宇受売よ、あなたの明るさが、私の心の中に明るさを取り戻させてくれました。ありがとうございました。またこのような事が起ったときには、あなたのお力を借りたいと思います。その時は、どうかよろしくお願いします」

光の柱を見上げながら、天照は瑠璃に歩み寄って手を取った。まるで昔からの友人のように瑠璃を見つめる天照のまなざしは、うるんでいた。

(でもあたし……、天宇受売とは違うんだけど)

戸惑い照れながらも、瑠璃はうれしかった。

天照が作ったおむすびは、今まで味わったことがないくらい美味しかった。景色が消えていく中、瑠璃は、天照の胸の真珠と勾玉のネックレスの真ん中に、洋風のカギとしか思えない金属がぶら下がっていることに気付いた。無論、古代日本にこんな鍵などないはずだ。

天照大神、月読ノ命、素戔嗚ノ命、それぞれから音魂が贈られてきた。三つの音魂は三種の神器を象徴するらしい。最後に素戔嗚ノ命が言った。

――神楽瑠璃よ、そなたはそなた自身の三種の神器を集めよ。

さすればその三種の神器の力で、

黄泉の闇を封じ込める事が出来、

そなたの願いが叶うだろう。

アマテラス・コード　三種の神器で天の御柱建立

蝉の鳴き声が次第に大きくなったような気がして、瑠璃は現実へと引き戻された。一日中演奏していたつもりが、まだ日が沈む直前の日御碕神社の境内だった。

「あたしが天宇受売だったたんだ……」

やっぱり、そうなのかもしれない。別にヌードじゃなかったね。

「踊りながらサックスを吹くなんて、すごいな。まるでお前は天宇受売ノ命じゃな！　天宇受売ノ命は、踊っただけじゃなく、鐸《さなぎ》という楽器を鳴らしたというんだ。鐸というのは、名の通り虫の蛹に似ている鐘の一種だ。銅鐸もその仲間だ。大きさは大分違うがな。ちなみに一説によると、岩戸開きの時、十四万四千人の神々が集まり、天宇受売ノ命はヌードになった訳じゃなく、踊りに熱中したあまり生足が丸見えになった。それで神々が笑った。それがヌードと、話が大げさになったとも言われているがな」

いつの間にか観客の中に出現した比呂司の奇魂が、瑠璃の頭をなでながら言った。瑠璃の白い肌がピンクに染まる。

やだっ……あたしったら演奏に夢中で。しかも何十万の人たちに……。チョー恥ずかしッ。

ぜんぜん笑う曲じゃないのに、なんでみんな笑うんだろうって思ってたら、生足を高く上げてたので、笑ってたんだ……。

でもそんなに高く上がってるかなぁ？

……上がってるかもしんない。

踊りながらサックスを演奏することは、ブラスバンドではよく行われている。だが、瑠璃は柔らかい身体を生かし、足が天に向かって上がる。飛び跳ね方も、確かに天宇受売ノ命といってもそん色ない。中学時代、親友だったチアリーダー部の子から、チアのダンスを教えてもらっていたからだ。自分の恰好をよく考えて踊らないと恥ずかしい事になることはついつい忘れてしまう。

九十年代半ばから、全国の女子高生の制服のプリーツスカートがケシカラン短さになった。一説には『セーラームーン』の流行が発端ともいわれ、ウエストの折り返しはあっという間に全国に広まった。極端に短い一時を経て、今はひざ上あたりの、ある程度落ち着いた短さが標準になり、そこに長めやミニも共存している。

そうして定着した日本の女子高生の制服。制服といえば規則の象徴たるものだが、なぜか日本の女子高生の制服は海外女子に、自由の象徴だと思われている。むしろ、積極的に着たがる！　さもありなん、ここまで自由に制服を着こなしている学生は他国に存在しない。

瑠璃はその流行の中にいるだけで、瑠璃の時代ではそれが当り前であるからで特別ではない。しかし、生足なんか絶対に出さない神代の人たちなので、お立ち台のミニスカートにみんなびっくりし、やがて笑いに変わっていった。そういえば意外と、古代人は男も女も肌の露出が少なかった。

「笑いのエネルギーとか、喜びのエネルギーは振動数が高い。天宇受売ノ命はその象徴だ。それを引き出す為に岩戸神楽は行われ、天照大神は誘い出されたんだ」

瑠璃は他にも気になった事があった。現実に戻る直前、最後に瞬間見た天照大神の目が、まだどこかせつなかったのである。

「上を見てごらん」

比呂司が瑠璃にそう言って日御碕神社の屋根を見上げた。屋根から光の柱が立っていた。

「あれは御神楽の時の！　同じものが立ってる！」

光の柱は、岩戸開きの時代にも、日御碕神社にも時を超えて立っていた。

「この日御碕神社の社伝には、素戔嗚ノ命の悪心を憐れんだ天照大神が、追善したところ、彼は根ノ国より戻って清浄の神となり、六根清浄の祓を人々に伝えたとある。さらに岩戸開きの神楽の時に、天照大神、月読ノ命、素戔嗚ノ命の三人の力で天の御柱が立ったと、うちの社伝に伝えられている」

瑠璃、比呂司、仁美の三人だけが天の御柱を見上げていた。他の人は、まるで上空の異変に気づいていないようだった。だと、すると……。

「おじいちゃんにもあの光、見えているんだね？！」

比呂司は笑っている。

「天の御柱は、天と地を結び、天の気を地に流し込む。また地の気を天へと吸い上げる。京都の『天橋立』という地名にもこの意味が含まれている」

「天照大神たちは、三人で建ててたね」

「光の柱を立てるには、三という数字が必要なんだ。ヘーゲル弁証法では、三という数字は正・反に続く『合』、統合の数字だ。△は、統合のシンボルなのだ。天地開闢のとき、伊耶那岐ノ命と伊耶那美ノ命という男女二人の神が、国生みをした際、天の御柱を回ったとされる。その時実はもう一人、菊理姫《くくりひめ》という縁結びの神が二人の仲を取り持っていた。これがいわば仲人だな。そうして三人の力で天の御柱が立ったのだ。国生みの時には、一見して二人しかいないようで、実は菊理姫という神霊が立ち会っていた。ただし基本は、肉体を持った三人が必要だ。今まで回ってきた神社で光の柱を立てたときもそうだった。ここの光の柱も、その三の原理で立ったというわけだ」

　菊理姫は白山信仰において重要な神である。結果的に、瑠璃は正・反・合の仲介者となって奔走した事になる。

「もしかして三人って、おじいちゃんとあたしと……、で、もう一人は」

「仁美だ」

「やっぱりィ、ソーなんだ！」

演奏のとき、陰ながらいつも比呂司の奇魂が瑠璃を見守ってくれていた。

仁美は、時折ベンチに座って熱中症でうなだれているのかと思ったら、どうやら念を込めて祈っていたらしい。

「天の御柱は、次元を超えて天と地を結ぶ特異点なんだ」

「……得意な点？　あたしの？」

「ああ、いや。ハハハ。特異点というのは、通常の物理的法則では説明できない場所のことだよ。この場合は次元を超えた現象」

「ああ、そういう事か」

瑠璃は笑ってごまかした。

「特異点を作るときに、鍵となるのが人だ。人は神のパワーを使うことができる。我々の先祖である神代の神々は、一人二人ではなく一柱二柱と数えていたが、それは天の御柱を建て、光を天から地上に降ろす能力があるからなんだ。実は、誰もがその力を秘めている。光の柱を立てることは、天・地・人の共同作業だからだよ。岩戸開きの御神楽の三種の神器の教訓の一つは、光の柱の原理が、正・反・合、三が基本になっているということだな。つまり光の柱は、三人集まらないと立たない、という事実が重要だ。三人が三角形の、△の形を取って祈る。物事の始まりに、三という数字は昔から言われていることでね。ほら、毛利元就の三本の矢の話、知ってるだろう？」

「う～ん。知らない」

「広島の、安芸の国の戦国大名だった元就が、三人の兄弟にそれぞれ一本ずつ矢を持たせて、さぁ折ってみよと言った。兄弟たちは、一本の矢だけなら折れた。次に、矢を三本束ねて折ってみろと言うと、折れなかった。一本の矢は容易に折れるが、三本まとめてでは折れにくい。そこから、一族の結束を説いたんだ。兄弟三人力を合わせれば、強固な絆となる。他にも、三人集まれば文殊の知恵とか、三国鼎立、三位一体とか言うだろう。それは昔の人が、三の持つ神聖な力を知っていたからなんだよ。造化三神、三貴子、住吉三神、それにワタツミ三神など……神道でも重要な数字だ。秦河勝《はたのかわかつ》の造った広隆寺の近くには、三柱鳥居がある神社がある。それもまた、この物質世界からエネルギーを天界へ向かって打ち上げるとき、三という数字が基本にあることを示している。三という数字によって初めて、物質界に天のエネルギーを降ろすことができるからな」

「あぁ〜それなんか聞いたことあるなぁ。確かにインスタントラーメンも三分でできるしね」

「それはちょっと違うかな？　その三の数字の力を神器にしたものが、三種の神器というわけだ。神器は、天照大神から、今日の天皇まで、代々、天皇に受け継がれていった。天皇の万世一系とは、血筋の事ではない。血筋は何度か変遷している。それよりも天皇にとって大事な事は、三種の神器を継承することだったんだ。神器は、オリジナルとなると、天皇さえ見る事ができない。神器こそ神聖にして不可侵、ある意味、神そのものとされている。そこに、初期の霊統の教えが残されているわけだ。神道では、鏡は正直の徳、珠は慈悲の徳、剣は知恵（決断）の徳といわれている。天皇たる者、それを以て国を治めよ、という事だな」

岩戸開きの神楽で誕生した三種の神器は、三貴子各々の教えを示すものとして、天皇の霊統を継承する霊的な根拠となっていったと、比呂司はいう。この教えは、統合の原理そのものであり、ここから、三種の神器を継承する大和朝廷の天皇の歴史が始まるのだ。

瑠璃は「三種の神器」が誕生する瞬間に立ち会った。モーゼの『十戒』の映画のような劇的な場面だった。

さっき、三柱の神から音魂をもらった時に、素戔嗚から、自分自身の三種の神器を発見せよと言われた。その力を使えば、闇を封じることができる、と。瑠璃はこれから、その三種の神器を探し出さなくてはいけない。

「うわっうわっ、おじいちゃん見て！　あの雲、まるで龍みたい」

日御碕神社の上空に、巨大な龍が口をあけている雲が横たわっていた。角や髭、うねる胴体のうろこまではっきり見えた。怒ったような龍の厳つい表情。瑠璃はスマホで撮りまくる。

「素戔嗚ノ命の八大龍王の一柱だ」

じっと見ていると迫ってくるようで、そもそも自然霊の最高位にある龍王たちを自在に操ることができる素戔嗚ノ命に、八岐大蛇が勝てるわけがなかったんだ、と瑠璃は改めて思った。

「ほう、あっちは鳳凰だ」

「うわっ超キレイ」

翼を広げた巨大な鳥の形をした雲に、虹色のストライプが付いている。帯状の尾が美しく伸びている。こちらはのんびり、穏やかで女性的。ゆっくり流れて形が変化していく鳳凰の雲を追いかけながら、瑠璃は夢中になって空を撮った。

「おじいちゃん早く、こっちの方が良く見えるよ！」

と手招きする瑠璃は、「あっ」と叫んだ。

比呂司と仁美が追いつくと、瑠璃は日御碕遊歩道で海を指差しながら立ちすくんでいた。

「灯台に、虹色の光が……」

「ほほぅ。これは一体」

出雲日御碕灯台の明かりのところから虹色の光が放射されている。他の観光客には見えないらしく、誰も灯台を見上げていない。

「もしかすると、日御碕神社に光の柱が立ったおかげで、近くにあった日御碕灯台が電波塔のような役割を果たして、天の御柱のエネルギーを放射しているのかもしれん」

高さ日本一の灯台である。

「こんなことってあるの？」

「いいや、わしも初めてみた。まったく奇跡だ」

笑った比呂司の顔が、岩戸開きで出てきた思兼と重なってぎょっとした。思兼の瞳は色素が薄く、やや青みがかっていた。実は比呂司も眼の色素が薄い。光によっては、うっすらと青みがかって見える。

瑠璃はスマートフォンを操作して奇魂の比呂司に見せた。

「あそうだ。この写真なんだけど、サンライズ出雲から夜中の富士山を撮った時も、こんなでっかい龍が映ったんだ」

瑠璃は恐る恐る写真を見せた。その写真を撮った時には気づかなかったけど、真夜中の富士が輝いていたのは、霊的な光が映りこんだ「奇跡の一枚」だったからに違いない。

「ほぉ……確かに白龍だ。ちょっと見ただけだと気づかないな。ん？　これは意味深だ……」

「何が？」

「富士山頂から、金色の光が立っている。なるほど、富士は晴れたり日本晴れ。葛飾北斎の赤富士もかくやという赤富士だが、朝日の写真ではなくて、これが夜中の写真とは。見れば見るほど驚くべき写真だ」

　比呂司と仁美は瑠璃の写真を覗きこんでいる。

「富士山って、日本のピラミッドなんだっけ？」

「富士は統合を示す神奈備山だよ。完璧なシンメトリーで、この世で唯一、まさに二つとない『不二』だ。神代の頃、二千五百年前には富士はまだ、完全な円錐形の形にはなっていなかった。爆発をくり返して、後の富士の姿となった。人工ピラミッドではないが、高天原を地上に映し出した姿であり、日本で最高の神奈備、特別なピラミッドというわけだ。夜中に山が輝き、その山頂の上空に龍雲が出たとは、これはやっぱり出雲でのお前の使命を暗示しているのかもしれん」

　よかった……とうとうこれで写真の謎が解明できた。瑠璃はサンライズ出雲の車窓から寝ぼけ眼《まなこ》で深夜0時に富士の写真を撮った。光っていたので夜明けと勘違いしたが、富士に立った天の御柱が映っていたのだ。ということは、すでに誰かが、富士山に天の御柱を立てていたということだろう。黄泉仙人も目指した富士山。いつか行ってみたいものだ。

　空を見上げると、写真と同じような金色の雲が空いっぱいに浮かんでいる。その形も、乱舞する龍たち。そして、その中には鳳凰も複数飛んでいる。それらは瑠璃の肉体の目にもはっきり見える。

「天の御柱が立ったお礼に、いろいろな神霊の使いが挨拶に来ているんだ」

「すご……！」

「神代の時代には、今よりも人びとの心は澄んでいたから、多くの人が霊能力を持っていた。だから神界にいる龍神や鳳凰を直接、霊視する人たちが多かった。今は次元の壁が厚い。しかし時々こうして、神界は雲などをよりしろにして姿を示される。まぁ、気付かない者は気付かないが」

　雲であれば、写真に撮影する事ができる。瑠璃はパシャパシャ写真を撮った。

「だろうね。うちのお母さんなんて絶対気付かない。空なんか見ないでアスファルト見ながらあくせく歩いてるよ」

　それは実際のところ、瑠璃自身の姿でもあった。瑠璃は東京でスマホを見ながら歩くのでよくぶつかった。しかし出雲のパワースポット巡りをしてから、スマホ依存が確実に減少している。辺津鏡など、別の意味では神代で大活躍だが。

「おじいちゃんて詳しいんだねー。さ・す・が神主」

　瑠璃は気づいていた。比呂司は博覧強記だが、いくら神主だからといって、神社の神主が普通こんなことまで知るはずがない。瑠璃は、やっぱり岩戸開きで登場した、知恵の神・思兼と祖父の印象が重なって仕方がないのだった。

「お前だってなかなかのもんだぞ。質問が出るってことは、その問題意識を喚起する何かが、自分の中にもともと感覚としてあるってことだ。だからこそ質問する。昔知っていたけど、今知らないという自覚が好奇心を突き動かすのだからな」

昔っていつ？　……ひょっとして前世？

「あたし、確信した。このパワースポットの旅、本物だ。全部本当に起こっていることだと思う」

奇魂の比呂司は孫の言葉にうなずく。

神を身近に感じる機会がなくなった現代人だが、神聖なるものへの潜在的な渇望が、パワースポットブームという聖地への憧憬を生み出しているに違いない。

「瑠璃ちゃんは出雲の神様たちに、東京から呼ばれたんだよ」

「そーいえば、何日か前、寝てる時にさ、白い兎が枕元に立ってて、びっくりして追いかけようと思ったんだけど、部屋中どこ探しても、いなくなっちゃって。なんか不思議の国のアリスみたいなんだよ」

「それはきっと因幡の白兎じゃないか？　大国主ノ命の御使いだよ」

「おじいちゃん、あのね……」

「うん……？」

「おじいちゃんは私が助けてあげる。絶対待っててね」

「そうか」

それっきり、比呂司の奇魂は姿を消した。砂浜には、瑠璃と仁美だけが取り残される。

おじいちゃん、ありがとう。

瑠璃は灯台を見上げて考えていたが、

「アー、なんだかめっちゃお腹が空いてきちゃったな」

と言って背伸びをした。さっき仁美のおむすびとしじみセットを食べたはずなのに、もうお腹が減っていた。こんなことは人生で初めてだ。さすがパワースポット巡り、エネルギーを消費する。仁美は瑠璃を少しじっと見ただけで、やっぱり何も言わない。

「じゃあ売店に行きましょう。イカ焼きやサザエのつぼ焼きが売ってるわよ」

瑠璃の目の前の砂浜を、白い兎が猛スピードで駆けて行った。

その直後、瑠璃は崩れるようにして砂浜に倒れた。

砂浜には仁美の姿も、灯台も、いや海そのものも、瑠璃の目前からかき消えていった。

瑞穂姫の救済

——月読……瑞穂姫は、

瑞穂姫はあの後、どうなったんだろう？

——今からあなたに姫を救済しに行ってもらう。

浜で光の柱を見ていたはずの瑠璃は、月読ノ命の声を聞いた。それだけではない。聴いたことがある音楽が流れている。姫神の『♪あの遠くのはるかな声』だ。

「この曲、確か夢であたし演奏したぞ！　そうか、分かった。天照大神からおむすびもらった時、月読が私に何を言おうとしていたのかが……。つまり今だったんだな。受持の里の瑞穂姫の救済の時は。夢の中で見た白い光と青い光の神霊って、きっと月読とあたしだ。月読の光と、私のソプラノサックスならそれが可能になる！」

瑠璃は月読ノ命の案内で、暗い霧の中の瑞穂姫に近づく。

瑞穂姫は、依然としてくすんだ水晶の前に座っていた。やはり、自分と同じくらいの年頃の少女の姿のままだった。

「どうしても育たない……すぐに実が死んでしまう……一体どうして」

瑞穂姫はつぶやく。

「もう一度、最初からやり直そう」

哀しみにあふれたつぶらな瞳が空っぽの稲を眺めている。彼女の時間は、月読ノ命に斬られた時点で止まっていた。死の間際、月読ノ命が発した懺悔の言葉も、ほとんど聞こえていなかったらしい。

瑞穂姫の意識は死の瞬間に閉じ込められた。

瑠璃は、天照大神に瑞穂姫の魂の救出を任されたのだと感じ、身が引き締まる思いがした。

「瑞穂姫」

瑠璃は全身を青い光でまといながら、姫に近づいていき、天照大神から貰ったおむすびを差し出した。右手に乗ったおむすびに、瑠璃光が吸い込まれていく。だが、水晶柱に向いたままるで気づかない。姫と水晶をくすんだオーラが包み込んでいる。水晶は邪悪なエネルギーを放って周囲を汚していた。

瑠璃の左手に、いつの間にか光る八握剣が握られていた。素戔嗚ノ命からもらった神剣だ。瑠璃は八握剣で、瑞穂姫を包み込んだ念の結界を切り開いた。すると、水晶の中に込められた邪念が瑠璃と月読に向かって襲いかかってきた。月読はそれを念の壁でバリアーを張って塞いだ。それに続けて瑠璃は辺津鏡に思念を送り、光のドアを開けて邪念の渦を解放した。

そこで初めて瑞穂姫は瑠璃の手にあるおむすびにハッと気が付き、神楽瑠璃と、その隣に立っている月読の姿を見た。黒目がちなまなざしが月読に向けられている。

「このお米を見て。私たちは、あなたが作ったものを代々継承してきたの。この国に稲が広がっているのは、みんなあなたのおかげなんだよ」

瑠璃はほっそりとした瑞穂姫の白い手に、三角形のおむすびをそっと載せた。この国で稲は、「命の根」として特に神聖なものとして捉えられ、宮中祭祀の新嘗祭でその収穫を祝う。

「私と一緒に、あの光の中に行きましょ。高天原には黄金の稲が広がっていて、みんなであなたの帰りを待ってる」

暗く重苦しい磁場の中で、光り輝く救済者の二人は、神気を放っていた。それは生前、戦いの渦中に生きた月読の聖なる力だった。

「稲が実を結ぶまで、私はここを離れられません……」

「道しるべが見えているうちに、今行かないと。光の柱が立っているこの機を逃したら、ずっと死の間際の瞬間に閉じ込められたままになってしまうんだから」

瑠璃が語る最中、月読の想いが流れ込んでくる。

――過去でも未来でもない、我らは今の中にしか生きていない。今の中に過去も未来もすべてがある。それを神道では、「中今《なかいま》」という。

「今は駄目です。国民の飢えを救わねば。そのために私はこれを完成させねばならない」

救いの手はいつも差し伸べられている。だが、その手を振り払うと救われることはない。

「まずはこれを食べてください。あなたのおかげで、こんなにおいしいお米ができましたよ」

三角形のおむすびは、お米の一粒一粒がふっくらしていて、キラキラと光っている。

「一口食べてください！　そして私と一緒に」

瑞穂姫は青く輝くおむすびを凝視していたが、その可憐な口に運んだ。

「美味しいです……」

夢中になっておむすびを口に運び続ける。

「美味しい……あぁ、美味しい、美味しい……！」

おむすびには天照の神気と、瑠璃の身体から発せられた瑠璃光の癒しのエネルギーが凝縮されていた。それが瑞穂姫の身体に入り、光が全身にしみわたっていく。食べ終えた瑞穂姫は薄暗い身体が輝き、その目に、涙が浮かんでいた。

瑠璃は、笑顔を取り戻した瑞穂姫の手を取って光の柱の中へと走っていった。二人はそこに待っていた黄金の龍の背に乗せられて、天へと駆け上った。黄金の稲穂が揺れる田園風景に、天照大神が一人立って瑞穂姫を待ちうけていた。

瑠璃は二人の姿を見て思う。

そうだ。瑞穂姫たちの、植物と思念で会話する女性的感性なくして、今日の日本の「稲」はありえない。瑞穂姫や天照大神たち、先祖代々この国で守り育てられてきたお米や食べ物の数々、そこにはさまざまな悲喜こもごもがあったんだ。食わず嫌いなんてしないで、心してご飯を食べなければ。

そして暗い磁場の中に、あの水晶柱が残された。

――きっとこれは、瑞穂姫の思い残しだ。
ようやく、助けることができて良かった。
でも、もしかすると……。
人を助けられるのなら、自分自身も助けられるんだろうか。
私自身の思い残しを。
私の、思い残し？
それは……そう、
広島の犠牲者に対する思い……。
戦争が終わって、ずっと後になってから生まれてきた世代なのに、
なんでこんなに広島に引き付けられるんだろう。
あの、一九四五年八月六日、朝八時十五分に起こった出来事に。
私の広島への思い、それは一体どこから来るんだ……。
そして自分の、空っぽのハートは……。

白兎を追いかけて一万年前

瑠璃はこれまでパワースポットをめぐって神楽のサックスを奏で、神代を生きた神々の思いを癒し

てきた。でも、肝心の自分自身のことが何も分からない。

瑞穂姫の魂を救った後に、瑠璃に残った感覚は他ならぬ自分のことだった。

自分の空虚なハートは、あの時、黄泉比良坂で無くしてしまったのだろうか。それとも広島の爆心地で奪われたのか？

いいや、そうじゃない。空虚なハートはずっと以前からの問題だ。

それなら、両親の別居？

違う違う、もっと遥かな昔から……。

自身の空虚なハートの原因は、探れるものなのだろうか？

そして自分で自分を癒せるのだろうか？

素戔嗚が大蛇や仙人を通して、自分自身と対決し、生まれ変わったように、私も自分の問題と向き合いたい。対決しなくちゃいけない。飛鳥ちゃんならきっと分かってくれるよね。だってあの素戔嗚を癒した奇稲田姫なんだもの。

飛鳥ちゃん……、飛鳥ちゃん……。

瑠璃は、一方的に加賀美飛鳥を思って問いかけていた。

目の前に、あの白兎がちょこんと座り、じっとこちらを見ている。まるで瑠璃が来るのを待っているように感じられた。やっぱり、数日前夢に出てきたのと同じ兎だ。

兎は近づくと逃げていく。だけど、ついてこいといわんばかりに少し先でまた立ち止まって、こっちを振り向く。瑠璃は、砂浜で白い兎を追いかけていた。うーん、これじゃあやっぱり因幡の白兎なんだか、『不思議の国のアリス』なんだか分からない!!

兎は瑞穂姫の残した水晶の前で立ち止まると、そのまま消えた。水晶はまだ、暗い気を漂わせていて、嫌な気がした。

上部が暗く濁った巨大な水晶柱。円柱の上に、冠石が載っている。

瑠璃が水晶柱をじっくり観察していると、いつの間にか自分の隣に誰かが立っていた。

赤いオーラを放ったその少女が言った。

——じゃあさ、リクエストにお答えして、ここからは君の思い残しを見てみよう。

——ウン……でもわたし自身は自分のこと、よく見えなくて。

——こいつさ。この水晶柱。そのオリジナルが存在した時代。こっから行けるよ。……怖い？　摑まって。

そういって、少女は赤いオーラで瑠璃を包み込むと、手を取って水晶の中へと二人で飛び込んだ。

＊　＊　＊

やがて景色がまばゆく輝き、瑠璃はいつか巨大な爆発を見ていた。また広島の原爆投下の時空に来てしまったのか。しかし、どうやらそれは原爆ではなかった。

――これって、いつの時代なの？

――一万年前だ。

――一万年……。

ここは、君自身の魂に関係する時代だよ。かつての前世の一つ。

君のハートが空虚になった原因は、今の時代よりもっと根源的なもの。ずっとずっと昔にさかのぼる。

あの水晶柱の巨大なオリジナルが存在して、国一つを養っていたんだ。でも事故で爆発してしまった。神代の出雲で、白骨林と化した比婆山の世界版だな。根ノ国の城にも同じ水晶柱があったよね。あの時、素戔嗚が水の中へ投げ入れて禊をした。でもそれは完全な禊じゃなかった。仙人が遺した負の遺産は、後々出雲に、根ノ国と黄泉の国が重なった一つの霊的な磁場を作り、それが地上世界の人々に様々な混乱を引き起こしていったんだ。

心配しなくても大丈夫。今あたし達は、エネルギーの遮蔽バリアーに包まれているから、広島のときみたいに爆発のエネルギーを直接受けずにすむ。

瑠璃と少女が立っている場所は、沈みゆく異世界の大陸であり、まさに今巨大な爆発が起こっている最中だった。赤・黒・白の三色の摩天楼がガラガラと崩れてゆく。町の上空に白い爆発が見えている。しかし、それは原爆ではない。

——あぁ、これがアトランティス大陸なんだ。そういや仙人が言ってた……。

「そうだよエイリア。アトランティスと同じことが起こったんだ、広島で。一万年前のアトランティス滅亡と同じことが。あの時とは使われたエネルギーが違う。でも、原因が科学技術の乱用である事に変わりはないな。あの時代、もっと大規模に破壊兵器が使われて、世界が破壊されて、大陸が一日で海中に没した。こんなこと二度と繰り返されちゃいけない。あたし達には、あの時の忸怩たる思いがあるんだ。それが、瑠璃の広島への強烈な思い入れになっているという訳。あたしも同じ」

隣の少女は瑠璃の事をヱイリアと呼んでいた。


——でもさ。あっという間に大陸が沈んじゃうなんて、ホントかな。


——今の文明でも起こったことがあるよ。

かつてカリブ海に、海賊たちが暮らすポート・ロイヤルという裕福な島があったんだ。

そこは島全体で船を襲って財宝を蓄えていた。

同時に、黒人の奴隷貿易でも栄えていた。

一六九二年六月二日、ポート・ロイヤルを大地震が襲って、島の多くの部分が海中に没した。

わずか一日の出来事だった。

奇しくもカリブ海は、地理的にアトランティスに近い。

その海域に、アトランティス時代の巨大な水晶が今も沈んでいる。

バミューダ・トライアングルの真下にね。

魔の海域で起こった数々の怪異は、
それが作用していた。
一万年経っても、負の影響を及ぼしている。
水の力が、徐々に浄化していってはいるけれど。
エジプトにも海底に沈んだヘラクレイオンという都市が存在する。

――フ〜ン。それもシュリーマンみたいな話だね。

アトランティス崩壊って、本当に起こった出来事だったのか……。


「今の時代の人たちは、その時の失敗を乗り越えなきゃいけないから、世界中で色々な人が、アカシックレコードでそのことを見せられている。たとえばアメリカのエドガー・ケイシーなんかによると、かつてアトランティスでは、八岐大蛇のようにDNA工学で産み出された者たちや、妖怪たちが、モノや機械と呼ばれて奴隷になっていた」

黄泉仙人が言った事は本当だったらしい。そしてアトランティスの秘法・DNA工学もまた現代文明に復活した。

「今度こそ、……今度こそ失敗しないようにって、あたし達、約束してこの時代に生まれてきたんだよ。この時代に、この日本にね。アトランティスの子孫たちはエジプト文明を作って、その後はギリシャ文明に流れ、西洋文明の源流になった。一方東洋では、ムーの子孫たちが東南アジアや日本、環太平洋沿いに分かれていき、主に東洋文明の源流になっていった。西洋と東洋、その二つの流れが最終的に合流したのがこの日本ってわけ……」

「あなたは……飛鳥さん？　ねェ、飛鳥さんなんでしょ？」

やっぱり飛鳥の声だ。美しいソプラノの声をしている。

「うん、あたしだよ、エイリア。君も歌ったらどう？　君だって美しいソプラノを持っているじゃん」

「えぁ？　私は歌えないよ。だからソプラノサックスを吹いてるんだよ」

瑠璃は胸のサックスを示して苦笑した。

「そうだったね。でも君はよくここまで回復できた。覚えてないようだけど、君はアトランティス最高のディーバだったんだよ。あたしなんかよりもね」

「えっ……」

自分が本当は歌いたいという気持ちを、飛鳥に見透かされたような気がした。

「それで、ソプラノの歌声で闇に包まれた世界を救おうとしていた。だからこそ、敵に狙われた。それで君達は打ち砕かれた」

男勝りの凛々しい少女の横顔が、白い爆発を見上げて唇を噛んでいた。

「君たちって？」

「ダイナモの事、君はまだ十分思い出してないみたいだね。あの時、君達は、二人で一人だった。たった二人の音楽で、世界を包む強大な闇の力に対抗できるくらいの力を持っていた。それを奴らは、恐れていたんだ。だから、二人は引き離され、特に君には強力な呪詛がしかけられた。それから、長い長い間、一万年もの間、君は本来の力を失っていた。君はあの六千年前のバベルの塔の時代に生まれ変わったときも、戦士として剣を持って戦うことしか出来なかったくらいさ。そして日本の神代では、つまり天宇受売の時代には踊れるくらいまでには回復した。そうして今、サックスの力を借りて、一所懸命ソプラノの音を取り戻そうとしている」

「アトランティス時代の敵って？」

「闇の子らさ。政府を転覆させたクーデター勢力だ。私たちは、一万年前に、アトランティスで彼らに負けた、神の掟の子らだ」

「アトランティスで、一体何が起こったの？」

「水晶柱のオリジナルは、アトランティスの全エネルギーを養っていた。でもその力を奴らが、……シャフトが戦争に使ったのさ。黄泉仙人、あいつは当時からあたし達の敵だった。転生した闇の子らの一味さ。気をつけたほうがいい。ダイナモはその事を知っている。あんた達、一万年の間、離れ離れだったよ」

——そうだったんだ。私……。

何かが欠けている気がするのはこんな昔からだった。

前世の前世の、そのまた前世……。

アトランティス帝国首都、アクロポリス。

そこにある巨大な金色のピラミッドを前に、黒衣を着た魔術師の姿が見えた。無数の兵隊を従えている。サイコ・ブラスターと彼らが呼んでいる光線銃を雨霰と降らしている。そうか、あいつが……黄泉比良坂で出てきた軍人と同じ魂だ。

でも、いつかこの男と対決しないといけない。

「天叢雲ノ剣の力が、その巨大さゆえに責任を伴うっていう話を神代で聞いたでしょう。それは、アトランティスの失敗とも関係があるんだよ。人類は、かつて科学の力を得たことで宇宙の均衡を破り、世界を滅ぼしてしまった。つまり、宇宙をあらしめている神的な秩序を破壊した。同じく、今の世では核エネルギーがそれなのよ。もし使いかたを過れば、世界を、そして自分の身を滅ぼす。三種の神器、聖杯、アーク、賢者の石、そしてエデンの園の智恵の実。これらの『聖なる力』の伝説は、みんな同じ事を物語っている。人類が科学文明を進歩させたときに、いつも試練としてもたらされるテーマ。人類は神から与えられた『智恵の実』を、どう使うのか？　その試練の重みに、人類は耐えきれず堕ちていった。ムー、そしてアトランティス、いくつもの文明が栄えては滅んでいった……。また今回の文明でも、同じ過ちを繰り返しちゃいけない。だのに、人間のやる事はいつも同じだな」

広島、長崎の原爆。

「一万年も……前から人間は同じ過ちを……」

「うん」

思いつめたようなその横顔。

知っている。あたしは知っている。彼女の事を……。

ヱメラリーダ、その名は、ヱメラリーダ。

飛鳥は、ヱメラリーダ！！


ヱメラリーダはレジスタンスの戦士だったのだ。


飛鳥の顔に、最後の決戦で砕け散ったヱメラリーダが二重写しになっていた。この映像は……。あの時、彼女は最後の闘いで爆発によって死んだんだ。

「辛い思い出だ……」

「飛鳥ちゃん。あたし、広島と自分にどういう関係があるのか、なぜ広島に強烈にひきつけられるのか、やっとその意味が分かったよ」

「君は一万年前、敵の策略で、幸魂と奇魂を損傷した。今、君が出雲を巡って拾い集めている音魂は、すべて砕け散った瑠璃の奇魂なんだ。これを繰り返して音魂が集約されると、いずれ瑠璃が抱えている問題の解決の糸口になる。自分自身の思い残し、ハートの空虚を埋めるヒントも与えられる。瑠璃の奇魂である音魂を一個一個集めれば、瑠璃の心の傷はだんだんと回復していくだろうよ」

瑠璃の奇魂はなぜかバラバラに散っていた。神代で神々の思い残しを救済するたびに、神霊から音魂をもらう。それは瑠璃の空虚な魂を埋めていく。きっと神霊たちは世界中の神界ネットワークを駆使して、散らばった瑠璃の奇魂を回収して届けてくれているのだ。なぜってここは、幽界の縁結びのネットワーカーたる大国主のお膝元、出雲だからだ。

「今度の広島公演は、あの時に爆死した人々の魂を救える一大チャンスだ。それで瑠璃が出雲の神様から選ばれたんだ。だから、何としても立ち向かわなければならない」

パワースポットで神界からもらった音魂には、音楽のヒントとなる知恵や次の場所のイメージだけでなく、戦闘に使えるエネルギーアイテムまでもが含まれていた。たくさんの音魂が集まると、瑠璃の中でジグソーパズルのように一枚の絵が出来上がるのだ。それにより瑠璃の奇魂が完成し、広島での鎮魂の演奏の成功へと繋がるに違いない。

「その奇魂がアトランティス時代に砕け散り、バラバラに失われた、瑠璃自身のソプラノの力なんだよ」

確かに音魂によって、自分の中に奇魂が次第に形作られているのが感じられた。全て集まると瑠璃の奇魂が完全体になるに違いなかった。それが全て合わさったとき、瑠璃は奇跡のソプラノの「声」を取り戻し、広島での文字通り命がけの、全身全霊を込めた鎮魂の演奏に挑むことができる……。

「いずれ、ダイナモに会えば、自分の声で歌う事もできるようになると思うよ」

「ダイナモ？　まさか生まれてるの？　彼は一体誰なの。教えて！」

「自分の胸に聞いてみな。そして、強く願うんだ。縁結びの神、大国主ノ神様に」

飛鳥は微笑んだ。

ダイナモ？　……そうか、分かったぞ。二度目に広島にダイブしたとき、私は軍服の男の妖術に負けそうになったんだ。その時に、長髪の若者が助けてくれた。エレキギターの電撃が私を救った。何か懐かしさを感じるエネルギーだった。彼が、ダイナモか。

パワースポットガール・瑠璃

目を覚ますと瑠璃は車の後部座席に寝ていて、仁美が運転している最中だった。これで二度目か。

「疲れたでしょ。あちこち移動しつつ炎天下の中、演奏していたからね」

瑠璃はがばっと上体を起こして、頭をかいた。

「ご、ごめんなさい。何度も気絶して、なんだか恥ずかしいなぁ」

瑠璃は、意識の世界の中で月読と瑞穂姫を救済した。それから白兎に連れられてアトランティスの自分の過去世を見た。いつか、おじいちゃんの幸魂も、瑞穂姫のように救済できるときが訪れるだろうか。

「しかもすべてが力のこもった熱演だった。音に込められたハートのヴァイブレーションが素晴らしい。広島にかける情熱がよく分かった。けれど、休憩もしないであんな演奏を続けたんじゃ、体力を消耗するに決まってる。飛鳥さんも言ってたでしょう、本物の芸術というのは霊力で行うんだから」

そう言って、仁美は茶色のサングラス越しに微笑んだ。

「やっぱりそういうものなの？」

店の前の道祖神が目に留まった。この旅人の守り神は、夫婦が手を取り合っている微笑ましい像である。お店に入ると、仁美は出雲そばを注文した。

「このおそばは、出雲の代表的な食べ物よ。出雲そばは、わんこそば、戸隠そばとともに、三大そばの一つよ。そばの実を皮ごと石臼で挽くの」

強い香りのそばだった。食べられるか心配だったが、瑠璃は料理が出されると食欲が湧いてきて、出雲そばに十六島のりを入れて食べていた。もちろん瑠璃はこれまで食べたことがなかったので、やっぱり「こんなの初めて」と言った。

瑠璃は確信した。自分はもう何でも食べられる。仁美のおむすびを食べ、それから天照大神におむすびをもらった。おむすびは、△だ。三角形のおむすびは、人体を健康にするパワーフードなのだ。きっと、統合の「おむすび」である。

仁美は細身なのによく食べる。一体どうなっているのか。太らないというのは、かなり霊力使ってる？

「仁美さん。岩戸開きの神楽の後ってさ、天照大神と素戔嗚命ノ命は、仲直りしたんだよね」

「歴史における統合の始まりは、岩戸開きにあったと思うの。岩戸開きとは、古い時代を終わらせる浄化の時であり、同時に新時代の立て直しの時だった。それがその後の日本で、物事が統合される時のプロトタイプとなったのよ。だから、今日の日本の基礎は、あの岩戸開きで作られた。すなわち、岩戸開きが大和のプロトタイプよ……」

プロトタイプとは、ひな型の事である。

「でもよかった。仲直りできて。一時はどうなるかと思ったよ。だけど、ちょっと気になる」

「何が？」

「なんであんなに思い詰めたような眼で、あたしをじっと見ていたんだろ……」

瑠璃は最後に見た天照大神の表情が気になっていた。涙の真珠をもう一度取り出して見る。

「ねぇ仁美さん。やっぱり天宇受売ノ命って、実際にいたんだよね」

「そういったでしょ。神様っていっても、私たちのご先祖様なのよ。近代の明治維新の時に活躍した、吉田松陰や明治天皇が今、松陰神社、明治神宮で神として祀られているように、日本では偉人を神として祀る。神代というのは、日本の青春時代だった。つまり、神々は古代の日本人。その記憶が神話に残されている」

神々といえども、今の世を生きる人々と変わらず悩み苦しみながら、生きていたのだ。

「天照大神や天宇受売ノ命が生きていた二千五百年前といえば、世界では、お釈迦様や孔子、孟子、ゾロアスター、ソクラテス、プラトンのような聖人たちが活躍していた」

「ええ？　同時代……たまたま？」

「いいえ、それは神の経綸というものよ。ちょうどその頃に現代文明の思想の源流となった偉人が集中して生まれたので、哲学者のヤスパースは『枢軸時代』と名づけた」

二千五百年前。人類の精神革命が起こった時代。この時代、思想的源流になった人々が出現したのは、地理的因果関係が全くないギリシャ、インド、中国という、世界中の地域だった。日本で「神代の神々」とされている人々が活動したのも、この時代なのである。

「岩戸開きの際に、天宇受売ノ命の神楽が行われたのは、隠され、抑圧されていた女性性が、喜びによって復活したことを象徴する。それが今後、地球レベルにおいても起こることなの」

「あたしね、仁美さん。パワースポットを巡ることで、まるで本当に日本の歴史を辿っていってるみたい。このパワースポットの道、まだ終わらない。これって、やっぱり四国のお遍路みたいなものなんだと思う」

神楽瑠璃のパワースポット巡りは、一か所どころか数か所でもない。しかし手当たり次第に回ってもおそらくダメで、それではきっと何も見えてこない。いま漠然と感じるのは、中国地方一体に広がったルートをたどるもので、それを追うと、瑠璃は日本の歴史を古代から順に辿っていくことになる。

その結果、広島で何が見えてくるのかは、瑠璃はまだ分からなかった。

「なんていうか壮大なスケールのルートっていうか……幾つも幾つも回って、すごく壮大なパワースポットっていうか」

「……出雲は神様の国よ。中国地方自体がパワースポットだらけと言ってもいい。パワースポットの道は、レイライン、風水でいう龍脈や龍穴《りゅうけつ》が関係している。伊勢神宮、日光東照宮は、龍穴に作られている。四国八十八か所のお遍路も、弘法大師が修行時代に巡った光のルートだった。出雲でも、二十ヵ所の神社仏閣を辿る『出雲國神仏霊場』が最近作られたわ」

大抵の神社仏閣は自由に入る事が出来る。四国のお遍路といえば、今や外国人も巡る世界的巡礼地となっている。中国地方には、「中国三十三観音」、「山陽花の寺二十四か寺」、「広島新四国八十八ヶ所霊場」など、色々とあるらしい。人気の巡礼スポットは日本だけでなく、世界各地にある。世界遺産のスペインのサンディアゴ巡礼もその一つで、仁美が行ったことがあるらしい。

「あぁやっぱりネ」

「なぜお遍路のようなパワースポットのルートが存在しているのか？　人は様々な願いを抱いて、パワースポットへ行く。芸能、学業や進路、瑠璃の場合だと、今後は恋愛なんかもね。しかしパワースポットの存在意義はもっと大きいの。人の願いを叶えることは、そのほんの一部にすぎないのよ」

「うん」

「地球上のパワースポットは、もともとは土地を浄化し、安定化する役割を果たしている。パワースポット同士は繋がっていて、実は世界中のパワースポットが結ばれているわ。それをグリッドという。そこを通っている主要なパワースポットは七つある。人間に、七つのチャクラがあるようにね。その地球のチャクラのエネルギーが、グリッドを通って活性化する」

「他のパワースポットは？」

「それぞれのパワースポットは、地球という生命のご神体にあるツボみたいなものよ。だけど、全てが活性化している訳ではない。エネルギー調整が必要なものもある。そこで人が電波塔のように神気を受信して、天ノ御柱を立てて、大地にエネルギーを流し込むことによって、聖地の機能を何倍にも高めることができるというわけ。人の想念のエネルギーというのは強力で、聖地を維持したり、逆に知らないうちに阻害していることもあるくらいなの」

瑠璃は唖然として、仁美を見た。

「人間は、地球上を這い回る神経細胞みたいなものよ。だから、パワースポットの機能を維持したり、高めるために、昔からそういう役割のある人間がその場所の磁場を守ってきたのよ。それが神職ね。そして、お遍路やパワースポットというのは、平和を祈る道なの。つまり、個人の願いを叶えるよりも、もっと大きな願いを叶える為にある。祈りは人の想念だけど、想いの力でパワースポットの機能を維持し、エネルギー調整をすることができる……。さらに人の想いによって、その場所の磁場の維持や回復だけでなく、パワースポットとしての力を最大限に発揮させることもできるのよ」

「人とパワースポットの関係にそんな秘密が？　へぇ～すごいんだね。パワースポットでパワーを充電するだけじゃなく、逆に人がパワースポットを充電させてしまうのか」

「パワースポット同士が機能を回復しながら繋がって行くと、大地の光のチャクラとしてのシステムが作動し始める。いずれ、世界中のパワースポットがひとつになる時が来ると言われているわ。その時には、地球という惑星の生命体が光を増して、この地上に神の国が出現するという望みが叶えられるでしょう」

「うっわー壮大な話だね。よぅし、行くぞ！　あたし」

パワースポットのルートは、広範囲ということだけは分かっていた。だが、一つ一つ巡っていかないと次のパワースポットの場所は分からない。ゴールの広島にいきなり行っても巡礼の意味をなさない。ルートを順に辿ることで真のパワースポット・ルートとなる。一つ一つの場所で、見えてくる歴史、掴める音魂が異なり、それらは、どれ一つとっても、瑠璃の追及する音楽の完成に欠かせない要素だ。ずいぶん、大がかりなことになってきた！

「ところでさ。天宇受売ノ命も、高千穂の人なんだよね。高千穂の天宇受売の神社が、なんで出雲にあるの？」

「いいところに気がついたわね。その秘密は、次の場所にいけば分かるでしょう。さて、あなたが貰った音魂の神ナビによると、次の目的地は？」

「お社がものすごく大きいとこで、すごいでっかいしめ縄がある……」

さっきの白兎のことを思い出した。因幡の白兎だと、比呂司の奇魂は言った。

「そうか、いよいよ、明日は出雲大社ね」

「あっそうだ」

「出雲大社は、富士山と同じ北緯三十五度に位置し、レイライン上にあるといわれている。そこで私たちの秘密が明らかになる。なぜ出雲に、天津神系の天宇受売を先祖とする神楽族がいるのか？　それは後の出雲阿国たちへと繋がっていくの」

「エ〜もったいぶらないでよ」

「天宇受売神社にある、本当のご神体もいつか見せなければいけないわね。それは、あなたの父親も見たことはない。いつか見せてあげる」

「はやく見せて」

「天宇受売神社のご本尊が神鏡なのは、明治維新以後のことで。……本物は別にあるのよ」

「本当に？」

「国家神道の時代、政府は全国の神社に神鏡を普及させた。けど今日、三種の神器がなぜ存在するのか、その意味を知っている者はあまりにも少ないわね。それは、アマテラス・コードともいえる、日本史のミステリーなのよ。そこには、万世一系といわれる天皇がなぜ続いてきたかという、この国の秘密が隠されている……。あなたは今回の旅で、その謎を解き明かすことができるかもしれない。そうしたら、それを見せてあげられる時がくるでしょう。本当はね、神剣なの。でもここだけの話よ。クラスの皆には内緒よ？」

「うん！　もちろん」

「今はまだ、その時ではないけれど。約束する」

もう十中八九、自分が天宇受売ノ命じゃないかという自覚が、今の瑠璃にはあったが、あまりに突拍子のない話なので仁美には黙っていた。神楽仁美が、瑠璃の体験にどこまで気付いているのか。いや、ありのままに話したとして、どこまで理解してもらえるかまだ分からない。

瑠璃は車窓に現れた宍道湖から大山を眺めた。

「わぁっ、あの山、富士山そっくりだ！」

無邪気な瑠璃の歓声に、仁美は言った。

「あれは伯耆富士っていうのよ。全国にある富士のような形の山は、富士と直結している。人体にチャクラがあるように、富士は地球のクラウン・チャクラと言われているのよ。つまり、富士は、地球と宇宙をつなぐゲートにもなっているの。人体でも頭のてっぺんのクラウン・チャクラは、宇宙へとつながっている」

なるほど、富士が神聖な神奈備山であるというのは事実らしい。しかし、全国にある富士のような形をした山の中でも、これは特別ではないか。

「大山は、出雲と鳥取の境にあって、根ノ国の入り口にそびえているの」

「たまたま自然がこんなものを作り出すなんて……」

「いいえ、このような美しい景色は、決して偶然ではないわ。自然霊が計画して作っている」

宍道湖を眺めている瑠璃の碧眼に、奇稲田姫の姿が見えた。「奇稲田姫は、宍道湖の龍宮城に住まう龍女《りゅうにょ》だ」、前に宍道湖のしじみを食べたとき、そんな言葉が聞こえてきたことを思い出す。

自然の景観は、目的や計画を持たない自己組織化の結果にすぎないと考えられているが、きっと姫が庇護する大白狼たちが島根の美しい景観を守りつづけているのだろう。

「広島には、葦嶽山という本物の人工ピラミッドもあるのよ」

「えぇホントに？　日本にピラミッドが？」

碧眼がキラキラ光った。

「日本では昔から、ピラミッドのことを神奈備山と呼んでいる。それには自然に形成されたものと、人間が山を人工的にピラミッドの形にしたものとがある。たぶん、そこも行くことになるんじゃないかしら」

瑠璃はこれから訪れるパワースポットに思いをはせながら、吹奏楽部顧問の音無先生にアンコール曲を決めた事をメールで伝えた。瑠璃が選んだ曲は、天照大神が神代で演奏していた『♪瑠璃色の地球』だ。音無の返事はすぐ来て、内容は「了解！」だった。

スバル　砂漠の白昼夢

アメリカ。ルート６６。砂漠を貫く国道。

車のタイヤ交換中、ボンネットで寝ている浅黒い男。鍛え上げられた肩まで掛かった長くて美しい黒髪。

青空を見るともなしに見上げている。

雲ひとつない快晴だ。

「ん？」

一瞬、鳳凰や龍雲が浮かんで見えた。

いいや、そうじゃない。

やれやれ、違う場所の空が一瞬見えただけか。

青く輝く空は、どこまでもどこまでも高く続いている。見上げていると、青空の向こうに星まで見えてきそうなほど青い。

タンブルウィードと呼ばれる根無し草が、目の前をゴロゴロと転がってゆく。

「オイ、スバル。また『寝て』いたのか？　タイヤ交換ＯＫだぜ。早く車内に戻ってくれ」

運転手を兼ねるヴォーカルのＪＪが、無精ひげの笑顔で言った。

ハードロックバンド『ハートトランジスター』。空を見上げたギタリストの男は、インディアンと日本人とイギリス移民のクォーターだ。

「サンキュＪＪ」

再びＴＯＹＯＴＡのランドクルーザーは、西海岸に向かって走り出した。ラジオはいつの間にかカントリーロックを流し始めている。

――久しぶりに広島にもぐって魂を助けようとしたら、先客がいた。

あの子は……一体誰だったんだ。

まだ学生だった。

あいつは、きれいなソプラノの音を出していた。

また会えるかな。


――誰にもいえない。

こんな事は。

こんな事をしているって事は……メンバーの誰にも。少なくとも今世は。

だが、ＪＪは少し気づいているらしい。けれどＪＪは自分に配慮して、他のメンバーには決してこの事を話さない。


――今度会ったら俺のことを覚えておいてくれ。

誰かさん。


――俺の名は、皆神スバル。

一巻　了

この物語はフィクションです。実在の人物・団体・地名とは一切関係ありません。

あとがきにかえて

この本を手に取られたあなたは、きっと神社や神様がお好きな方ですね。それに、目に見えない世界のことをよく理解しておられます。

出雲という場所は、日本の中でも、そういうスピリチュアルなことが、ごく自然に感じられる場所です。もしいつか出雲に旅をされることがあれば、恋愛成就だけでなく、ご自分のこと、日本のこと、そして目に見えない世界のことを、ゆっくり考える時間を取られてみてはいかがでしょうか。この本はきっとそのお役に立てることと思います。

日本中の神々は、毎年十一月に出雲に集まって会議をされます。大国主命《おおくにぬしのみこと》様は、日本の神々の中でも特別の神様です。

古事記には、その昔大国主様が国譲りをされたことが記《しる》されています。それで、政治の世界は天照様を長にいただく天孫系《てんそんけい》の神々がご担当され、大国主様の下の国津神《くにつかみ》は幽世《かくりよ》（目に見えない世界、霊界）のことを司ることになりました。そして、天照様をお祀りする神官は天皇家として、大国主をお祀りする神官は出雲国造家《いずもこくそう》として、今日に至るまで続いております。

それがわたしとどういう関係があるのかって？

そうですね、出雲とあなたに、縁結び以外にどういう関係があるのか。それは、なぜ国譲りが行われたかを考えるとおわかりになるかと思います。

それは天照様《あまてらす》の理想を体現した日本の国づくりをするためだと。

天照様は来るべき宇宙《あめ》の岩戸開きのために、この国に女性の力を残そうとされました。ですから、あなたご自身の、封印された女性の力を解放することが、いま必要とされているのかもしれません。

どうやってそれをするのか、とお尋ねですか。それにはとにかくまず、この物語をお読みくださいませ。そして、ぜひ一度は出雲にお越しください。おいでになれば、古代の日本人の気持ちを感じとることができるでしょう。それは、きっとあなたのおこころを大きく広げることにつながるかと存じます。

こころを広げるというのは、自分と思える範囲が広がることです。昔の日本人は、魂は人間だけにあるのではなく、自然の奥にも自然霊という魂が宿っていることをよく知っておりました。女性のこころは全ての存在を受容できますが、それは全てを自分と繋がった一つの命であると思うこうした感覚と、とても近いものがあるかもしれません。
すこしおしゃべりがすぎました。
それでは、いつかあなたにお会いできますことを、心待ちにいたしております。

宍道湖《しんじこ》のK姫より

橋口　武史
Hashiguchi Takeshi

1971年千葉県生まれ。みずがめ座・A型。幼少の頃より漫画を描き、小説へ転向する。主なジャンルはＳＦ・ファンタジー・アクションなど。小説を通して、さまざまな困難な問題に立ち向かっていく人間の姿を探求している。趣味は映画・音楽鑑賞・神社仏閣巡り。

音魂よ、舞い上がれ！ スピリチュアルなストーリーで読む古事記神話
① 天宇受売ノ命の岩戸開きフェス編

2019年2月25日初版第1刷発行

著者　橋口　武史
©Hashiguchi Takeshi

編集協力　にほんばし島根館
サックス監修　河西　麻希
表紙モデル　吉田　那穂
撮影　中村　年孝
装丁・本文DTP　小黒タカオ

発行者　髙橋敬介
発行所　アセンド・ラピス
〒110-0005 東京都台東区上野2-12-18 池之端ヒロハイツ2F
TEL : 03-4405-8118　email : info@ascendlapis.com
HP : https://ascendlapis.com
印刷・製本　株式会社平河工業社

ISBN978-4-909489-02-9 C0093 Printed in Japan